ज्ञान गरिमा के
67 वर्ष

भारतीय ज्ञानपीठ

णाणं
पयासयं
वीर नि.सं. 2470
ई.सन् 1944
भारतीय ज्ञानपीठ

# सुखफ़रोश

(उपन्यास)

# सुखफ़रोश

वीरेन्द्र जैन

भारतीय ज्ञानपीठ

**लोकोदय ग्रन्थमाला : ग्रन्थांक 1013**

*ग्रन्थमाला सम्पादक*

रवीन्द्र कालिया

*सह-सम्पादक*

गुलाबचन्द्र जैन

**ISBN 978-81-263-1865-0**

प्रकाशक :

भारतीय ज्ञानपीठ

18, इन्स्टीट्यूशनल एरिया, लोदी रोड

नयी दिल्ली-110 003

मुद्रक : विकास कम्प्यूटर ऐंड प्रिंटर्स, दिल्ली-110 032

आवरण-चित्र : सोमनाथ अधिकारी (आकृति आर्ट गैलरी से साभार)

आवरण-सज्जा : ज्ञानपीठ कला प्रभाग

**दूसरा संस्करण : 2011**

**मूल्य : 180 रुपये**



SUKHFAROSH

(Novel)

by Virendra Jain

Published by

Bharatiya Jnanpith

18, Institutional Area, Lodi Road

New Delhi-110 003

e-mail : jnanpith@satyam.net.in, sales@jnanpith.net

website : www.jnanpith.net

**Second Edition : 2011**

**Price : Rs. 180**

शुरुआती तीन पाठकों मयंक, रश्मि और दामिनी को

## 1

बिटिया अभी स्कूल से लौटी ही थी। कंधे पर टंगा बस्ता उतारकर मेज पर रख भी नहीं पाई थी कि टेलीफोन की घंटी घनघनाई। बिटिया ने एक कंधे से उतर चुका बस्ता वापस कंधे पर टांगा और फोन उठाकर कहा, ''कहिए।''

''आप 2626262 से बोल रहे हैं?''

फोन के दूसरे छोर से एक मृदु महिला स्वर फूटा।

''हाँ।'' बिटिया ने सहमति जताई।

''यह फोन किसके नाम से है?'' महिला ने जानना चाहा।

''मेरे पापा के नाम से है।''

''यानी घर में है?''

''जी हाँ।'' बिटिया झुँझलाई।

''आपके पापा का नाम क्या है?''

''आपसे मतलब?'' झुँझलाहट जुबान पर आ विराजी।

''मैं उन्हें बधाई देना चाहती हूँ।'' महिला ने पहले से कहीं मृदु आवाज में सूचना दी।

बिटिया का चेहरा खिलने को हो आया, ''काहे की बधाई?''

''वह भी बताती हूँ, पहले अपने पापा का नाम तो बताइए।''

महिला ने अब तक अनुत्तरित रहे आए अपने सवाल का जवाब पहले जान लेने का इरादा जताया।

बिटिया को यह नागवार गुजरा, फिर भी नाराजगी दबाकर सहज स्वर में बताया, ''पापा का नाम श्री अविनाश दास है।''

''क्या श्री अविनाश घर पर हैं?'' अगला सवाल आया।

बिटिया को फिर नागवार गुजरा। उसे तो उम्मीद थी कि जैसे उसने दूसरे छोर के अनुत्तरित सवाल का जवाब दे दिया था, वह भी उसके अनुत्तरित सवाल का जवाब देगी कि उसे पापा को काहे की बधाई देनी है। उसके बाद भले ही नया सवाल करती।

''आप हैं कौन?'' बिटिया ने रूखापन दिखाया। यह जताने को दिखाया कि

अब वह यह नहीं जानना चाहती कि उसे बधाई काहे की देनी है।

बिटिया की रूखापन कारगर रहा। इससे पहले कि फोनवार्ता की इतिश्री इसी मुकाम पर हो, महिला ने खुलासा किया, ''मैं आयीहो यानी इंटरनेशनल हॉलीडेज ऑर्गनाइजेशन से बोल रही हूँ। हमारे लकी इनामी ड्रा में आपके पापा के तीन इनाम निकले हैं। एक लाख रुपए का बीमा, जिसका प्रीमियम हमारी कंपनी भरेगी। पति-पत्नी को, यानी आपके मम्मी-पापा को हमारे खर्चे पर विदेश में तीन दिन, दो रातें किसी शानदार होटल में बिताने का मौका और एक सरप्राइज गिफ्ट आइटम।''

''अरे वाह!'' बिटिया चहकी, ''थैंक्यू मैडम।''

''थैंक्स यू टू और हमारी तरफ से आपको भी बधाई।''

महिला ने बिटिया का आभार लौटाया और उसकी प्रसन्नता का लाभ उठाते हुए मूल मुहिम पर जुटी, ''वैसे आपके पापा से बात हो सकती है?''

''जी नहीं। मेरा मतलब अभी तो नहीं। पापा घर पर नहीं हैं। इस वक्त तो अपने दफ्तर में होते हैं।''

''आप हमें उनके दफ्तर का नंबर दे सकेंगी?''

''हाँ, हाँ, लिखिए।''

...और बिटिया ने आनन-फानन में नंबर बता दिया।

''धन्यवाद। मैं आपके पापा से संपर्क करने की कोशिश करती हूँ। फिर भी आप हमारे फोन नंबर लिख लीजिए। इस बीच यदि घर पर फोन आए तो हमसे बात करने के लिए कहिएगा। हमारे नंबर हैं 5555555 और 5556578। बहुत आसान नंबर हैं।''

जब तक बिटिया नंबर नोट करती, दूसरे छोर से फोन कट चुका था।

फोन रखते ही बिटिया ने ऐलान किया, ''पापा ग्रेट हैं!''

अम्मा यह जानने के लिए कि आखिर माजरा क्या है, फोनवार्ता के इकतरफा संवाद सुनने का भरसक प्रयास कर रही थीं, लेकिन एक भी शब्द सुन नहीं सकीं।

फोन पर लंबी बातचीत करना बिटिया की आदत में शुमार है। इससे कहीं ज्यादा देर तो उससे भी बतिया लेती है, जिसने गलती से हमारा नंबर मिला लिया हो।

यह जानते हुए भी अम्मा इस फोनवार्ता को वैसे फोन या सामान्य फोन के खाने में नहीं रख पाईं। बिटिया के बीच-बीच में चहकने, उदास होने और खीझ जाने ने अम्मा को दुचित्ता जो कर दिया था।

''पापा महान हैं!'' बिटिया ने अपनी खुशी का फिर ऐलान किया।

अम्मा जानना चाहती थीं कि फोन किसका था?

वह क्या पूछ रहा था?

तुम जो अपनी तरफ से कभी धीमे से, कभी उछाह में कुछ न कुछ कह रही थीं, वह सब क्या था?

इनमें से एक भी सवाल करते ही बिटिया बिफर जाती और भूलकर भी सही तो सही, गलत जवाब भी नहीं देती, इसीलिए अम्मा ने बिटिया को उकसाने का रास्ता अपनाया, "क्यों, ऐसा क्या तीर मार दिया तेरे पापा ने?"

बिटिया अम्मा को झटपट खुशखबरी देना चाहती थी, लेकिन अम्मा के लहजे ने उसे खिझा दिया।

यह भी कोई बात हुई!

अम्मा बेवजह पापा का मजाक बना रही हैं।

तो फिर मैं भी नहीं बताती कि मेरे पापा ने क्या करिश्मा कर दिया है।

बिटिया ने कंधे पर अब तक टंगा स्कूल बैग उतारकर मेज पर रखा। जूते-मोजे उतारे। अलमारी के पास जाकर ड्रेस उतारी और घर के कपड़े इकट्ठे करने लगी।

इस बीच अम्मा रोज की तरह खाना परोसने में नहीं जुटीं, सो बिटिया की समझ में आ गया कि अम्मा बिना सब जाने अब कुछ नहीं कर पाएंगी। यदि मैं कहती हूँ कि आपने पापा के लिए जो बोला, उसकी वजह से मैंने फोन पर मिली खबर आपको नहीं दी तो अम्मा और मायूस हो जाएंगी।

बिटिया गहरी उलझन में ! अम्मा से कहूं या नहीं? नहीं या हाँ?

कहती हूँ तो अम्मा उलाहना देंगी कि इतनी देर दुविधा में क्यों रखा?

नहीं कहती हूँ और बाद में पापा से कहूंगी तो भी उलाहना दे सकती हैं कि इसमें ऐसी क्या बात थी, जो मुझे न बताने की जिद ठानी हुई थी?

उधर अम्मा कई सवालों से घिर चुकी थीं।

फोन किसका था?

बिटिया इतनी देर बातें क्यों करती रही?

अभी तो इसकी क्लास के बच्चे भी घर नहीं पहुंचे होंगे कि उनमें से किसी का हो।

वह कौन था जिसकी बातें सुनकर कभी गरिया रही थी, कभी चहक रही थी?

गलत नंबर मिल जाने पर बिटिया किसी भी अनजान को जिस तरह डपटती है, उनसे उलझती है, कलह करती है, वह सब अम्मा को कभी नहीं सुहाता।

बेवजह किसी से वैर मोल क्यों लो!

आखिर भूल किससे नहीं होती?

हम भी तो कभी बेध्यानी में, कभी उतावली में गलत नंबर घुमा देते हैं।

फिर फोन मिलाते वक्त दूसरे छोर वाले की मनोदशा जाने कैसी हो?

वह खुशी की खबर देना चाहता है कि गमी की, क्या खबर!

वह चुगली करना चाहता है कि भेद खोलना चाहता है, कौन जाने!

उसे अपना काम सलटाना है कि भूल सुधार करना है, किसने जाना!

कोई भी हर किसी के आगे अपनी लाचारी क्यों उजागर करने लगा!

हो सकता है वह सब कह पाने के लिए खुद से जद्दोजहद की हो। तब कहीं एक बार कहने का मन बना पाया हो।

किसी अनजान को सुनाने से वह मौका हाथ से व्यर्थ नहीं चला जाएगा?

हो सकता है फिर से उतनी हिम्मत न जुटा पाए।

हित-अहित की जगह अपने संकोच या अकड़ का साथ देता रहे।

अम्मा के पास फोन पर अनजानों से उलझने की आदत नापसंद करने के और भी कई कारण हैं।

जाने दूसरे छोर वाला किस मिजाज का हो।

चिढ़ जाए तो आए दिन फोन करके सताएगा।

पहली बार तो भूल से नंबर लग गया होगा, उसके बाद तो जब भी मिलाएगा, जानते-बूझते मिलाएगा।

ऐसे लोग भी तो होते हैं जो रात-बिरात परेशान करते हैं।

दूसरों को हैरान करना उनका शौक जो ठहरा।

उन्हें तो उन्हीं लोगों को फोन करना रास आता है, जो उन पर खीझें, अंटसंट लहजे में जवाब दें।

अपनी नासमझी में या खीझ में ऐसे लोगों से एक बार उलझ भर लो, फिर उनसे निजात पाने के लिए या तो थाना, कचहरी, एक्सचेंज के चक्कर लगाओ या फोन में आयीडी कॉलर लगवाओ और भरते रहो उसकी फीस। करते रहो नंबरों का मिलान और अनजान नंबरों की शिकायत।

जरूरी तो नहीं कि इनके सभी परिचित बिटिया के भी जाने-बूझे हों।

किसी परिचित को अनजान समझ कुछ उलटा-सीधा कह गुजरे, तब!

कोई बनता काम बिगड़ जाए, तब!

बिटिया का क्या है, कह देगी, मुझसे अटपटे सवाल क्यों कर रहे थे!

अब ये दौड़े-दौड़े जाएं और हों उनके सामने दंडवत।

अम्मा ने अनपेक्षित फोनवार्ता के संभावित पक्षों पर विचार कर लिया।

किया यह भुलाने के लिए कि किसका फोन था, यह जानने में उनकी कोई रुचि नहीं है। लेकिन वह इच्छा है कि पीछा नहीं छोड़ रही।

बिटिया का ऐलान, वह प्रफुल्ल चेहरा, वह चहकना तो कुछ और ही भनक

दे रहा था!

अम्मा ने अपने आप को यकीन दिलाया कि यकीनन यह उन तमाम फोनों में से एक नहीं था, जिनके आने पर मुझे तब तक दुविधाग्रस्त रहना पड़ता है, जब तक बिटिया फोन पर बतियाती, गरियाती रहती है।

फिर इसे यह समझाने की कसरत करनी होती है कि अब तुम बच्ची नहीं हो, बारहवीं में आ चुकी हो। कुछ तो समझ से काम लिया करो।

...तो फिर बिटिया से पूछ ही लूं कि किसका फोन था?

नहीं। बिटिया के तेवर देखते हुए तो यह मुनासिब न होगा।

कहीं उसने उलाहना दिया कि अम्मा तुम बहुत शक्की हो गयी हो, तो!

अम्मा खुद को खाना परोसने में जुटाना चाहती हैं पर असमर्थ हैं।

अजीब आफत है! बिटिया का चेहरा बता रहा है कि उसके पास कोई अच्छी खबर है। फिर भी मैं उस खबर से जुड़ी खुशी से बेजार हूँ।

और इस बिटिया को देखो, कैसी अपने में मगनमन है! कपड़े बदलकर बाथरूम की तरफ निकल गयी। मुझे देखकर भी अनदेखा कर गयी।

बिटिया पर जोर आजमाने में असमर्थ अम्मा फोन पर कुपित हो चलीं।

उस घड़ी को कोसा जब घर में फोन लगवाया था।

लाख बार मना किया था कि हमें फोन नहीं चाहिए।

फोन एकाग्र होकर न कुछ देखने देता है, न सुनने देता है।

न चैन से सो पाते हैं, न कहीं आ-जा पाते हैं।

बिटिया घर-घर चकरघिन्नी बनी सूचना देती फिरती है, सो अलग।

कभी इन आंटी को बताने जाओ कि अंकल देर से आएंगे, साथ में दो लोग और होंगे सो खाना बनाकर रखना।

कभी उन आंटी को कि अंकल बाहर से खाकर आएंगे, सो खाना बनाकर न रखना।

कभी इन भैया को बुलाकर लाओ, कभी उस दीदी को।

सब यहाँ आकर हंसी-ठट्ठा करते हैं, घंटों फोन से चिपके रहते हैं।

जब भी फोन आता है, यही सुनने को मिलता है कि जरा बुला दीजिए, अर्जेंट बात करनी है।

अर्जेंट बातें क्या इतनी लंबी होती हैं? मैं क्या समझती नहीं!

सब समझती हूँ, पर चुप रहती हूँ।

उधर वे भैया या दीदी भोला-सा मुँह बनाकर, आंटीजी नमस्ते कहने के साथ ही फुनियाने में खो जाते हैं। मन ही मन यह भी सोचते होंगे कि खूब बेवकूफ बनाया।

अपनी बिटिया तक यही सोचती है कि अम्मा क्या जाने मैंने किससे, क्या बात की। फोन पर घंटों चटर-पटर करती रहती है।

कहीं मेरे मुँह से यह न सुनना पड़े कि फालतू बातों में वक्त जाया न करो, इसलिए बीच-बीच में एकाध बात कोर्स की भी करती रहती है। खासकर तब जब मैं उसके आसपास से गुजरती हूँ।

हिसाब लगाने बैठो तो पता चले कि इस फोन ने क्या कुछ नहीं छीना।

देवर, भतीजे लंबी-लंबी चिट्ठियां लिखते थे, अब आधी रात को दो बातें करके फोन रख देते हैं।

खूब समझती हूँ मैं! आधी रात को किराया कम लगता है न। पर कितना भी कम लगे, अन्तर्देशीय की कीमत से ज्यादा तब भी होता है। फिर पब्लिक बूथ से बहुत निजी बातें हो भी कहाँ पाती हैं?

घर में फोन क्या लगा, अविनाश को तो जैसे जब चाहे देर से आने की छूट ही मिल गयी। फोन घुमाया और कह दिया, देर हो जाएगी।

यह सूचना थोड़ी बेफिक्री भले ही दे जाती हो, इंतजार का दंश तो फिर भी झेलना पड़ता है।

फोन न होता तो बिटिया को वह समाचार न मिला होता जो वह पचा गयी है। तब जो भी समाचार मिलता, इनके आने पर मिलता।

बिटिया के पास ऐसी खबर है जिससे मैं अनजान हूँ। वह सुखद है या दुखद, इस अहसास के चलते जो बेचैनी, चिन्ता बनी हुई है, उसकी नौबत तो न आती।

कहते हैं विज्ञान ने सबको आत्मनिर्भर बना दिया है। सूचना के लिहाज से दुनिया एक गांव जैसी हो गयी है।

हुंह! विश्वग्राम! यहाँ तो एक खबर जानने के लिए बिटिया का मुँह जोहना पड़ रहा है!

अम्मा इधर फोन के हानि-लाभ का हिसाब जोड़ने में उलझी हुई थीं, उधर इस बीच बिटिया हाथ में तौलिया लिये, मुँह पोंछती-सी बाथरूम से बाहर आयी।

अम्मा को उसी मुद्रा में पाया कि चेहरे पर स्मित रेखा खिंच आयी।

मन ही मन तय किया कि अम्मा को और सताना ठीक नहीं।

कहीं ऐसा न हो, इस बीच उस मैडम ने पापा को सूचना दे दी हो और पापा फोन करके अम्मा को बताने वाले हों।

''ओ अम्मा!'' बिटिया ने अम्मा को बांहों में भर लिया।

अम्मा ने व्यस्तता ओढ़ी, ''क्या करती हो! हटो, खाना परोसने दो।''

बिटिया ने अम्मा को निहारा, ''ओ अम्मा! बहुत बड़ी खबर है।''

अम्मा ने उमड़ आयी खुशी को रोका, फिर भी चेहरे पर घिर आयी उदासी

को धता बताती, मृदु मुस्कान तिर ही आयी।

ठीक तभी बिटिया ने 'खुल जा सिम-सिम' की तर्ज पर अली बाबा का खजाना खोल ही तो दिया।

''पापा को तीन इनाम मिलेंगे। तीन! एक लाख का बीमा। आप और पापा को तीन दिन, दो रातें किसी और देश के शानदार होटल में बिताने का मौका और एक सरप्राइज गिफ्ट आइटम।''

''हैं!'' अम्मा हैरान, ''क्यों भला! ऐसा क्या कर दिया तेरे पापा ने?''

''पता नहीं। पर अम्मा, पापा हैं महान। आखिर पापा किसके हैं।''

बिटिया ने अपनी पीठ थपथपाई, फिर अम्मा से चुहल की, ''और पति भी तो किसके हैं! है कि नहीं!''

अम्मा भी चहकीं, ''सो तो है। पर बिटिया रानी, फोन किसका था? इनाम किस करिश्मे के लिए मिले हैं? तेरे पापा ने तो कभी किसी इनामी कारनामे का जिक्र नहीं किया।''

बिटिया अपनी असावधानी पर थोड़ी मायूस हो आयी, ''मैंने नाम तो नहीं पूछा। वैसे वे कह रही थीं कि इससे ज्यादा डिटेल में पापा को ही बताएंगी। हो सकता है बता भी चुकी हों। मैं पापा को फोन करती हूँ।''

अपनी बांहों के घेरे से अम्मा को मुक्त कर, असमंजस में ही छोड़, बिटिया फोन की तरफ लपकी।

अम्मा ने रोका, ''रहने दे। तेरे पापा अभी अपने दफ्तर में नहीं होंगे। घंटा-भर पहले उनका फोन आया था। आज के अखबार में किताबों की खरीद का टेंडर आया है। वही भरने गए होंगे। वहाँ का काम पूरा होते ही प्रेमाश्रयी के दफ्तर जाएंगे।''

तभी फोन फिर घनघनाया। अम्मा के हाथों से मुक्त हो बिटिया ने लपककर फोन उठाया।

''यह 2626262 है?'' वही महिला स्वर था।

आवाज पहचानते ही बिटिया का चेहरा खिल गया, ''हाँ मैडम। पर सबसे पहले आप अपना नाम बताइए।''

''नहीं बताया तो क्या होगा?''

अपनी मुस्कान पर बरबस काबू पाते हुए बिटिया ने जवाब दिया, ''क्या कहा, कुछ सुनाई नहीं दे रहा।''

''मेरा नाम! आ...'' बिटिया के इरादे भांपते ही दूसरे छोर ने उसका कहा मान लेने के इरादे जताए। लेकिन पूरा जवाब पहुंचाने से पहले ही इरादा फिर बदल लिया, ''पहले आप अपना नाम बताइए।''

बिटिया ने भी हथियार डाले या स्वार्थवश सहयोग का हाथ बढ़ाया, ''सौम्या।

और आपका?''

''बहुत अच्छा नाम है आपका।''

''सो तो है, धन्यवाद। पर आपका नाम... ?'' सौम्या ने दोहराया।

''कल्पना।''

''मिस या ...'' सौम्या अनवरत जारी रही।

''मिस।'' कल्पना ने फिल इन दि ब्लैंक्स पूरा किया।

''नाम बताने के लिए धन्यवाद, दीदी। नाम तो आपका भी प्यारा है।''

''सो तो है, धन्यवाद।'' कल्पना ने प्रत्युत्तर लौटाया।

''पर हाँ, आपने जो नंबर दिया था, वहाँ तो आपके पापा नहीं मिले। जितनी बार भी फोन मिलाया, घंटी बजती रही, किसी ने उठाया ही नहीं।''

''यह तो होना ही था। आपका फोन आने के बाद अम्मा ने बताया कि पापा दफ्तर के काम से कहीं गए हैं। वहाँ से वापस दफ्तर नहीं जाएंगे बल्कि कहीं और जाएंगे और शायद वहीं से घर लौटेंगे।''

''आप हमें वहाँ का नंबर बताएंगी?'' कल्पना ने अनुनय की।

''हाँ हाँ, क्यों नहीं। लिखिए।''

और बिटिया ने झटपट प्रेमाश्रयी का नंबर लिखवा दिया।

''मैं इस नंबर पर बात करने की कोशिश करती हूँ। इस बीच आपके पास फोन आए तो कहना, हमें फोन कर लें। आपने नंबर तो लिख लिए थे न! वैसे बड़े सरल नंबर हैं हमारे।'' कल्पना हंसी।

''नंबर तो दीदी हमारा भी कम सरल नहीं है।'' सौम्या ने याद दिलाया।

''अरे हाँ, 2626262 भी तो खासा सरल ही है।'' कल्पना ने हामी भरी।

''और इसमें एक रिदिम भी है न!'' सौम्या ने अपने नंबर की खासियत को विस्तार दिया।

''हाँ, ठीक हमारे नंबरों जैसी।'' कल्पना खिलखिलाई।

''वैसे दीदी, आपको ऐतराज न हो तो मुझे डिटेल में बता दें, मैं पापा को ब्रीफ कर दूंगी।'' सौम्या ने कल्पना को फुसलाया।

''नहीं, नहीं। इसमें कैसा ऐतराज। दरअसल प्रगति मैदान में लगे मेलों में जिन लोगों ने कुछ भी खरीदारी की थी, उनके कैशमीमो नंबरों को बेस बनाकर हमारी कंपनी ने लकी ड्रॉ निकाला है। उसमें आपके पापा के नाम पर तीन इनाम निकले। इनाम क्या हैं यह मैं पहले बता ही चुकी हूँ। आपके मम्मी-पापा को ये इनाम लेने के लिए हमारे बताए पते पर आना पड़ेगा। हमारे एमडी और कुछ मेहमानों के साथ लंच लेना होगा। कुछ बातचीत होगी। बीमा फॉर्म भरा जाएगा। गिफ्ट आइटम सौंपा जाएगा। फिर अगले हफ्ते किसी भी दिन विदेश यात्रा पर

रवाना कर दिया जाएगा। मैं आपके पापा को ट्रेस करने की कोशिश जारी रखूंगी। उन्हें यह सब बताना और वे कब हमारे एमडी के साथ लंच लेने आ सकते हैं, यह पता लगाना मेरी जिम्मेदारी है। यदि आप भी..."

"हाँ, हाँ, क्यों नहीं। मैं भी पापा की खोज में जुटती हूँ।"

"तो ठीक है सौम्या, फिर कभी ढेर सारी बातें करूंगी। तुमसे बातें करके बहुत अच्छा लगा।"

"मुझे भी दीदी।"

सौम्या ने फोन को यथास्थान रखा। दोनों बांहें फैलाकर लंबी उसांस भरी और अम्मा को सब तुरंत बताने के लिए उनकी तलाश में नजर दौड़ाई।

जहाँ तक नजर गयी, अम्मा नजर की जद में नहीं आयी। आती भी कैसे। वे तो बिटिया के पीछे सटी-सी खड़ी थीं, गोया वहाँ खड़े रहने भर से सब सुनाई दे रहा हो।

बिटिया ने कुछ देर अम्मा की इस दशा का आनंद उठाया और उसके बाद जो भी कल्पना से पता लगा था, सब कह सुनाया।

अम्मा की आंखों में विस्मय विमुग्धता तिर आयी।

अम्मा का यह हाल देख बिटिया चहकी, "तो अम्मा... अगले हफ्ते तो ठीक इसी समय किसी देश के किसी शहर में सैरसपाटा और किसी शानदार होटल में रहना-सहना हो रहा होगा!"

"फिर वही!" अम्मा ने खुशी को बरबस जज्ब करना चाहा, पर नाकाम रहीं। नतीजा, खुशी उनको धता बताती आंखों, गालों, कानों यानी अम्मा के सर्वांग को सराबोर कर, पूरे कमरे में भी छितरा गयी।

अम्मा मनमगन हुईं कि बिटिया ने नई भूमिका बांधी, "मैं प्रेमाश्रयी में फोन करके देखती हूँ। शायद पापा वहाँ आ गए हों।"

अम्मा ने रोका, "अरी छोड़ न! पापा आखिर घर ही तो आएंगे न। यहाँ कौन-सा हवाई जहाज छूटा जा रहा है।"

अम्मा की पकड़ से खुद को बचाती बिटिया चहकी, "अरे वाह अम्मा! तुम तो अभी से हवाई अड्डे पहुंच गईं।"

"धत्!" अम्मा को अहसास हुआ, कहावत तो उलटी पड़ी।

तब तक बिटिया फोन मिला चुकी थी।

"कहो!"

"अंकल नमस्ते, मैं..."

"मैं कौन, सौम्या?"

"हाँ अंकल।"

''आसपास अम्मा हैं तुम्हारी?''

''जी, अंकल।''

''जरा फोन तो दो उन्हें।''

''अच्छा।''

फोन के चोगे पर हाथ रखकर, अम्मा की ओर बढ़ाते हुए बिटिया ने कहा, ''अंकल आपसे बात करना चाहते हैं।''

'तो...' अम्मा ने मन ही मन कुछ सोचा, गुना और फोन थाम लिया।

''भाई साहब नमस्कार।''

''नमस्ते, भाभी जी।''

''आपकी तरफ बहू-बेटी को यही संबोधन देते हैं?'' अम्मा रूसीं।

''अरे, आप तो बुरा मान गईं। आखिर आप ही बताइए इसमें गलत क्या है? आप जानती तो हैं कि अविनाश जी ठहरे हमारे दीर्घ भ्राताश्री। हम तो उन्हें इसी रूप में देखते हैं। यही कहकर पुकारते हैं। इस नाते आप... हा, हा, हा, हा! खैर, वह सब जाने दीजिए। फिलहाल तो यह खुलासा कीजिए कि आपने दीर्घ जी को इतनी खुली छूट दी हुई है क्या?''

''कैसी छूट? वैसे वे बंधे ही कब थे?'' अम्मा ने प्रतिप्रश्न किया।

''यही छूट। कुछ भी पा लेने की। किसी से भी। किसी को भी।''

''मेरी तरफ से तो उन्हें सब तरह की छूट है। फिर जो बिना प्रयास किए मिल जाए...''

'तो उधर भी खबर मिल ही चुकी है!' यही सोचकर अम्मा ने अपना वाक्य पूरा नहीं किया।

''हाँ। तभी दीर्घ जी इतना उड़ रहे हैं। अभी एक कन्या का फोन आया था। दीर्घ जी से बतियाना चाहती थी। उस मधुरकंठी से हमने पूछा, आपको कैसे पता चला कि अविनाश जी यहाँ मिलते हैं? तो बोली, उनके घर से बताया गया है। यानी आपकी सहमति... कहीं आप दीर्घ जी की भोली सूरत के भरोसे बेफिक्र तो नहीं हैं?''

''भरोसा तो भाई साहब मुझे अकेली उस भोली सूरत का ही है।''

''तब तो जरूर ... हा, हा, हा, हा। दीर्घ जी की किस्मत भी खूब है। है न! इस बारे में आप क्या सोचती हैं?''

''सो तो है।''

''पर इतनी ढील भी ठीक नहीं।''

''चलिए अब नहीं दूंगी। कह दूंगी, दफ्तर से सीधे घर आया करो। कुसंगत न किया करो।''

"हा, हा, हा, हा! यानी दीर्घ जी ने हमारे खिलाफ आपके कान भी भरे हुए हैं। और सबके भरे हैं यह तो खबर है, पर मेरा अंदाजा था कि आपके आगे तो तारीफ के पुल बांधते होंगे, वरना आप यहाँ क्यों आने देतीं।"

"आपकी तो तारीफ ही करते हैं भाई साहब। न करते तो भी मैं जानती हूँ कि आप हैं ही तारीफ के काबिल। पर आपकी वह निगोड़ी संध्यासखी..."

"लो, कर लो बात! यानी वह केवल मेरी संध्यासखी है। और आपके अविनाश जी और हमारे दीर्घ जी की तो यकीनन वह वैरन ही ठहरी। है न! और विनाशक जी यहाँ जो सांझ ढले आ टपकते हैं, वह सखी समागम के लिए नहीं, वैरन से वैर भांजने आते होंगे। बहुत खूब, बहुत खूब!"

"बैठे हैं क्या सामने?" अम्मा ने मतलब की बात पूछी।

"अभी तो नहीं। बैठे होते तो मैं आपके साथ इतना चुगलयाता कैसे। वह तो उस कन्या के फोन ने मुझे चक्कर में डाल दिया। सो मैंने आपको सावधान करना अपना फर्ज समझा।"

"आप हमारे अग्रज हैं। आप सावधान नहीं करेंगे तो कौन करेगा। पर आप तो जानते हैं, अविनाश पर इतनी जल्दी किसी संगत का असर नहीं पड़ता। वैसे जिस तरफ आपने इशारा किया है और आपका अंदाजा सही हो तो, मुझे नहीं आपको सावधान रहना होगा। आपके रहते कोई और उस इलाके में सेंध लगा जाए यह तो... मैंने सही कहा न भाई साहब?"

"अरे वाह! आज तो आपने तबियत हरी कर दी। खैर, सत्यानाशी जी आएं तो, आएंगे ही। यहाँ तो लोग कई किस्म के बहाने बनाकर आते हैं, दीर्घ जी ने तो जब डंके की चोट अपनी सखियों तक यह खबर पहुंचाई हुई है कि आज वे यहाँ अवतरित होंगे, तो जरूर ही आएंगे। कुछ कहना है क्या? यानी कोई आदेश? निर्देश? लानत-मलामत की पूर्व सूचना?"

"वह सब आपको क्यों बताऊं? हम मियां-बीवी के बीच आप काजी जी का क्या काम? इतना भर कह दीजिएगा कि आपकी सखी और अपनी वैरन को आज भर वैर-प्रीत का मौका कम ही दें। समय से घर पहुंचें। बिटिया को उनका इंतजार बना हुआ है।"

फोन रखकर अम्मा ने बिटिया को सूचना दी, "तेरे पापा अभी प्रेमाश्रयी के दफ्तर नहीं पहुंचे।"

"आज तो अम्मा, तुमने अंकल जी से अगली-पिछली तमाम छेड़छाड़ की कसर निकाल ली। और क्यों न निकालतीं, आखिर अम्मा को बहुत जल्द इंटरनेशनल फ्लाइट पकड़कर फुर्र से उड़ जो जाना है।"

बिटिया ने अम्मा को खुश किया कि खुद को, खबर नहीं।

"अम्मा, तुम दोनों तो मुफ्त में जाओगे, मुझे अपने खर्चे से ले चलना।"

बिटिया ने अन्ततः अपनी प्रारंभिक शर्त या अपेक्षा प्रस्तुत कर ही दी।

## 2

प्रेमाश्रयी के दफ्तर में कदम रखते ही राजकर जी ने अविनाश का स्वागत किया, "आइए, आइए, दीर्घभ्राताश्री।"

अन्तरंग मित्र मंडली के बीच राजकर जी अविनाश को दीर्घ भ्राताश्री और उसके अभिन्न मित्र सुलभ को लघु भ्राताश्री संबोधन देते हैं।

जब कभी यह अविनाश दास राजकर जी की आलोचना कर गुजरता है, तब संबोधन हो जाता है 'विनाशक दास' और जब वे अविनाश की किसी उपलब्धि या स्थापना के प्रति असहमति दर्ज करा रहे होते हैं तब 'सत्यानाश दास' संबोधन से काम चलाते हैं।

अविनाश ने राजकर जी को प्रणाम किया। उनके ठीक सामने बैठे संजय और सुलभ से हाथ मिलाया और तीसरी खाली कुर्सी पर बैठ गया। फिर उसे गौर से देखने पर ही पकड़ में आ सकने वाली मुस्कान के साथ, राजकर जी की तरफ अपनी डेढ़ आंख उठाई, गोया कहना चाहता हो, अब बताइए मेरे स्वागत के लिए इतने आतुर क्यों थे?

अविनाश की मुस्कान पकड़ में आयी कि राजकर जी बिदके, "ठीक है, ठीक है, अमां, जब तक यहाँ हो, हंस लो। मुस्कुरा लो। इतना तय है कि आज घर पहुंचते ही यह मुस्कान तुम्हारा साथ छोड़ जाएगी।"

फिर संजय और सुलभ को किसी रहस्य में शामिल करते हुए बोले, "अविनाश जी इन दिनों गोपियों के लिए वाकई अविनाशी हुए जा रहे हैं। सखी-सहेलियां बेधड़क घर में फोन करती हैं। वहाँ से नंबर लेकर यहाँ फोन करती हैं! तो मित्रो, देखा तुमने, देखा! कितने साहसी हो आए हैं दीर्घ जी। साला प्रेम का दूसरा नाम ही दुस्साहस है। यह हद दर्जे के डरपोक को भी महाबली बना देता है। फिर भी दीर्घ जी, वह कौन थी?"

इतना ताना-बाना बुनने के बाद राजकर जी उसमें उलझने के लिए उसे क्यों न्यौत रहे हैं, यह अविनाश की समझ से परे था। सो उनका ज्ञानवर्धन न करके, प्रतिप्रश्न लौटाया, "कौन, कौन थी? मैं कुछ समझा नहीं।"

संजय ने खुलासा किया, "अरे यार वही, जिसने इनसे नहीं, तुमसे बात करनी चाही।"

सुलभ ने थोड़ा और खुलासा किया, "और यह राजकर जी को नागवार गुजरना ही था, सो गुजरा भी।"

"वही तो!" संजय ने सुलभ की दलील को बल दिया, "यह ठीक है कि इन्होंने दीर्घ जी को यहाँ उठने-बैठने की इजाजत दी हुई है, पर इसका मतलब ये थोड़ेई है कि दीर्घ जी इन्हीं की फील्ड में सेंध लगाने लगें। आखिर सहेलियां बनाने का कॉपीराइट तो राजकर जी के पास है न! वह भी कुछ संस्करण वाला नहीं, वैसा वाला, जिसे कहते हैं सर्वाधिकार सुरक्षित।"

"और जो कोई इस अधिकार का हनन करेगा, उसे सबक सिखाने के लिए तुम हो ही।" बिना यह जाने कि माजरा है क्या, और किसके पक्ष में या खिलाफ जा रहा है, अविनाश ने संजय की दलील पर और वजन रखा।

"आखिर इसी दिन के लिए तो तुम्हें यहाँ... मेरा मतलब है तुम कॉपीराइट के एक्सपर्ट ठहरे।" सुलभ ने आदतन खुद को कटु सत्य कहने से रोका और संजय के खिलाफ़ जाते न जाते उसी के पक्ष में जा लुढ़का।

राजकर जी ने मेज थपथपाकर संकेत दिया कि अब कोई और नहीं, वे ही बोलेंगे। फिर हथेलियों को कुछ इस तरह मसलते हुए जैसे दोषी का मर्दन कर रहे हों, पूछा, "तो पंचो, अब दीर्घ जी से क्या दंड वसूला जाए?"

सुलभ ने राजकर जी को उकसाया, "आप भी रहस्य पर रहस्य बढ़ाए जा रहे हैं। पहले कुछ खुलासा तो कीजिए।"

संजय ने भी राजकर जी के लिए फिर उसी प्रसंग पर लौट आने का अवसर जुटाया, "और क्या! ऐसे थोड़ेई न होता है। पहले मुकद्दमा तो पेश होने दो। सजा तो बता ही देंगे।"

राजकर जी ने अविनाश को घेरा, "कहिए दीर्घ जी! बता दें इन नामाकूलों को?"

अविनाश ने पल्ला झाड़ा, "इस प्रसंग से मेरा क्या लेना-देना! भला मुझे घेर रहे हैं। जो इच्छा हो सो करें। मेरे सामने तो प्रसंग शुरू हुआ नहीं है, इसलिए मुझे तो पता ही नहीं है कि यहाँ मुद्दई कौन है और गवाह कौन।"

"यह बात है, तो सुनो।"

राजकर जी ने अपनी आसनी को फिर से व्यवस्थित किया। अभी तक कुर्सी पर आराम की जिस मुद्रा में विराजे हुए थे, उसे त्यागा। मेज की पुश्त से सटे। चेहरा इन तीनों के इतने करीब ले आए, गोया वैसी कोई बात बताने जा रहे हों जो कानोकान फुसफुसाने की श्रेणी में आती हो। दोनों हाथों से चेहरे को दोनों तरफ से ओट दे ली, गोया देख लिए जाने से बचना चाहते हों।

"अभी घंटाक भर पहले किन्हीं मिठभाषी का फोन आया था। वे अविनाश

जी से बतियाना चाहती थीं। आवाज बहुत मधुर लेकिन नितांत अनजानी थी।''

''यहाँ कैसे और क्यों आया?'' संजय ने जिरह की।

राजकर जी ने हिदायत दी, ''सुनो तो। जिरह की फिलहाल जरूरत ही नहीं। हाँ, दीर्घ जी खुलासा नहीं करेंगे, तब जिरह के कई मौके मिलेंगे। अभी तो गवाह का बयान सुनो, जो अपने हिस्से का सच बता ही रहा है।''

''हाँ भई संजय, तुम बेवजह बीच में बोलकर राजकर जी का जायका मत बिगाड़ो। देखो तो बयान बीच में रुकने से कैसी हालत हो गयी है! तुम्हारा इस समय कुछ भी बोलने का अर्थ होगा, रंग में भंग...''

इससे पहले कि सुलभ का वाक्य पूरा हो, राजकर जी मेज पर थपकी देते हुए बोले, ''वाह, जी वाह! बहुत अच्छे। अभी गिलास भी नहीं सजे और लघु जी बहकने लगे! फिर तो आज हम तीनों की खैर नहीं।''

''मतलब आज तीसरे पैग के बाद लघु जी गीत या गजल नहीं गाएंगे, प्रेम-प्रसंगों का ऑडियो कैसेट बजाएंगे?''

''लो, दीर्घ जी भी शुरू हुए!'' राजकर जी ने कहा और उसी के साथ कमरे में सामूहिक ठहाका गूंजा।

ठहाका थमते ही राजकर जी ने बयान आगे बढ़ाया, ''खैर, तो उन मोहतरमा से हमने पूछा कि आपको यह खबर कहाँ से मिली कि अविनाश जी यहाँ मिलते हैं! न तो यह उनका घर, न दफ्तर। फिर यह भी मैं यकीन के साथ कह सकता हूँ कि आपकी आवाज भी इससे पहले कभी सुनी हुई नहीं लगती।''

यकायक संजय ने मेज पर थाप दी।

राजकर जी को अपना बयान रोक देना पड़ा।

''वरना सुनते ही आपने तो उनकी पूरी कुंडली बांच दी होती। साहित्य की दुनिया में किनसे बचना, इस बारे में आगाह कर दिया होता। केवल आप ही उसके प्रेरक और संरक्षक होने योग्य हैं, यह भी मनवा लिया होता।''

इससे पहले कि राजकर जी खुद या लघु और दीर्घ भ्राताश्री में से कोई एक उसे राजकर जी की हिदायत याद दिलाता, वह अपनी थाप का खुलासा पूरा कर गया।

संजय की टीप ने राजकर जी को दुचित्ता कर दिया। यह विचारने पर मजबूर कर दिया कि इसे हंसी-हंसी में केवल हंसने के लिए गढ़ा गया आरोप मानते हुए हंसी में ही उड़ा दिया जाए या आरोप की गंभीरता को देखते हुए इसे पूरी गंभीरता से लिया जाए और अपनी सफाई में सारगर्भित वक्तव्य दिया जाए!

वे किसी नतीजे पर पहुंचे भी न थे कि दीर्घ जी उवाचे, ''सो तो है। आखिर कन्याओं की आवाज, गंध ही याद न रहे तो प्रेमाश्रयी निकालने का लाभ क्या? यह

कोई मर्द का मामला तो है नहीं कि भले ही नामाकूल इस चौखट तक आते-आते एड़ियां घिस चुका हो। जब नया जूता पहनकर आए तो राजकर जी के उन्हीं सवालों से सामना हो – आप कौन? कहाँ से आए हैं? यहाँ का पता किसने दिया? वार्षिक चंदा देना है क्या? वहाँ रोड़ा जी से मिलिए। क्यों भई संजय, मैं ठीक कह रहा हूँ न?''

संजय ने सहमति जताई, ''सो तो है।''

''यदि ऐसा ही है,'' दोनों को मौन रहने का संकेत देते हुए राजकर जी रूसे, ''तब तो दीर्घ जी का अपराध दोहरा ठहरा। पहला तो यह कि एक वामा से संबंध जोड़ा, जो तुम लोगों के दिमागी फितूर के मुताबिक सिर्फ मेरा कर्मक्षेत्र है। दूसरा यह कि उस सुवामा को सशरीर यहाँ न बुलाकर हमें सिर्फ उसकी आवाज सुनवाई।''

''तिस पर तुर्रा यह कि आवाज भी ससुरी मधुर।'' संजय ने राजकर जी का रंज पूरा किया।

''तुम्हें कैसे पता चला?'' राजकर जी चौंके, ''यानी इस सुख से अब तक वंचितों में मेरे अलावा कोई नहीं है?''

''लो, आप तो कहाँ से कहाँ सोचने लगे। मैं तो आप ही को कोट कर रहा था। जरा याद कीजिए, इस अविनाश के आते ही आपने नहीं बताया था कि उसकी आवाज बेहद मीठी थी।''

संजय ने याद दिलाया कि उन्हें निराश होने से बचाया, वे ही जानें।

''और न बताया होता तब भी जाहिर है वह मधुकंठी ही रही होगी। हो सकता है सुमुखी भी हो, वरना राजकर जी को वह याद क्यों रहती? और क्यों इतनी उत्कंठा से उसका जिक्र छेड़ते।''

सुलभ ने उस कोकिला में एक और मनभावन संभावना जोड़ी।

''और क्या। आखिर स्त्री विशेषज्ञ एबैंई थोड़ेई हैं।'' संजय ने सत्यापित करते हुए मुहर लगाई।

''तो,'' राजकर जी ने दोनों की दलील का खंडन-मंडन न करके आपबीती आगे बढ़ाई, ''जैसे ही हमने फोन उठाया, उधर से पूछा गया, अविनाश जी से बात हो सकती है?''

''आप तो फिर से शुरू हो गए, हाँ नीं तो।'' संजय बमका।

''यार संजय, लगता है तुम अपने पेशे से मजबूर हो। खामखां जिरह पर उतरने को उतावले हो रहे हो। अरे भाई, पूरा किस्सा सुनाए बिना राजकर जी को चैन कहाँ। फिर पूरा बयान सुने बिना दंड भी तो तय नहीं हो सकता। मैं तो कहता हूँ भाई साहब, किसी के उकसाने पर भी आप तब तक अपना संयम न खोना, जब तक पूरी घटना शब्द दर शब्द बयान न कर लो।''

सुलभ ने एक ही वाक्य में दोनों को शांत और विश्रांत किया।

"अब बीच में कोई नहीं बोले, यह जिम्मेदारी तुम्हारी रही लघु जी।"

सुलभ को जिम्मेदारी सौंपने के साथ ही राजकर जी ने फिर पहलू बदला। दोनों हाथों को कोहनी के बल मेज पर टिकाया। हथेलियों के बीच सिरोभाग दबाया ताकि घटना की कड़ियां फिसलने न पाएं। सब यथास्थान है, यह भरोसा हो जाने पर हथेलियों को वहाँ से हटा आपस में चांपा, गोया घटना का कोई अंश बारी से पहले गिरने को हो।

जब तसल्ली हो गयी कि अब सिवा वाणी के कहीं से कुछ न फिसलेगा, न गिरेगा, न खिरेगा, तब पूरी तल्लीनता से बोले, "उसने न मेरा नाम पूछा, न हालचाल पूछा। न पत्रिका के बारे में कोई जानकारी चाही। न नमस्कार, न चमत्कार। उसकी दशा अर्जुन समान थी, वही मछली की आंख सम अपने दीर्घ जी पर एकाग्र। और आवाज! तबियत तो हुई, कह दूं – हाँ बोलिए, मैं अविनाश बोल रहा हूँ। हा, हा, हा, हा! फिर मैंने सोचा, वह दीर्घ जी की आवाज पहचानती हुई तो!"

"आपने यह कैसे सोच लिया?" संजय ने फिर वकालत फैलाई।

सुलभ ने संजय की नकेल कसी, "फिर वही! यार औरों का भी कुछ खयाल करो। मेरा मतलब है जरा दीर्घ जी की तरफ भी तो तवज्जो दो। देखो तो कितने बेचैन हैं सब कुछ जानने को।"

"हा हा हा हा!" सामूहिक ठहाके से कमरा फिर गुंजायमान हो गया।

ठहाका थमते ही अविनाश ने चेहरे पर 'हैंहैंनुमा' भाव आरोपित किया और सचमुच 'हैंहैं' करने लगा, "मित्रो, अपन को अपन के बारे में कोई मुगालता नहीं है। होने का कोई कारण भी नहीं है। अपन को अपन की असलियत का अहसास है। रहा सवाल राजकरजी का, सो इनके पास तो न जाने कितनी मत्स्यगंधाओं की खबरें रहती हैं सूंघने-सुनाने को।"

"बहुत खूब! खूब नाम दिया भाई।" संजय ने दाद दी।

"संपादकाचार्य ने मछली की आंख फुड़वाई तो इनके विनाशक जी पूरी की पूरी मत्स्यगंधा ही उठा लाए।"

इससे पहले कि राजकर जी फिर से अनवरत जारी हों, अविनाश ने पूछा, "तरल-गरल किस्सा बयानी के बाद ही अवतरित होगा या दाऊ से कह दिया जाए कि दुकान तक दौड़ लगा आओ।"

"हाँ भई, हम लोग उसे तो भूल ही गए थे।" सुलभ ने समर्थन किया।

"यानी अर्जुन-दशा इधर भी है। आंख मछली की आंख पर ही..."

"हाँ तो वकील की दुम, मछली की आंख बाद में फोड़ना, पहले इस काम को निबटा लें," राजकर जी ने प्रसंग बदला, "लाओ चालीस-चालीस।"

"चालीस क्यों?" अविनाश ने रायता फैलाया।

राजकर जी ने तुरंत समेटा, "ओहो, आप कुछ और फितूर दिमाग में लाकर अपना ध्यान भंग मत कीजिए दीर्घ जी।"

"ये लो! दीर्घ जी की ध्यान मुद्रा का लाभ उठाकर तो राजकर जी ने चालीस कहे थे, पर ..."

"पर भइए, अपणां दीर्घ जी बांणियां का पूत है।" संजय ने सुलभ का वाक्य पूरा किया।

तीनों ने पचास-पचास के नोट मेज पर रख दिए। राजकर जी ने तीनों नोट अपने कब्जे में लेते ही आवाज लगाई, "दाऊ, सामान तो सजाओ।"

फिर बटुए से दस-दस के तीन नोट निकालकर मेज पर रखकर बताने लगे, "दरअसल जब पता चला कि तुम तीनों के तीनों इधर आ रहे हो तो सामग्री मैंने मंगवा ली थी।"

"अविनाश भी आ रहा है, यह कैसे पता चला?" संजय ने जिरह की।

राजकर जी रिसियाए, "अरे यार, तुम मुझे वही तो बताने भी नहीं दे रहे हो और जानना भी चाहते हो।"

"मैं स्वयं को इस गोष्ठी का संचालक मनोनीत कर रहा हूँ।"

सुलभ ने हस्तक्षेप किया, "जब तक किस्सा पूरा बयान नहीं हो जाता, कोई बीच में नहीं बोलेगा। उसके बाद भी यदि राजकर जी के दिल पर जो चोट पहुंची है, उसकी शांति के लिए दो मिनट का मौन धारण करना जरूरी हुआ तो उतनी देर के लिए यहाँ मौन की सत्ता रहेगी। फिर अध्यक्ष जी की अनुमति से मैं जिसे बोलने का आमंत्रण दूंगा, वही बोलेगा।"

"हाँ नईं तो! बहुत दिनों बाद तो इन्हें बोलने के लिए बेहद प्रिय विषय मिला है। वरना सालों से वही दलिद्दर ओढ़ना बिछाना पड़ रहा है। इधर हम नामाकूल, जाहिल, गंवार श्रोता हैं कि... लानत है हम पर! तो अब पंचों की राय है कि आप पूरा किस्सा सुनाकर ही दम लेना।"

संजय ने स्वंभू संचालक सुलभ को धता बताते फैसला दिया।

"तुम क्या यह कहना चाहते हो कि राजकर जी को इस तरह के किस्सों में आनंद आता है?" सुलभ ने खुलासा चाहा।

संजय बिफरा, "इस तरह के मतलब, किस तरह के? तुम क्या समझे? और मैंने कब कहा किसी आनंद के बारे में कुछ भी। मैं तो राजकर जी की बात कर रहा हूँ। किसी आनंद के बारे में तो एक लफ्ज भी नहीं कहा। यह कोई अकेले में कही गयी बात थोड़ेई है। इतने लोगों के बीच में मैंने जो कहा, तुम तो उसी को, यानी मेरे ही सामने, मुझे मिस कोट कर रहे हो।"

फिर सुलभ को असमंजस में छोड़ अविनाश को घेरा, ''वैसे दीर्घ जी, मेरे या सुलभ के कहे को भूलकर आप बताइए, आपने 'इस तरह के' से क्या अर्थ ग्रहण किया?''

''इसी तरह के, मतलब स्त्रियों के।'' खुलासा सुलभ ने किया।

''ना जी ना! राजकर जी को तो सीधे-सीधे स्त्री मात्र में मजा आता है। किस्से से तो यूं समझो उनकी गैरमौजूदगी में काम चलाना पड़ता है। ही ही ही ही।'' संजय चहका।

चहक ज्यों-ज्यों बढ़ती गयी, 'हीहीहीही' की आवृत्ति बढ़ती गयी और स्वर महीन होता गया।

राजकर जी ने गिलास मेज पर पटका, ''देखो, तुम बहक रहे हो।''

''मैं, और बहक रहा हूँ, असंभव! सवाल ही पैदा नहीं होता।''

''खैर, इसी बहक पर एक बात याद आयी।''

राजकर जी ने संजय की बहक का प्रमाण देने का या फिर विषयांतर का इरादा जताया।

''ऐसा क्यों होता है कि हम लोग ऐसी बातें स्त्रियों की मौजूदगी में नहीं कर पाते? चाहे वे हमारी कितनी भी घनिष्ठ या मुँहलगी ही क्यों न हों?''

प्रसंग को नया मोड़ मिलते ही या नई बहस के लिए विषय प्रवर्तन होते ही अविनाश ने उसे विस्तार दिया, ''कर लेते हैं। बशर्ते सामने मौजूद स्त्री हमारी निगाह में बदरूप हो। ठीक इसी तरह औरतें भी उस पुरुष के सामने अश्लील बातें कर गुजरती हैं जिसे वे बेहद कुरूप समझती हैं।''

''इस दलील में दम तो है।'' राजकर जी ने सहमति जताई।

इससे पहले कि राजकर जी की सहमति पर अविनाश खुशी महसूस कर पाए, लघु जी ने टीप दी, ''पहले भाग का तो पूरा समर्थन नहीं किया जा सकता, मगर पुरुषों वाला हिस्सा तो शायद दीर्घ जी का अनुभूत सत्य ही है।''

लघु जी की टिप्पणी दीर्घ जी को आहत कर गयी।

वे अपने में ही गुम हो गए। फिर खुद को आलोचकीय भाषा में समझाया, सुरा के सुरूर में आ चुके अनन्न पुरुष मित्र की जगह यदि किसी स्त्री ने मुझे मेरी कुरूपता का अहसास दिलाकर मर्माहत किया होता तो यकीनन अब तक मैं यहाँ से गमन कर चुका होता।

तभी राजकर जी ने अविनाश के हाथ पर हाथ रखते हुए कहा, ''यार दीर्घ जी, तुम्हारी दलील के पहले हिस्से में भी उतना ही दम है, जितना लघु जी को दूसरे हिस्से में नजर आ रहा है।''

''आखिर है किसकी!'' संजय ने भी दीर्घ जी को फुलाया।

"सो बहुमत की राय में दीर्घ जी की पूरी दलील दमदार है।"

राजकर जी से समर्थन और संजय से भाव पाकर खुद को लघु जी की टीप से उबार चुके दीर्घ जी अपनी दलील को विस्तार देने में जुटे, "हमें फूहड़, अश्लील या अशोभन बातें करने के लिए नशाखोर पुरुष मित्रों की दरकार रहती है। चूंकि इनसे इतर बड़ों के प्रति हममें आदर भाव होता है और छोटों में हमारे प्रति, इसीलिए उन दोनों के सामने हम सामाजिक मर्यादाओं को लांघने में संकोच करते हैं, बल्कि उनकी मौजूदगी में मर्यादाओं के प्रति अतिरिक्त सावधानी भी बरतते हैं।

"ठीक इसी तरह औरतों के बारे में फूहड़ और अश्लील, अशोभन और उत्तेजक बातें हम उसी औरत की मौजूदगी में कर पाते हैं जिसे हम सम्मान के योग्य नहीं समझते। वह वेश्या, कॉलगर्ल, बांदी भी हो सकती है और ऐसी स्त्री भी जो इनमें से कोई भले ही न हो, मगर हमारी नजर में कुरूप हो। जिसे हम कल्पना में भी पाना न चाहते हों।

"जो स्त्रियां कुरूप नहीं होतीं और जिनसे हमारा ऐसा कोई रिश्ता नहीं होता जो किन्हीं मर्यादाओं में बंधा हो, जो केवल हमारे परिचय के दायरे में आती हों, उन्हें भी पाने की चाहत हम में किसी न किसी स्तर पर बनी रहती है। इसलिए उनके सामने हम सुसंस्कृत बने रहना चाहते हैं। ताकि वे हमसे विमुख न हों। उनके सामने अपना यह ढका-मुंदा रूप तो हम तभी उजागर करना चाहते हैं, जब उनसे वह प्रतीक्षित प्राप्य वसूल रहे हों।"

अपने तर्क के पुष्टिकरण के बाद अविनाश ने यह जानने के लिए तीनों की ओर बारी-बारी से देखा कि कोई शंका या असहमति तो शेष नहीं?

"यह तो सच है। और जब दीर्घ जी ने कहा है तो सोलह क्या सवा सोलह आने सच है।" संजय ने सहमति जताई।

तभी संचालन अपने कंधों पर उठाते हुए सुलभ बोला, "पर मैं इस बात को नहीं मानता कि राजकर जी को ऐसे किस्सों में मजा आता है। प्रेमाश्रयी के पिछले किसी अंक में एक महिला की रचना होते हुए भी अपने यही राजकर जी अनन्या के उपन्यास के अश्लील चित्रणों पर किस कदर गरजे-बरसे हैं।"

"तो! इस स्थापना से उस बरसात का क्या लेना-देना?" संजय गुस्साया।

"यही कि राजकर जी आलोचना के मामले में लिंग भेद नहीं करते।" सुलभ ने स्पष्ट किया।

"पहली बात तो यह कि तुम्हें कैसे पता चला कि राजकर जी जो किस्सा सुनाने जा रहे हैं, वह स्वनामधन्य अनन्या के उपन्यास के उन वर्णनों से मिलता-जुलता है जिनकी अपने संपादकीय में इन्होंने खबर ली है?

"दूसरी बात यह कि जिन प्रसंगों के चलते इन्हें उसका उपन्यास फूहड़ लगा

है न, यही राजकर जी उससे कहीं ज्यादा निर्लज्ज विवरणों से भरी किन्हीं औरों की कई रचनाओं के कसीदे काढ़ने में भी प्राणपण से जुटे हुए हैं। और सुन, खुद तो काढ़ ही रहे हैं, दिहाड़ी मजदूर भी लगाए हुए हैं।''

संजय अपने आरोप का वजन बढ़ाने वाले कुछ और ठोस प्रमाण याद करने को मौन हुआ कि राजकर जी ने उसे मौन ही बने रहने का इशारा दिया।

फिर खुद उसकी तरफ सवालिया मुद्रा बनाई, ''तुम साफ-साफ यही क्यों नहीं कहते कि अंग्रेजी उपन्यास में मुझे वे विवरण इसलिए नागवार गुजरे, क्योंकि वहाँ संदर्भ सवर्ण तिस पर वामपंथी पात्रों से है। हिंदी में सुपाच्य बल्कि कथा की जरूरत इसलिए लगे क्योंकि यहाँ पात्र अवर्ण, पिछड़े और दलित हैं। सो जाहिर है यह तो यथार्थ चित्रण ही हुआ।''

राजकर जी के मौन होते ही अविनाश ने नया कुतूहल जगाना चाहा, ''मैंने तो सुना है कि हिंदी का प्रबुद्ध और साहित्यिक पत्रकारिता-जगत जो उस उपन्यास को पहले क्षुद्रताओं का देवता घोषित कर चुका था, अब यथार्थ का अपूर्व दस्तावेज सिद्ध करने की कसरत करने की फिराक में है।''

''क्या कह रहे हो?'' सुलभ और संजय ने समवेत उच्चारा।

तभी राजकर जी यकायक अपना आसन छोड़कर उठे और ऐलानिया अंदाज में बोले, ''मैं दो बातें कहकर आज की बैठक समाप्त घोषित करना चाहता हूँ।

''पहली तो यह कि मैं अनन्या के उपन्यास को ही नहीं, उसके व्यक्तित्व को भी फिर से जांच-परख रहा हूँ। हो सकता है कल इसका नतीजा इस रूप में सामने आए कि मैं उसका घनघोर पक्षधर दिखाई दूं। मुझे लगता है कि हम हिंदी वालों ने उसके बारे में अपनी 'राय' कायम करने में जल्दबाजी की है। मुझे कुछ भी लिखने से पहले उसके सरोकारों को समग्रता में देखना चाहिए था। बहरहाल, अभी किसी नतीजे पर नहीं पहुंचा हूँ, इसलिए अपनी सफाई में इसके अलावा एक शब्द भी नहीं कहना चाहता।

''दूसरी बात यह कि श्रीमती अविनाश का आग्रह था कि उनके श्रीमान मेरी सखी, अपनी वैरन और उनकी सौतन, इस सुरा से आज जरा जल्दी पिंड छुड़ाकर घर पहुंचें। बिटिया को पिता से कोई जरूरी बात करनी है। सो सभासदो, आज के लिए इतना ही, अलविदा, शुभ रात्रि!''

राजकर जी ने अपने दोनों चश्मे, चुरुट और तंबाकू का पैकेट जेब के हवाले किया। इसी के साथ कमरे से बाहर कदम रखते हुए आवाज बुलंद की, ''दाऊ, सामान गाड़ी में रखो!''

इन तीनों के सामने भी वहाँ से उठना ही इकलौता विकल्प बचा।

उठते-उठते अविनाश ने एक और शंका जड़ दी, ''सुना है अनन्या अभी

हाल में किसी विदेशी संस्था से इनाम में मिले पचास लाख रुपए हिंदी की वैचारिक, साहित्यिक पत्रिकाओं में बांट देना चाहती है। कहीं उसकी रचना या सरोकारों की बजाय उसकी दानवीरता तो हिंदी के मठाधीशों को उसके बारे में अपनी पुरानी राय बदलने के लिए प्रेरित नहीं कर रही?''

राजकर जी अपनी स्वाभाविक गति को धता बताते कार की तरफ बढ़ चुके थे सो कहना कठिन है कि वे सुनकर भी अनसुना कर गए। अलबत्ता सुलभ, संजय की मुखमुद्रा इसी संभावना के मंडन की चुगली कर रही थी।

## 3

श्रीमती अविनाश आज बेहद खुश थीं। उनके पास इतनी खुशी की वजह भी थी। ठोस वजह। यह वजह लाया था वह टेलीफोन जो बिटिया ने सुना था। सुना था और सविस्तार सुनाया था।

श्रीमती अविनाश की खुशी और बढ़ गयी होती, यदि टेलीफोन खुद सुना होता। ऐसा नहीं हो सका था, सो खुशी के आसपास शंका का ग्रहण भी बना हुआ था।

शंका ऐसी जिसका निदान संभव नहीं था। निदान की कोशिश समूची खुशी को ग्रस भी सकती थी। तिरोहित कर सकती थी।

निदान जो था, वह बिटिया के पास था। निदान की खातिर उससे यह कहना कि तुमने जो सुना वह शब्दशः बयान कर दिया है न, बिटिया को नागवार होता।

तब खुशी ही नहीं, खुशी का मूल संभावित यात्रा की उड़ान भी खटाई में पड़ सकती थी।

ऐसा नहीं था कि श्रीमती अचला अविनाश ने कभी यात्राएं न की हों। ददिहाल और ननिहाल एक ही शहर में होने से विवाह पूर्व भले ही न की हों, मगर विवाह बाद लगभग हर साल की गयी हजारों मील लंबी यात्राओं ने इसकी भरपाई कर दी थी।

फिर भी उनकी खुशी की वजह संभावित यात्रा ही थी।

यह यात्रा अब तक की यात्राओं से भिन्न होने जा रही थी। यह अपने लिए, अपनी सुविधा से होने वाली थी।

अब तक की तमाम यात्राएं ससुराल पक्ष के निमंत्रण पर, उनके सुख–समारोहों

में शामिल होने के लिए की गयी थीं।

जाहिर है उन्हीं के द्वारा निर्धारित तिथियों में, न कि यात्रा पर निकलने की अपनी इच्छा होने पर या सुविधा होने पर।

जब भी शहर से बाहर जाना हुआ, ससुराल के समारोहों में शामिल होने के लिए हुआ। समारोह के आगे-पीछे अपने सैरसपाटे के लिए समय निकालना संभव नहीं हो सका।

कभी अलग से केवल अपने लिए कहीं निकलने का मन हुआ तो यह सोचकर टाल गए कि अभी तो इतनी दूर होकर आए हैं। वहाँ से इस खबर के साथ लौटे हैं कि एक और समारोह के लिए बहुत जल्द फिर आना होगा।

इस सूरत में यानी पिछली और अगली यात्रा के अन्तराल में एक और यात्रा बजट चौपट कर देगी।

श्रीमती अविनाश बेहद खुश इसलिए भी थीं कि पतिदेव चाहकर भी इस यात्रा को टाल नहीं पाएंगे।

उन्हें याद नहीं कि पति महोदय ने आगामी पखवाड़े में किसी बड़ी व्यस्तता का कोई संकेत दिया हुआ हो।

दिल्ली पुस्तक मेला पिछले महीने निबट चुका था।

बिटिया की परीक्षाएं खासी दूर हैं और मौसम में न अब उतनी गर्मी थी, न इतनी ठंडक आयी है जिसमें बाहर निकलते हिम्मत जवाब दे जाए।

सबसे अहम बात यह कि इस यात्रा में समय भी कम लगाना होगा और जेब पर बजन भी कम पड़ेगा।

श्रीमती अविनाश रोजमर्रा के कामों में मशगूल भले हो गयी थीं, सोच का एक हिस्सा लगातार भावी यात्रा की तैयारी में जुटा हुआ था।

सफर में क्या-क्या ले जाना होगा। घर किसके भरोसे छोड़ना होगा। हवाई जहाज में खाने-पीने की चीजें ले जाने की मनाही तो नहीं होगी।

इस आशंका ने उन्हें गहरी दुविधा में डाल दिया। इतनी गहरी कि यात्रा पर जाने की खुशी तिरोहित होने को हुई।

कोई और कहे तो श्रीमती अविनाश भले ही नकार दें, अपने तईं इस सच्चाई से वाकिफ हैं ही कि जहाँ तक खानपान का ताल्लुक है, उन्हें अपने हाथों पका भोजन और अपने घर का पानी ही रुचता है। इसीलिए हर यात्रा में कोशिश रहती है कि एक तरफ के सफर का खाना-पानी घर से लेकर चला जाए। फिर भले ही आधा सफर ठंडे खाने और गरम हो चुके पानी के सहारे क्यों न काटना पड़े।

उनकी निगाह में कहीं के भी छप्पन भोग से ज्यादा स्वादिष्ट, पाचक ठहरता है अपने हाथों बना वही बासा-तिबासा भोजन।

इस दुविधा ने उनकी भावी यात्रा सूची पर अर्धविराम लगा दिया।

इसके बाद जब तक पतिदेव घर नहीं आ गए, वे आहार-जल की दुविधा का माकूल हल तलाशती रहीं। पतिदेव के आने तक भी इससे मुक्ति का कोई मध्यम मार्ग मिला या नहीं, कहना कठिन है।

"ओ पापा! तुसी तो ग्रेट हो!" घर में कदम रखते ही बिटिया पिता के कंधों पर झूल ही तो गयी। उससे खुशी संभाले नहीं संभल रही थी। उधर अविनाश हैरान कि यह हो क्या रहा है?

अपने जानते तो उसने बिटिया से किया ऐसा एक भी वायदा पूरा नहीं किया था, जो चिर-प्रतीक्षित रहा हो। कोई ऐसी चीज भी लाकर नहीं दी थी जिसकी अभी मांग भी न रखी गयी हो।

सच तो यह था कि टेपरिकॉर्डर ठीक करवा देने और पिकनिक पर ले जाने की फरमाइशें आज भी उस पर उधार थीं।

अविनाश ने पत्नी की तरफ देखा। यह आभास पाने के लिए देखा कि तुम इसे कौन सी मांग पूरी करने का वचन दे चुकी हो। वह भी इस बहाने के साथ कि ऐसा करने को पापा कह गए थे।

मगर यह क्या! पत्नी के चेहरे पर तो बिटिया से कहीं ज्यादा खुशी झलकती नजर आयी। अविनाश के लिए बिटिया जितना ही अभिमान उनकी आंखों से भी कूद पड़ने को था।

अब से पहले ऐसे अवसर आने पर यानी बिटिया के जिद ठान लेने पर वही ढाल बनती रही थीं। अक्सर आश्वासनी मरहम के साथ तो कभी-कभी फटकार रूपी अस्त्र के साथ।

पिता थके-हारे आए हैं। कहीं भाग तो जाएंगे नहीं। थोड़ा आराम कर लें तब अपना मांगपत्र रखना।

खुशी जाहिर करना।

काम सलटाना।

नाराजी दर्शाना।

जैसा अवसर हुआ, संभावना हुई, वैसी खुराक के साथ।

आज तो लगता है वे भी यही चाहती हैं कि बिटिया इसी तरह पेश आए, देर तक आए। गोया बिटिया के रूप में वही, बिटिया बन वैसा कर रही हों, या बिटिया न होती तो कर गुजरतीं।

"ओ पापा! तुसी तो लकी मैन हो!" बिटिया ने फतवा दोहराया।

इस बीच पत्नी भी उसके करीब आ खड़ी हुई थीं। उनका एक हाथ बिटिया

के कंधे पर था और दूसरा पति के।

जाने बिटिया पापा को कब अपनी गिरफ्त से मुक्त करे।

ऐसे में वे स्वयं और कब तक पति को उसके 'कृत्य' के लिए शाबाशी देने से रुकी रहें।

पिता से लाड़ लड़ाने के अवसर में अम्मा का साझीदार होना था कि अविनाश को उम्मीद बंधी, अब जल्दी ही उसकी गिरफ्त से मुक्ति मिलेगी।

निरे बचपन से जब कभी पिता से लाड़ लड़ाने के दौरान अम्मा हिस्सेदारी करने आती रही हैं, बिटिया अम्मा को दूर हटाने की मुहिम में जुट जाती रही है, भले ही इस फेर में पिता से दूर क्यों न छिटकना पड़े।

कुछ आदतें हमेशा साथ बनी ही रहती हैं न। इसीलिए अविनाश को उम्मीद बंधी कि आज भी वैसा ही होगा।

संभवत: इसी के साथ बिटिया उस महान कर्म की सूचना दे देगी, जिसके चलते मां-बेटी की नजर में वह इतना महान हो आया है कि वे उसे अपने पांवों पर टिकने भी नहीं दे रहीं।

दोनों को डर है कि कहीं उनका आधार अपनी महानता के भार से लड़खड़ा कर गिर ही न जाए।

अविनाश को यह आभास तो था कि घर में स्वागत असामान्य ढंग से होगा, लेकिन इतना, यह कल्पना नहीं की थी।

राजकर जी ने जिस लहजे में चेताया या सूचित किया था, उसने यह भी तय कर दिया था कि घर में कोई दुर्घटना या उसकी सूचना नहीं, शुभ समाचार ही प्रतीक्षा में है।

बिटिया को वाया आयीहो की कल्पना, जो सुखद समाचार मिला था, सब बयान कर गयी। उस नाकाफी बयान के दौरान उसका चेहरा दमकता रहा।

इस बीच सांस को सम पर लाने के लिए भी नहीं ठहरी।

इस आशंका में नहीं ठहरी कि विराम लेते ही अम्मा शेष किस्सा बयान करने का जिम्मा उठा लेंगी।

उधर अम्मा का हाल यह था कि वे यही मानकर चल रही थीं कि बिटिया की जुबानी वही तो पूरा समाचार बयान कर रही हैं।

अविनाश ने दिमाग को बहुतेरी कसरत करवाई, लेकिन भूलकर भी यह याद नहीं आया कि उसने मेले में कोई खरीदारी भी की थी।

पुस्तक मेले से ही नहीं, उसके आसपास लगे किसी और किस्म के मेले से ही सही।

यही नहीं, ऐसा भी नहीं हुआ था कि उसने कोई चीज खरीदने के लिए चुनी

भर हो और उसका कैशमीमो बन जाने के बाद ही सही, खरीदने का इरादा बदला हो।

फिर यह कैसे संभव है कि कैशमीमो के आधार पर उसे लकी ड्रॉ में शामिल किया जा सके!

यों भी कैशमीमो पर तो खरीदने वाले का नाम ही दर्ज होता है, किसी-किसी का पता भी दर्ज हो सकता है, पर टेलीफोन नंबर तो कतई नहीं।

खुद उसने अपने स्टॉल पर जो किताबें बेचीं, उनका कैशमीमो या बिल भी बनाया। चूंकि क्रेता के पास खरीदारी का प्रमाण होना जरूरी था, मगर किसी ग्राहक का टेलीफोन नंबर न बिल पर दर्ज किया, न कैशमीमो पर।

अविनाश को लगा, हो न हो, किसी ने उनके साथ मजाक किया है। ऐसा मजाक़ जिसने कोई क्षति भले ही न पहुंचाई हो, भावनाओं से खिलवाड़ तो किया ही।

उसने मन ही मन तमाम परिचितों में से उन लोगों की छंटनी शुरू की, जो ऐसी चुहल कर सकते थे। मगर अफसोस, यह संदेह किसी भी नाम पर पहुंचकर एक पल के लिए भी नहीं अटका।

उधर पिता की उलझन से बेखबर बिटिया ने वही अपेक्षा उसके आगे भी पेश कर दी, जो बहुत पहले अम्मा के सामने पेश कर चुकी थी कि – आप दोनों तो मुफ्त में जाओगे ही, क्या मुझे अपने खर्चे पर ले जाना गवारा करोगे?

अविनाश ने सफाई दी, ''लगता है किसी ने हमारे साथ मजाक किया है। भला सोचो, कोई भी हमें बेवजह इनाम क्यों देने लगा। और हाँ, खुदा न ख्वास्ता ऐसा हुआ, तो हम अपनी बिटिया को छोड़कर कहीं जा सकेंगे?''

पिता से भरोसा पाकर बिटिया आश्वस्त तो हुई फिर भी इससे जुड़ी योजना के विस्तार में नहीं गयी। उसे पिता अपनी अपेक्षा के अनुरूप उत्साहित नहीं लगे।

बिटिया ने बेमन से खुद को समझाया, कल तो विदेश नहीं, स्कूल ही जाना होगा, सो अब सोया जाए।

बिटिया ही नहीं, पत्नी ने भी महसूस किया कि अविनाश ने इस खबर को बेमन से ग्रहण किया है। लिहाजा वे भी रसोई की तरफ रुखसत हो लीं।

हालांकि पति के आगमन से पहले वे भी मन ही मन इतनी योजनाएं बना चुकी थीं कि उन्हें अंजाम तक पहुंचाने के लिए तीन दिन, दो रातें नहीं, दर्जनों दिन और दर्जनों रातें विदेश में गुजारना भी कम ही होता।

''मेरी एक बात मानोगे? देखो, नाराज न होना। यह मत कहना कि मैं अड़चन डाल रही हूँ।'' पति को खाना परोसने के साथ ही उन्होंने बातचीत का सिलसिला शुरू

किया।

"कहो, बेफिक्र होकर अपनी बात कहो।"

"मैं सोचती हूँ कल जब तुम इनाम देने वालों के पास जाओ तो बता देना कि मेरे साथ पत्नी नहीं हमारी बेटी जाएगी।" यानी इस बीच श्रीमती अविनाश अपनी खानपान वाली अंतिम उलझन का हल खोज चुकी थीं। सो पहला मौका हाथ आते ही उससे मुक्ति पाने के लिए उड़ान भर ली।

अविनाश ने पत्नी की तरफ देखा। यह देखना, देखना कम और कुछ खोजना ज्यादा था। पत्नी के कथन और पत्नी की चाहत में से असल कौन है और बनावटी कौन, इसकी खोज।

उस क्षणांश के देखने में ही यथार्थ और आरोपित यथार्थ को सही-सही पहचानने में वह सफल रहा है, यह अविलंब उद्घाटित भी किया, "कमाल है, भला जब जाने का मौका मिल रहा है तो तुम क्यों नहीं जाओगी? जरूर जाओगी और बिटिया भी जाएगी। न मैं तुम्हें छोड़कर कहीं जाने वाला हूँ, न बिटिया को। बल्कि अगर वे लोग केवल मेरे जाने की शर्त रखेंगे तो भी मैं तुम दोनों को साथ लेकर जाऊंगा।"

पति के मौन हो जाने के बाद भी श्रीमती अविनाश देर तक उसका मुँह तकती वैसी की वैसी थिर रही आईं। उन्हें लगता रहा कि जैसा अक्सर होता है, आज भी पति अब..., नहीं तो अब..., अपने कथन को या तो वापस ले लेगा या उसमें आमूल परिवर्तन करेगा।

जब देर तक उनका अपेक्षित कुछ भी नहीं हुआ, तब खाना खाते पति को लाड़ भरी, अभिमान भरी नजर से निहारने लगीं।

इस अपलक निहारने के फेर में उनका ध्यान एक और बदलाव की तरफ गया। उन्होंने पाया कि खाना तुरत-फुरत निबटाने के लिए खासे विख्यात पतिदेव आज खाना खाने में खासा वक्त ले रहे हैं।

श्रीमती अविनाश के दिमाग में नए-नए अबूझ सवालों का तांता लगना शुरू हो गया। क्या खाने में कोई कसर रह गयी है?

कहीं अपनी क्षमता से ज्यादा पीकर तो नहीं आए हैं?

हम मां-बेटी को वचन देकर उलझन में तो नहीं पड़ गए हैं?

इनाम लेने में किसी किस्म की अड़चन तो महसूस नहीं कर रहे हैं?

इनाम निकलने का अभी भी यकीन नहीं हो रहा है?

कहीं खाने की गति में अवरोध की वजह कोई और तो नहीं?

उन्होंने पतिदेव को चेताया, "कम से कम खाना तो तसल्ली से खा लीजिए, फिर जितनी देर चाहें कुछ भी सोचते रहना।"

"ठीक से तो खा रहा हूँ।" हाथों को तेजी से हरकत में लाते हुए अविनाश बोला, "जिस गति से खाता हूँ, उसी गति से तो खा रहा हूँ।"

"कोई पहली बार तो आपको खाना खाते हुए देख नहीं रही हूँ।"

"सो तो है।" फिर खुद को सहज सिद्ध करने के लिए हंसते हुए जोड़ा, "या कहो तो यहीं इतिश्री कर दूं?"

श्रीमती अविनाश ने उसी लहजे में चुहल का जवाब परोसा, "जी नहीं, आपको भूखा रखने का मेरा कोई इरादा नहीं है। भरपेट खाइए और मन को खाने में रमाकर खाइए। कहते हैं खाने वाला स्वाद लेकर न खाए तो पकाने वाले को अपना श्रम निरर्थक लगने लगता है।"

हां, श्रीमती अविनाश का अंदाजा सही था। अविनाश बहुत गहरी उलझन में था। ऐसी उलझन जिसका हल उसे कहीं बाहर नहीं तलाशना था, अपने भीतर ही पैदा करना था।

किसी के सामने उससे जुड़ा अप्रिय सच उजागर करने की अपनी आदत को विराम कैसे दिया जाए, यह कहीं खोजने नहीं जाना था, खुद में तलाशना था और उस पर अमल करने का अभ्यास करना था।

राजकर जी संकेतों में अनंत बार और मुँहजुबानी भी दो-एक बार यह समझा चुके थे कि हे दासानुदास, सच बोलो मगर प्रिय बोलो।

संजय और सुलभ भी बार-बार यह याद दिलाते थे कि अब तुम किसी प्रकाशन में संपादक नहीं, खुद अदना प्रकाशक हो, सो तुम्हारे मुँह से अपनी आलोचना सुनना कोई भी गवारा नहीं करता। भले ही यह सुनने को न मिले कि हमारे बीच न आया करो, मगर तुम नहीं बदले तो तुम्हें नजरंदाज करने या तुमसे कोई संवाद न करने की नौबत तो आ ही सकती है।

निकट भविष्य में या कभी भी वह दिन न आए, इसका एक ही उपाय है। अविनाश मुँह बंद रखने का अभ्यासी बने। केवल मुस्कान ही अपनी स्थायी पहचान बनाए।

इधर अविनाश का आलम यह था कि आलोचना के मामले में ही वह सर्वाधिक मुखर हो पाता है। निष्पक्ष समालोचना में ही तो अविनाश सबसे ज्यादा सबल है। संभवतः उसमें यह गुण या अवगुण जन्मजात है।

इन दिनों खुद अपना छोटा-सा प्रकाशन चलाने में जी-तोड़ जुटा अविनाश इससे पहले वर्षों तक प्रतिबद्ध पब्लिकेशन में प्रकाशन अधिकारी रहा है। उसी दौर में राजकर जी से परिचय हुआ, जो घनिष्ठता में बदल गया। दरअसल, राजकर जी प्रतिबद्ध में प्रकाशन हेतु आनेवाली पांडुलिपियों का मूल्यांकन कर अपनी राय दिया करते थे। उन पांडुलिपियों को प्रतिबद्ध के बैनर तले पुस्तक रूप ले पाना है या नहीं,

यह बहुत कुछ राजकर जी की टीप पर निर्भर हुआ करता था। प्रकाशन अधिकारी होने के नाते राजकर जी या उन जैसे कुछ और साहित्य मर्मज्ञों तक पांडुलिपियां पहुंचाना अविनाश का दायित्व था।

अविनाश ने महसूस किया था कि राजकर जी पूरी निष्पक्षता के साथ टीप लिखते हैं। वैसा करते समय उनकी दृष्टि में केवल रचना रहती है, रचना से इतर रचनाकार का कद या क्षेत्र नहीं रहता। अब अविनाश का तो स्थायी भाव ठहरा दो टूक कहना, सो वह राजकर जी का मुरीद होता गया।

हालांकि वर्षों बाद राजकर जी पर एक बार यह आरोप लगा था कि उन्होंने प्रतिबद्ध में प्रकाशन के लिये विचारार्थ आयी एक पांडुलिपि टीप लिखकर लौटाने से पहले अपनी किसी परिचित को पढ़वा दी और उन्होंने उस औपन्यासिक पांडुलिपि में वर्णित कथा को जस का तस अपनी रचना में पिरोकर उस उपन्यास से पहले ही कहीं अन्यत्र से प्रकाशित करवा लिया। हाँ, इतनी सावधानी जरूर बर्ती कि उक्त उपन्यास में जो कारनामे नायक करता दिखाया गया था, वे कारनामे अपनी नायिका के हाथों संपन्न करवाये।

यह साम्य उजागर होने पर कुछ लोगों की राय यह बनी थी कि उन दोनों रचनाओं में जो समानता थी, वह एक ही परिवेश पर लिखी गयी रचनाएं होने के कारण थी, इसमें राजकर जी की कोई भूमिका नहीं थी, तो कुछ अन्य लोगों की दलील यह थी कि हाथोहाथ पांडुलिपि पर अपनी प्रतिक्रिया देने के लिये मशहूर राजकर जी ने उक्त पांडुलिपि को महीनों अपने कब्जे में क्यों रखा? जब पांडुलिपि प्रतिबद्ध को वापस की, तब यह जानते हुए भी कि इसी विषय पर एक महिला कथाकार का उपन्यास अभी हाल में आ चुका है और स्वयं वे उसका फ्लैप मैटर तक लिख चुके हैं, प्रतिबद्ध को इस ओर आगाह क्यों नहीं किया कि वे इसी थीम पर एक रचना अभी हाल में पढ़ चुके हैं।

बहरहाल, दो टूक कह देने की अपनी इस आदत के चलते अविनाश को राजकर जी जैसे मित्र मिले, तो अनंत अशुभचिन्तक भी झोली में आये। इनमें ज्यादा तादाद थी उन लेखकों की थी जिनकी कमजोर रचनाएं अविनाश की दो टूक शैली वाली प्रतिक्रिया के चलते प्रतिबद्ध से नहीं छप सकीं। हालांकि उनमें से कई पांडुलिपियों पर प्रतिकूल टीप अविनाश की नहीं, राजकर जी जैसे किसी अवलोकी की हुआ करती थी।

प्रतिबद्ध नये मालिक के हाथ में जाते ही अविनाश को वहाँ से सेवामुक्त कर दिया गया। नया मालिक नहीं चाहता था कि वह किसी और के विवेक पर खरी उतरी या न उतरी रचनाएं ही छापे।

वहाँ से सेवानिवृत्त होते ही अविनाश ने अपना खुद का प्रकाशन आरंभ किया।

प्रतिबद्ध में काम के दौरान ही उसने प्रतिबद्ध के करीब ही एक बड़ा सा कमरा किराये पर लिया था ताकि कभी-कभार जब किसी पांडुलिपि पर दत्तचित्त होकर काम करना हो, या देर रात काम से फारिग होने के बाद घर जाना संभव न हो, तो शेष रात वहाँ बितायी जा सके। कभी किसी से धीर-गंभीर चर्चा-विमर्श करना हो और वह प्रतिबद्ध में बैठकर संभव न हो तो यहाँ किया जा सके। कभी अन्य शहर से आये लेखक को एकाध दिन दफ्तर के करब ही ठहराया जा सके। सस्ते जमाने में लिये गये इस कमरे का मामूली किराया चूंकि अविनाश देता था इसलिए प्रतिबद्ध छोड़ने के बाद भी इसी इलाके में उसके पास एक ठीया बना रहा। एक मायने में इस ठीये के चलते ही अविनाश अपना प्रकाशन संस्थान आरंभ करने का साहस कर सका था।

ठीक उन्हीं दिनों राजकर जी ने प्रेमाश्रयी कथा पत्रिका का पुनर्प्रकाशन अपने हाथों में लिया। अविनाश और राजकर जी का मिलना-जुलना जो पहले कभी-कभार ही हुआ करता था, अब लगभग रोजाना होने लगा। राजकर जी के दरबार में आने से अविनाश का परिचय क्षेत्र बड़ा। लेखन-प्रकाशन से जुड़ी नित नयी सूचनाएं मिलने लगीं। इस सबका नतीजा यह हुआ कि वह और भी मुखर हो आया। किसी भी रचना या रचनाकार पर ही नहीं, राजकर जी पर भी अपनी दो टूक राय जाहिर करने लगा।

खिन्न हो जाने पर मैदान छोड़ भागना राजकर जी के लिए नई बात नहीं है। फिर भी आज जिस मुद्रा में अपने ही दफ्तर से गए वैसा फिर कभी जाना तो यकीनन गवारा नहीं करेंगे। यह संजय और सुलभ ही नहीं पहली बार अविनाश को भी तभी से अहसास हो रहा था जब से प्रेमाश्रयी के दफ्तर से घर के लिए चला था।

घर पहुंचते ही एक नई अधूरी सूचना से सामना हुआ सो कुछ देर के लिए वह चिन्ता और अनुभूति विस्मृति में चली गयी थी। मगर जैसे ही पत्नी खाना परोसने में व्यस्त हुईं अविनाश को उस दुश्चिंता ने फिर घेर लिया था, जिससे उबारने का श्रेय यकीनन श्रीमती अविनाश को जाता है।

## 4

अगली सुबह दफ्तर के लिए निकलने से पहले अविनाश को लगातार उस फोन का इंतजार बना रहा, बकौल बिटिया जो आज भी आना ही था। उसकी सचाई जानने के लिए अविनाश खुद भी उस नंबर पर कई बार फोन लगा चुका था, जो उस

तथाकथित कल्पना ने लिखवाया था।

हर बार देर तक घंटी ही सुनने को मिली थी।

घर से निकलते समय अविनाश ने श्रीमतीजी को हिदायत दी, यदि वह फोन आए तो कहना एक घंटे बाद दफ्तर वाले नंबर पर फोन करें।

वही हुआ। अविनाश ने अपनी दुकान बनाम दफ्तर में कदम रखा ही था कि फोन की घंटी बजी।

फोन उठाते ही एक मधुर, मीठी आवाज कानों तक पहुंची, "क्या मैं श्री अविनाश दास से बात कर रही हूँ?"

"हाँ, मैं अविनाश दास ही हूँ, कहिए, आप कौन?"

"जी, मैं कल्पना हूँ। आयीहो से बोल रही हूँ। कल आपकी बिटिया से बात हुई थी। आपसे संपर्क की बहुत कोशिश की मगर असफल रही। बिटिया ने बताया होगा।"

"नहीं, बिटिया से कल रात मेरी कोई बात नहीं हुई। कल मैं बहुत देर से घर पहुंचा था और सुबह मेरे जागने से पहले बिटिया स्कूल चली गयी थी। खैर, आप बताइए, किसलिए संपर्क कर रही थीं?"

"जी आपकी बिटिया ने ही यह नंबर बताया था। इस नंबर पर भी कई बार फोन मिलाया था मगर अफसोस किसी ने यह फोन उठाया ही नहीं। बाद में आपकी बिटिया ने, बड़ा प्यारा नाम है उसका सौम्या। तो सौम्या ने बताया कि आप दफ्तर से कहीं गए हुए हैं और लौटकर दफ्तर नहीं आएंगे बल्कि एक और जगह जाएंगे। उसने वहां का नंबर भी दिया था। मैंने वहाँ भी फोन किया था। आप तब तक वहाँ पहुंचे नहीं थे, सो उस नंबर पर भी आपसे बात नहीं हो सकी।"

"वह सब तो जो हुआ सो हुआ। यदि अब भी मुझसे बात हो जाने से आपका काम सलटता हो तो बताइए किसलिए फोन कर रही थीं। अगर वह अवसर निकल गया हो तो मैं क्षमा चाहूंगा कि मेरी वजह से आपका कोई हर्जा हुआ।"

कल्पना ने कल्पना में भी नहीं सोचा था कि उसे ऐसा जवाब सुनने को मिलेगा। वह तो अतिरिक्त आत्मीयता और अन्तरंगता का प्रदर्शन करने के इरादे से उतने विस्तार में गयी थी।

उसे बातचीत का यही प्रशिक्षण दिया गया था। अलबत्ता उस प्रशिक्षण में यह नहीं बताया गया था कि यदि दूसरे छोर पर मौजूद शख्स भी वही अतिरिक्त सौजन्यता दिखाए तो क्या करना चाहिए!

क्षण भर को अचकचाने के बाद कल्पना ने खुद को सहज किया और यह भूलकर कि दूसरे क्षोर पर मौजूद व्यक्ति को एक बार सामान्य सूचनाएं दी जा चुकी हैं, शुरू से शुरू करने का मन बनाया।

''जी, मैं आयीहो यानी इंटरनेशनल होलीडेज आर्गनाइजेशन से बोल रही हूँ। मैं आपको इस कामयाबी की बधाई देना चाहूंगी कि हमारी कंपनी के लकी ड्रॉ में आपके तीन इनाम निकले हैं।''

''धन्यवाद। मैं हृदय से आपका आभारी हुआ। अब यह जान सकता हूँ कि आपकी कंपनी ने मुझ पर यह इनायत क्यों की? उसे किसने कहा था कि वह मेरे नाम से तीन-तीन इनाम निकाले?''

हालांकि अविनाश जानता था कि इसका जवाब क्या होगा। बिटिया बता चुकी थी कि आयीहो ने मेले में खरीदारी के आधार पर ड्रा निकाला है। फिर भी कुछ और जान पाने के लिए खुद को अनभिज्ञ सिद्ध करना जरूरी था।

''जी, दरअसल पिछले महीने आपने प्रगति मैदान में मेलों के दौरान जो खरीदारी की थी, उसके कैशमीमो के आधार पर यह ड्रा निकाला गया है।'' कल्पना ने वही बासी वजह दोहराई।

अविनाश ने इस संभावना को नकारा, ''मुझे तो याद नहीं पड़ता कि मैंने मेले में कोई खरीदारी की थी।''

कल्पना ने हैरानी जताई, ''क्या कह रहे हैं सर। हो सकता है अब तक आप उस खरीदारी को भूल चुके हों, पर यह कैसे हो सकता है कि मेले में गए हों और खरीदारी न की हो।''

अविनाश ने उसकी इस संभावना का भी खंडन किया, ''मैं कुछ नहीं भूल रहा हूँ। मुझे याद है कि मेले में तो रोज गया था, लेकिन किसी किस्म की खरीदारी नहीं की थी।''

कल्पना ने दूसरी संभावना तलाशी, ''तो सर, हो सकता है कोई उपहार दिया गया हो। मेले में कई कंपनियां सामान मुफ्त में भी तो देती हैं न।''

अविनाश ने शंका जताई, ''हो सकता है। पर आप लोगों ने तो मेले के कैशमीमो के आधार पर ड्रॉ निकाला है न?''

कल्पना ने अपने कथन में सुधार किया, ''जी मीमो के माने केवल नकद खरीद से नहीं है। गिफ्ट आइटम का भी चालान बनता है। हमारे ड्रॉ में वे भी शामिल थे।''

''आप कह रही हैं इसलिए मैं मान ले रहा हूँ कि चालान भी शामिल किए होंगे। फिर भी मोहतरमा, कैशमीमो हो या चालान, उस पर मेरा नाम रहा होगा, घर का पता भी हो सकता है, मेरा फोन नंबर तो यकीनन नहीं लिखा होगा। तब आपने मेरे टेलीफोन के जरिए घर तक सूचना कैसे पहुंचा दी?''

''एक्सचेंज से नंबर लेकर सर।'' कल्पना ने शंका निवारण किया।

''मान लो मेरे पास फोन न रहा होता, तब मुझे इनामी सूची में से बाहर कर

देते या किसी और तरह से सूचना देते?''

''आज की तारीख में किसी के पास फोन न हो यह असंभव है। हम फोन के जरिए ही संपर्क करते हैं। वैसे अभी तक तो एक भी विजेता ऐसा नहीं मिला जिसके पास फोन न रहा हो। फिर भी...'' कल्पना ने अपनी बात अधूरी छोड़ दी।

अविनाश फोन रखने को हुआ कि उसे लगा दूसरे छोर से अंअंअंअं जैसा कुछ कहा जा रहा है, यानी वार्ता को अल्पविराम दिया गया है।

''माफी चाहती हूँ अविनाश जी! मैं गलती से किसी और के इनाम की वजह आपको ब्रीफ कर गयी। यकीन है आपने माफ कर दिया होगा।''

''चलिए, माफ किया। आप माफी न मांगती तब भी कर देता। अब लगे हाथ वह वजह भी बता दीजिए जिसके चलते मैं इनाम का हकदार समझा गया।''

''आपने मेले में हमारे प्रतिनिधि के सवालों के जो जवाब दिए थे, वे इतने रोचक थे कि इतने रोचक जवाब भी मिलेंगे यह हमने कल्पना भी नहीं की थी। आपको सर यह जानकर बेहद खुशी होगी कि उनमें से दो को तो हम अपने विज्ञापनों में इस्तेमाल करने जा रहे हैं।''

यह वजह सुनते ही अविनाश का चेहरा खिल गया। उसे याद आया कि हाँ, मेले के दौरान कई लोग कई किस्म की प्रश्नावलियां लिए चले आते थे। उनके आग्रह पर उसने भी कइयों को जवाब दिए थे।

''अब मैं यह मान ले रहा हूँ कि आपकी कंपनी जो है, वह परोपकार में जुटी है। उसकी नीयत नेक है। वह मुझे इनाम देकर मालामाल करना चाहती है। मुझे इस लायक समझा गया, इसके लिए मैं फिर आपकी कंपनी का आभारी हुआ।''

''नहीं सर, आप तो हमें शर्मिंदा कर रहे हैं। हमारी कंपनी आपको इनाम देकर एहसान नहीं कर रही। हम जानते हैं कि आपने इसके लिए आवेदन नहीं दिया था। किसी प्रतियोगिता में भी शामिल नहीं हुए थे। यह तो संयोग है कि हमने इनाम देने का जो मापदंड अपनाया, उसमें आप अनायास भागीदार हो गए।''

''तो अब यह बताइए कि इस इनाम के चलते मैं कल्पना की कितनी और कैसी-कैसी उड़ानें भर सकता हूँ?''

''माफ कीजिएगा, मैं कुछ समझी नहीं?''

''मेरा मतलब है, मुझे इनाम में क्या मिलने जा रहा है।''

''ओ, माफ कीजिएगा, मुझे लगा जैसे आप मुझसे कोई अपेक्षा रख रहे हैं। बहरहाल, पहला इनाम है आपका एक लाख रुपए का बीमा, जिसका प्रीमियम हमारी कंपनी अदा करेगी। दूसरा किसी भी देश के किसी फाइव स्टार होटल में तीन दिन और दो रातों का स्टे। इसका भुगतान भी मय हवाई टिकट के हमारी कंपनी करेगी। तीसरा है एक सरप्राइज गिफ्ट आइटम, जिसे लेने के लिए आपको हमारे

बताए पते पर आना होगा। वहाँ हमारे एमडी और कई और मेहमानों के साथ आप लंच या डिनर लेंगे। वहीं आपको गिफ्ट आइटम दिया जाएगा।''

प्राथमिक सूचनाएं देकर कल्पना क्षण भर को थमी, शायद अविनाश की प्रतिक्रिया जानने के लिए या शायद अगली सूचनाओं का पिटारा खोलने से पहले ऊर्जा बटोरने के लिए।

''तो अब मुझे क्या करना होगा?'' अविनाश ने सीधे-सीधे यह न पूछकर कि लंच या डिनर लेने कहाँ आना होगा, चाहा कि यह निर्देश कल्पना ही दे तो बेहतर।

''सबसे पहले तो यह बताना होगा कि क्या आपको हमारे इनाम लेना मंजूर है?''

''यकीनन, वरना मैं यह सवाल न करता। इसकी जगह आपको सुनने को मिलता कि इनाम अपने पास ही रखिए। मैं फोन रख रहा हूँ और दोबारा फोन न किया जाए।''

''तब ठीक है। मैं एक बार फिर आपको इनामों के लिए बधाई देती हूँ और आयीहो की तरफ से आपका स्वागत करती हूँ। अब आपको क्या करना है, यह मैं नहीं, मेरी सहयोगी बताएंगी। मैं विदा लेती हूँ। बहुत जल्द मेरी सहयोगी इसी नंबर पर संपर्क करेंगी। आपसे बातचीत करना यादगार अनुभव रहा। आज का दिन आपके लिए और भी कई खुशियां लाए, इसी शुभकामना के साथ इस कल्पना का आखिरी नमस्कार।''

''इसका मतलबं यह मधुर आवाज अब मुझे कभी सुनने को नहीं मिलेगी! कल्पना जी, यह तो सरासर अन्याय हुआ। यदि आप ऐसा पहले बता देतीं तो मैं इनाम लेने के लिए पहली ही बार में हामी न भरता।''

अविनाश को उम्मीद थी कि कल्पना उसका संवाद सुने बिना ही फोन रख देगी और यह सब कहना एकालाप की श्रेणी में जाएगा। लेकिन ऐसा नहीं हुआ। कल्पना ने अभी भी फोन थामा हुआ था।

''लगता है, आप मुझे फोन नहीं रखने देंगे?''

''मैं कहाँ रोक रहा हूँ। आप तो अंतिम नमस्कार भी कर चुकी हैं। सो अपनी मर्जी की खुद ही मालिक हैं।''

''जब सामने वाला दिल से इतनी तारीफ कर रहा हो तो वह सिरफिरी ही होगी जो फोन बंद कर देगी।''

''और सामने वाला हो ही तारीफ के काबिल तो वह जालिम ही होगा जो तारीफ के दो बोल न बोले। भले ही उसे इसका सुफल न मिले। मन को यह तसल्ली तो होगी कि अभी भी वह मीठे को मीठा कह सकता है। खुले दिल से

किसी की तारीफ कर सकता है। इस मामले में अपना-पराया या लाभ-हानि नहीं देखता।''

अविनाश ने क्षणभर को विराम लिया।

यह आभास पाने के लिए लिया कि तारीफ बेअसर तो नहीं जा रही?

''तो फिर सुनिए अविनाश जी, इस मामले में आज भी आपका मन उदार है और निश्छल भी।''

''चलिए, मैं तो इस परीक्षा में पास रहा, लेकिन कल्पना जी, लगता है आप पास होने का इरादा नहीं रखतीं?''

''आप ऐसा किस आधार पर कह सकते हैं?''

''आप जानती हैं, बल्कि मुझे भी बता चुकी हैं कि मैं एक विजेता हूँ। लोग, खासकर लड़कियां तो किसी विजेता के और करीब आने की फिराक में रहती हैं और आप हैं कि एक विजेता को अलविदा करने की जल्दी में हैं। इसका मतलब या तो आप लड़की नहीं हैं या फिर दुनियादार नहीं हैं।''

''लड़की भी हूँ और दुनियादार भी। इसीलिए मैं भी कहाँ जाना चाहती हूँ। पर इधर जितनी देर अपनी तारीफ सुनती रहूंगी, उतनी देर आप जैसे कइयों को यही खुशखबरी सुनने से वंचित रहना पड़ेगा। सो यों समझ लीजिए कि हमारी नियति ही यह है। सच मानिए, आपकी बातें बेहद खुशी दे रही हैं, फिर भी अब मैं फोन बंद कर रही हूँ।''

''जैसी आपकी मर्जी। अब मैं आपके हाथ तो थाम नहीं सकता। आप तो न जाने कहाँ विराजी होंगी। यदि मेरे दफ्तर के आसपास हों तो अपने साथ एक कॉफी पीने का न्यौता दे सकता हूँ।''

''जी धन्यवाद। कभी फुरसत हुई तो फोन करके आ पहुंचूंगी।''

और इसी के साथ कल्पना ने अपनी ओर से फोन काट दिया।

इधर अविनाश ने भी फोन को यथास्थान रखते न रखते मन ही मन कुबूल किया कि यह जानकर हैरान होना बेमानी था कि राजकर जी इस आवाज को सुनने के बाद देर तक भुला नहीं पाए थे। यकीनन यह आवाज सुनने वाले के कानों में देर तक गूंजती न रहे, यह असंभव है।

अविनाश का मन हुआ राजकर जी तक तुरंत यह खेदप्रकाश पहुंचाया जाए कि इस आवाज के संदर्भ में कल उन पर हैरान होना बेमानी था।

यही कहने के लिए फोन की तरफ हाथ बढ़ाया भी कि तभी फोन की घंटी बजने लगी। फोन उठाने के लिए बढ़े अविनाश के हाथ ने फोन उठाया तो मगर फोन करने के लिए नहीं, फोन सुनने के लिए।

''क्या मैं श्री अविनाश दास से बात कर रही हूँ?''

एक और मधुरकंठी आवाज कानों में पड़ते ही अविनाश ने राजकर जी को नैतिक समर्थन देने का काम कुछ देर बाद के लिए या फिर शाम की संगत तक के लिए मुल्तबी किया और इसे भी भरपूर सुनने का मन बनाया।

"जी हाँ, मैं अविनाश दास ही बोल रहा हूँ। आप कौन?"

"जी मेरा नाम मोहिनी है। मैं आयीहो से बोल रही हूँ। सबसे पहले आपको इनाम पाने पर बधाई देना चाहती हूँ। हमारी सहयोगी कल्पना ने बताया कि आपको इनाम लेना मंजूर है। इसके लिए हम आपके आभारी हैं।"

"मोहिनी जी, ऐसा कहकर क्यों शर्मिंदा कर रही हैं। आभारी तो मुझे होना चाहिए। आप लोग भी खूब गजब करती हैं। बैठे-ठाले इनाम भी दे रही हैं और जो मुफ्त में इन्हें पा रहा है उसका आभार भी मान रही हैं। सच कहूं, मैं तो आप दोनों की भलमनसाहत का कायल हो गया हूँ।"

"हमारी खुशकिस्मती जो अपनी ऐसी तारीफ सुनने को मिली। हालांकि मुझे यह सुनकर हैरानी नहीं हुई। कल्पना तो आप पर मर मिटी है। वह बता रही थी कि आप बहुत मजेदार इंसान हैं। मीठा बोलने के मामले में हमारे भी कान काटने में माहिर। आप सच मानिए, यदि आपने कल्पना से यह कहा होता न कि इनाम मंजूर नहीं, तब भी मैं आपसे एक बार बात जरूर करती। भले ही मुझे भी वही सुनने को क्यों न मिलता।"

"क्यों भला? क्या रूठों को मनाना आपके काम में शामिल है?"

"जी नहीं, वह होता तब तो करनी ही पड़ती। पर मैं फोन करती आपकी बातें सुनने के लिए। यह जानने के लिए कि कहीं कल्पना मुझे बेवकूफ तो नहीं बना रही।"

"तो अब आपको क्या लगता है?"

"अब यह अफसोस हो रहा है कि वह जिम्मेदारी मैंने निभाई होती तो पहले मुझे बातचीत का मौका मिला होता।"

"एक सच मैं भी बयान कर दूं मोहिनी जी?"

"हाँ, हाँ, बयान कीजिए न!"

"आपने तो तबियत हरी कर दी। अब मैं भला पलटकर क्या कहूं। आपकी तारीफ करूंगा तो आप कहेंगी इसमें नया क्या है। यह सब सुनने की तो अभ्यस्त हूँ। तारीफ के अलावा कुछ किया नहीं जा सकता।"

"आप न सही, फिलहाल जो मैं कर सकती हूँ वह करना शुरू करती हूँ। हमारे एमडी आपके साथ लंच या डिनर लेना चाहते हैं। इनमें से जो भी आप मुनासिब समझें या जब आना सूट करता हो, वह बता दें। अगर समय और दिन भी बता सकें तो मैं आपको उस जगह का नाम बता सकती हूँ जहाँ हमारे एमडी से

आपकी भेंट होगी।''

''क्या लंच या डिनर जरूरी है? ऐसा नहीं हो सकता कि किसी के हाथों इनाम वगैरह भिजवा दें या कहें तो मैं मंगवा लूं।''

'क्यों, आप हमें दर्शन नहीं देना चाहते?''

''इसीलिए तो कह रहा हूँ। दरअसल मैं जरा भी दर्शनीय हूँ ही नहीं। सो नहीं चाहता कि मेरे प्रति आपके मन में जो थोड़ा-बहुत प्रशंसा भाव उपजा है, वह मुझे देखते ही सूख जाए। हालांकि मेरा हाल तो यह है कि मुझमें आपसे मिलने की मोहिनी लालसा बेहद बलवती हो चली है।''

''आं...! यानी आपने संवाद में मेरा नाम शामिल करके मुझे भी चौंका दिया, जैसे कल्पना को चौंकाया था।''

मोहिनी का वाक्य पूरा होते न होते अविनाश को एक नई उलझन ने आ घेरा...

''मोहिनी जी, आपने तो मुझे गहरी उलझन में डाल दिया है।''

''कैसी उलझन, मैं कुछ समझी नहीं!''

''तो सुनिए। मैं समझ नहीं पा रहा हूँ कि कल्पना ने पल भर में आपको क्या-क्या नहीं बता दिया। कहीं ऐसा तो नहीं है कि आप ही कल्पना हों और आप ही मोहिनी। या फिर आप दोनों एक दूसरी के करीब ही बैठी हों और हमारी जो फोनवार्ता हो रही है, वह स्पीकर के जरिए सुन रही हों!''

''अरे, आप तो मुझ पर शक करने!''

''जी नहीं, शक नहीं कर रहा हूँ, गफलत में हूँ। ऐसे संवाद खुलेआम तो बोल नहीं सकता। इस भरोसे बोले जा रहा हूँ कि ये कान से सीधे आपके मन तक पहुंच रहे होंगे। जबकि हो यह रहा हो कि आप दोनों या फिर कुछ और मधुकंठी बालाएं भी उन्हें सुनकर इशारों-इशारों में एक-दूसरी से कह रही हों कि सुनो-सुनो इस बरसाती मेंढक की टर्र-टर्र।''

''ऐसा कुछ नहीं है। आपकी बातें सीधे केवल मेरे कानों तक और कानों से दिल तक पहुंच रही हैं। आप हमारे सम्मानित पुरस्कार विजेता हैं, फिर खुद को बरसाती मेंढक क्यों मान रहे हैं?''

''ऐसा है मोहिनी जी, मैं आपका पूर्व परिचित तो हूँ नहीं। यदि आपका फोन न आता तो आपसे बातचीत का सुखद अवसर भी नहीं मिलना था। जैसा कि होता है, बरसाती मेंढक को टर्र-टर्र करने का मौका तभी मिलता है जब बरसात होती है। सो मेरे लिए तो आपका फोन बरसात ही हुआ न। और जब फोन बरसात हुआ तो मेरी बकबक भी हुई टर्र-टर्र।''

''बहुत खूब। लगता है अगली बार आपको तभी फोन करूं, जब बहुत सारा

वक्त हो।''

''आप फिर फोन करेंगी, यह तो खुशखबरी हुई, लेकिन इसमें से उदासी की गंध भी आ रही है।''

''कैसी उदासी, मैं कुछ समझी नहीं?''

''यही कि आप अभी ज्यादा देर बातचीत करने का इरादा नहीं रखतीं। कहीं मेरी शंका सही साबित होने तो नहीं जा रही?''

''होने तो जा रही है अविनाश जी। सचमुच आपसे बातें करने में मजा आ रहा है, लेकिन मेरी मजबूरी यह है कि मुझे और भी कई लोगों को फोन करना है। सो कृपया यह बताइए कि आपको किस दिन और कब हमारे एमडी से मिलने में सुविधा रहेगी?''

''यदि यह जरूरी ही है तो मैं लंच पर आना चाहूंगा और आज नहीं कल आना चाहूंगा।''

''तब ठीक है। तय रहा कि कल लंच आप हमारे एमडी के साथ ले रहे हैं। इसके लिए आपको प्रगति मैदान के सदाबहार रेस्टोरेंट में आने का कष्ट उठाना होगा। हमें आपका इंतजार रहेगा। वैसे मैं कल सुबह एक बार फिर आपको याद दिला दूंगी।''

''उससे पहले एक बात मेरी भी सुन लीजिए। फोन इसी नंबर पर करना होगा। आज भले ही आप जल्दी विदा ले रही हों, कल तभी फोन लगाइएगा, जब आपके पास थोड़ी ज्यादा फुरसत हो। मैं आपके साथ ढेर सारी बातें करना चाहूंगा। सुबह तैयारियां के चलते वह संभव नहीं होगा, इसलिए घर के नंबर पर भूलकर भी फोन न कीजिएगा।''

''मैं याद रखूंगी। अब हमारी एक और सहयोगी कामना आपसे संपर्क करेंगी। उम्मीद है कि वह भी यही महसूस करेंगी कि उन्हें एक खुशदिल बंदे से बातें करने का मौका मिला।'' और मोहिनी ने फोन रख दिया।

फोन बंद होते ही अविनाश का कारोबारी मन जागा।

जागते ही उसने हिसाब फैलाया।

आखिर ये कौन सिरफिरे हैं जो बेवजह लोगों को इनाम देना चाहते हैं।

चलो मान लेता हूँ कि इनकी कंपनी वालों को मेरे जवाब उन्हें पसंद आए इसलिए मुझे इनाम दे रहे हैं। मगर ये लड़कियां तो बता रही हैं कि उन्हें भी इनाम दिए जा रहे हैं जिन्होंने मेले में कोई भी खरीदारी की थी।

अब जिसका सामान खरीदा, जिसकी कमाई हुई, वह उम्मीद से ज्यादा बिक्री होने की खुशी में कुछ ग्राहकों को इनाम देता तो दीगर बात होती, गले भी उतरती। मगर किसी और से की गयी खरीदारी पर इनका इनाम देने को लालायित होना तो

समझ से परे है।

इनाम भी ऐसी शर्तों पर जिनमें हमारी जेब से कुछ जाना नहीं, आना ही है। तीन दिन, दो रातें किसी दूर देश के शानदार होटल में बिताने का लुत्फ उठाना है, सो अलग।

श्रीमान अविनाश दास का कारोबारी मन 'ऐसा है तो वैसा क्यों है' में उलझा था, तो मध्यमवर्गीय शहरी मन एक ही धुन गुनगुना रहा था कि बहुत जल्द उसे उन दोनों मधुरकंठी बालाओं से रू-ब-रू होने का मौका मिलने वाला है। इसी के साथ मिलने वाला है किसी देश के किसी शहर के किसी पंचतारा होटल में तीन दिन, दो रातें बिताने का, सैरसपाटे का मौका!

यह सच है या सपना?

अविनाश इनमें से किसी एक नतीजे पर पहुंचता कि टेलीफोन की घंटी फिर घनघनाने लगी।

"क्या मैं अविनाश दास जी से मुखातिब हूँ?"

एक और मधुकंठ ने दास जी को अपनी वाणी से आनंदित किया।

"जी हाँ, मैं अविनाश दास ही हूँ, कहिए क्या कहना है?"

"मेरा नमस्कार और हार्दिक बधाई स्वीकार करें। मेरा नाम कामना है। मैं आयीहो से बोल रही हूँ।"

"मेरा भी नमस्कार और बधाई के लिए धन्यवाद। मुझे आपके फोन का ही इंतजार था। कहिए कामना जी, मेरे लिए क्या आदेश है?"

"ऐसा कहकर आप हमें शर्मिंदा न करें। हम भला आपको आदेश कैसे दे सकते हैं। हमारी तो एक ही गुजारिश है कि कल जब आप हमारे एमडी के साथ लंच लेने आएं तो कृपया अकेले न आएं। आपके साथ आपकी श्रीमती जी भी हों। हमारी तरफ से आप दोनों ही आमंत्रित हैं।"

यह सुनते ही अविनाश का संदेही मन जागा।

ऐसा न हो, वहाँ पहुंचकर पता लगे कि हमें बेवकूफ बनाया गया है। यदि सचमुच ऐसा हुआ तो पत्नी के अनंत ताने सुनने पड़ेंगे।

'बड़े होशियार बनते हो न! उड़ती चिड़िया के पर गिनने में माहिर! जो हाथ लगे, उसी रचना को, जो सामने पड़ जाए उसी के कथन में से अव्यक्त कथन को खोजकर तार-तार कर देने में समर्थ! तब तुम्हारी अकल क्या घास चरने चली गयी थी, जब कोई इकलौती नहीं, तीन-तीन बालाएं तुमसे बतियाती रहीं और तुम यह नहीं ताड़ पाए कि वे उल्लू बना रही हैं!'

लिहाजा पत्नी को इस सबसे दूर रखने में ही भलाई है। यों भी पत्नी कह चुकी हैं कि उनकी जगह बिटिया जाएगी।

उधेड़बुन में मशगूल अविनाश की ओर से सहमति या असहमति न मिलने पर कामना फिर मुखर हुई, ''अविनाश जी, आपने कुछ कहा क्या? आपकी आवाज मुझ तक नहीं पहुंच रही है।''

''अभी तक तो नहीं कहा, मगर अब कह रहा हूँ कि मुझे नहीं लगता मेरी पत्नी कहीं लंच पर आना गवारा करेंगी। हाँ, मेरी बेटी आ सकती है।''

''जी नहीं। हम अपने मेहमानों से यह अपेक्षा नहीं रखते कि वे जब हमारे एमडी के साथ लंच या डिनर के लिए पधारें तो साथ में बेटा या बेटी हो या वे अकेले हों। आप पत्नी को मनाने की कोशिश कीजिए। यह खास मौका है। उम्मीद है वे इसके लिए ना नहीं करेंगी। और हाँ, यदि आप इजाजत दें तो मैं उनसे निवेदन करूं?''

''नहीं नहीं, यह जुल्म न कीजिएगा। फिर तो कतई नहीं आएंगी। वैसे यों भी नहीं आएंगी।''

''तब?'' मधुरकंठी कामना ने चिन्तातुर होकर पूछा।

''तब अपने एमडी के साथ मेरा लंच का प्रोग्राम रद्द कर दीजिए।''

''नहीं अविनाश जी, ऐसा मत कहिए।'' मधुरकंठी कामना के मधुर कंठ ने अनुनय की। फिर क्षण भर को अपने कंठ को विराम देने के बाद बोली, ''हाँ, एक सरल उपाय और है। यदि आपकी पत्नी न आना चाहें तो आप अपनी किसी महिला मित्र के साथ चले आइए। उस सूरत में हमें और भी ज्यादा खुशी होगी।''

''यदि यह संभव है तो फिर आप ही उस मौके के लिए मेरी महिला साथी बन जाइए?'' अविनाश ने अविलंब प्रस्ताव रखा।

''सोच लीजिए, मुझे तो कोई ऐतराज नहीं बल्कि खुशी ही होगी।'' कामना ने अविनाश की ओर चुनौती सी उछाली।

इतनी आसानी से अपने प्रस्ताव को मान लिए जाने से चमत्कृत अविनाश के मुँह से दो क्षण को तो बोल ही नहीं फूटे।

''क्या हुआ अविनाश जी? कहीं अपने कहे से पीछे हटने का इरादा तो नहीं रखते?'' कामना ने अपनी चुनौती पर एक और परत रखी।

''नहीं, कामना जी, नहीं। मैं तो आपसे मिली खुशी को भरपूर महसूस करने के लिए चुप लगा गया था। मैं भला पीछे हटकर इतने आकर्षक अवसर को क्यों गंवाने लगा। मैं तो अपने-आपको आपके स्वागत के लिए तत्पर ही पा रहा हूँ। मेरे लिए इससे अच्छा और क्या होगा भला?''

''पर यहाँ बात सिर्फ लंच की नहीं है। आप जिसके साथ लंच लेंगे, उसी के साथ विदेश यात्रा पर भी जाना होगा। तो क्या आप मुझे विदेश यात्रा पर ले जाना गवारा करेंगे?''

''क्यों नहीं। आप उसके लिए भी तैयार हों तो मेरी खुशी का तो कोई ठिकाना ही नहीं रहेगा।''

''अभी भी सोच लीजिए। यदि मैं गयी तो जी भर के खरीदारी करने से बाज नहीं आने वाली। फिर यह न कहिएगा कि मैंने आपकी जेब पर डाका डाल लिया।''

''कामना जी, जो खुशी से दिया जाए उसे न्यौछावर कहते हैं। आप निश्चिंत रहें, आपको किसी भी मामले में निराश नहीं करूंगा और न उफ ही करूंगा।''

''फिर तो खूब गुजरेगी जब मिल बैठेंगे दीवाने दो। मैंने ठीक कहा न अविनाश जी?''

''आप तो जो कहती हैं, ठीक ही कहती हैं।''

''खैर, मेरी तारीफ के मौके तो आपको और भी मिलेंगे, मगर यह तो बताइए, पत्नी को कैसे टरकाएंगे? यदि उन्होंने साथ जाने की जिद की तो?''

''उसकी फिक्र आप क्यों लेती हैं। परिचितों से दूर, देश से भी दूर, सैरसपाटे का जो आनंद दीवानी मित्र के साथ मिलेगा, वह पत्नी के साथ कहाँ संभव है। उन्हें तो यहाँ-वहाँ घुमाता ही रहता हूं। आपके साथ तीन दिन, दो रातें बिताने का मौका भला फिर कब मिलने वाला है। आप तो अपनी बताइए, आपको मेरे साथ चलना गवारा तो है न?''

''न होता तो आपके प्रपोजल को शुरू में ही रिफ्यूज न कर देती। जैसा आप चाहते हैं, मैं भी तो चाह सकती हूं। जीवन में एक बार अपने दीवाने के साथ एकांत में, अपने लिए, अपनी तरह से जीने का एहसास।''

''देखिए कामना जी, आपको एक बात पहले ही बता दूं। आप मेरा साथ देने के लिए तैयार हैं, यह मेरी खुशकिस्मती है, लेकिन एक सचाई यह भी है कि मुझे एक बार देख लेने के बाद आप कतई यह नहीं चाहेंगी कि आपको जीवन में दूसरी बार मुझे देखने का कष्ट झेलना पड़े। फिर भी मैं तो यही चाहूंगा कि मुझे फिर कभी न देखने की कसम आप विदेश यात्रा से लौटने के बाद ही खाइएगा।''

''आप क्या कहना चाहते हैं, मैं ठीक से समझी नहीं अविनाश जी। मेरा खयाल है आप यह कहना चाहते हैं कि आप देखने में सुंदर नहीं है शायद। पर उससे क्या होता है? क्या चमड़ी का रंग ही सब कुछ है? फिर तो आपकी पत्नी को भी आपको एक बार देखने के बाद वही कसम खा लेनी चाहिए थी। पर वैसा नहीं हुआ न। आदमी में और भी तो बहुत कुछ होता है। मेरे लिए तो आपकी बातें ही आप पर मर मिटने के लिए काफी हैं। फिर आपको यह तो पता होगा ही कि आप खुशदिल इंसान और जिसे कहते हैं हीमैन, वह हैं या नहीं। जिस इरादे से हम यात्रा पर जाएंगे उसमें मुझे तो आपमें उसी की तलाश होगी।''

"इस तरफ से बेफिक्र रहिए कामना जी। इससे ज्यादा कुछ कहूंगा तो आप कहेंगी, लो अपने मुँह मियां मिट्ठू बन रहा है।"

"अविनाश जी, लगता है कोई लगातार फोन ट्राई कर रहा है। कहीं बिग बॉस का न हो। मैं फोन रखती हूँ। थोड़ी देर बाद फिर से करूंगी। तब तक आप अपनी पत्नी को साधिए। ऐसा न हो, हम यहाँ खयाली पुलाव पकाते रहें, वहाँ वे लंच तो लंच, यात्रा पर निकलने की भी तैयारी कर चुकी हों। और हाँ, कहीं जाइएगा नहीं, मेरे फोन का इंतजार कीजिएगा।"

कामना का फोन बंद होने के काफी देर बाद तक अविनाश सन्न हुआ बैठा रहा। उसे यकीन ही नहीं हो रहा था कि अभी जो फोन पर किसी वामा से बातें कर रहा था, वह वह खुद था!

बातें भी ऐसी जो अब से पहले करना तो दूर, सोची भी नहीं थीं?

इतना मुखर, मुँहफट, कल्पनाशील, आग्रही और बेहद छिछोर भी!

यह बदलाव उसमें कब आया? कहाँ से आया?

क्या अभी हाल में? क्या इसी बातचीत के दौरान?

नहीं, नहीं! यकीनन पहले से यह भावना मन के किसी कौने अन्तरे में घर बनाए गुमसुम बैठी रही होगी।

बकौल राजकर जी, किसी ऐसी युवती के साथ सुख के पल बिताने की तमन्ना हर पुरुष को होती है, जिसके साथ उसका और कोई रिश्ता न हो, नाता न हो। वह संबंध किसी सौदे, समझौते, दबाव, मजबूरी, प्रलोभन का परिणाम न हो। उस अन्तरंग संबंध की नींव में हो तो केवल एक दूसरे के प्रति चाहत और अपूर्व समर्पण।

कामना लंच तक साथ देती है या प्रिय प्रवास तक, यह तो कल पता लगेगा। फिलहाल जरूरी है लंच के लिए आतुर पत्नी को विचलित करना।

लगे हाथ उसके दिमाग से इनाम का प्रसंग ही साफ करना।

यह कठिन भी नहीं होना चाहिए क्योंकि मैंने कल कहा था न कि कोई इनाम-विनाम नहीं मिलने जा रहा है, कोई हमें बेवकूफ बना रहा है।

अविनाश ने पत्नी को फोन किया और संक्षेप में बताया कि इनाम देने वालों ने उससे संपर्क कर लिया है। वे लोग लंच पर बुला रहे हैं लेकिन उनकी शर्त है कि वहाँ सपत्नीक यानी जोड़े से ही आना होगा। अब वहाँ नाच-गाना, शराब-कबाब कुछ भी हो सकता है इसलिए मैंने साफ कह दिया कि मेरी पत्नी तो वहाँ नहीं आ सकती। यदि आप लोग मुझे अकेले ही आने को कहें तो मैं आ सकता हूँ, वरना इनाम घर भिजवा दो। हम अपनी सुविधा से विदेश भी चले जाएंगे। हालांकि मुझे अभी भी यकीन नहीं हो रहा कि वे कोई इनाम-विनाम देंगे ही। हो सकता है सब

छलावा हो। अब तुम्हीं बताओ मैंने मना करके ठीक किया न?

अविनाश ने जिस लहजे में मामला बयान किया, उसमें पत्नी के पास कोई विकल्प सुझाने या असहमति जताने की गुंजाइश ही नहीं छोड़ी।

''आपने ठीक कहा। मान लो मैं आपके साथ गयी और वहाँ कुछ खाने-पीने की शर्त रखी गयी तो मुझसे तो वह खाते-पीते बनेगा नहीं। मैं तो कहती हूँ अकेले तुम्हें आने को कहें तो भी मना कर देना। इसी पर अड़े रहना कि इनाम घर भेज दो।''

''तब ठीक है। मैं यही कहूंगा। पर हाँ, यदि किसी लड़की का फोन तुम्हारे पास आए और वह आने की जिद करे तो मना कर देना। ऐसा न हो कि मैं तो यहाँ ना-ना करता रहूं और वह वहाँ तुम्हें मना ले।''

''नहीं, आप निश्चिंत रहें। मुझे खुद पर काबू रखना आता है।''

पूरी बात कह चुकने के बाद भी पत्नी कुछ पल फोन को थामे रहीं।

इस उम्मीद में कि पति महोदय तारीफ के दो शब्द कहेंगे या 'यही माद्दा बनाए रखना' जैसी हिदायत देंगे।

जब अगले कई पल तक अविनाश के कोई बोल उन तक नहीं पहुंचे तो फोन रखा और राहत की सांस लेने के बजाय विचार सागर में गोता लगा गईं।

श्रीमती अचला हैरान थीं कि पतिदेव ने उन पर अविश्वास क्यों किया?

अपने कहे को नकार देने की, अपने इरादे से विचलित हो जाने की आदत तो उनमें नहीं खुद पति महोदय में है।

कभी कुछ और अभी कुछ, तभी कुछ और सभी कुछ की चाहत तो उनमें है, मुझमें नहीं।

फिर वे ऐसा क्यों कह रहे थे कि कहीं मैं किसी की बातों में आकर हाँ न भर दूं?

तो क्या वे मेरे बिना भी वहाँ जाने का इरादा रखते हैं?

तो क्या वे मेरे बिना ही वहाँ जाने का मन बना चुके हैं?

तो क्या वहाँ मेरी जगह किसी और को ले जाने की कल्पना करते हैं?

## 5

जी हाँ, सभी पतियों की तरह अविनाश दास भी इस खुशफहमी के शिकार हैं कि उनकी पत्नी भला क्या खाकर उनकी थाह ले पाएगी। वह तो उन्हें उतना ही समझ पाएगी, जितना वे सायास समझ लेने देना चाहेंगे।

पत्नी को रास्ते से हटाने के बाद अविनाश दास अपनी कामयाबी पर इतरा भी

न पाए थे कि फोन की घंटी फिर बजने लगी।

अपने आप को शाबाशी देने के सिलसिले को वहीं विराम दे अविनाश ने झटपट फोन उठाया।

''अविनाश जी, मैं कामना। माफ कीजिएगा, मुझे उस समय फोन बंद करना पड़ा। सचमुच हमारे एमडी साहब ही बार-बार फोन मिला रहे थे।''

अविनाश ने चिन्तातुर मुद्रा अख्तियार की, ''तब तो माफी आपको नहीं मुझे मांगनी चाहिए। मेरी वजह से खामखां आपको कुछ बुरा-भला सुनना पड़ा होगा। आप तो मेरी मदद के फेर में फोन पर व्यस्त बनी हुई थीं।''

कामना ने अविनाश को अपराध बोध से उबारा, ''नहीं, डांट तो क्या पड़नी थी। मैं अब भले ही अपने दीवाने से बात कर रही हूँ, तब तो उनके पुरस्कार विजेता से बातचीत कर रही थी। है कि नहीं? वैसे एक तरह से अच्छा ही हुआ जो उनका फोन आ गया।''

कामना के शब्दों ने अपना असर दिखाया। अविनाश ने मन ही मन मुदित होते हुए कहा, ''कामना जी, आपने मुझे अपने दीवाने का दर्जा दिया, उसे मैं तहेदिल से कुबूल करता हूँ। और हाँ, आपके एमडी का फोन आ जाना किस मायने में अच्छा हुआ? क्या हमारे मामले में?''

''आपने सही अंदाजा लगाया है अविनाश जी। पर मैं जान सकती हूँ कि आपने यह अंदाजा लगाया कैसे?''

अविनाश ने खुलासा किया, ''हमारे मामले से जुड़ा न होता तो आप उसका जिक्र ही क्यों करतीं?''

''सो तो है। लगता है मुझे एक बार फिर आपसे माफी मांगनी होगी अविनाश जी।'' कामना ने अविनाश के तर्क का समर्थन करके उसे प्रसन्न करने के साथ ही अन्ततः फिर निराशा के गर्त में डुबाया।

''वह क्यों भला?''

''बात दरअसल यह है कि एमडी ने मुझे साफ-साफ कह दिया है कि इसी कंपनी की कर्मचारी होने की वजह से न तो मैं आपके साथ लंच पर जा सकती हूँ और न ही विदेश यात्रा पर। आप यकीन जानिए अविनाश जी, यह सुनकर मुझे जो मायूसी हुई, वह मैं बयान नहीं कर सकती।''

''वह मैं समझ सकता हूँ। मगर आपके एमडी को मना करने से पहले यह सोचना चाहिए था कि इनाम पाने वाला कोई बंदा उनके किसी मुलाजिम का रिश्तेदार या दोस्त भी तो हो सकता है।''

''आप ठीक कह रहे हैं अविनाश जी, मैंने भी यह दलील दी थी, लेकिन एमडी का कहना है कि तब हम उस इनाम पाने वाले को इनामी लोगों में से बाहर

भले ही कर दें, मगर अपने किसी मुलाजिम के साथ न तो लंच पर आने देंगे, न यात्रा पर जाने देंगे।''

''यह नादिरशाही क्यों?'' हाथ से अवसर जाता देख अविनाश बिफरा।

''एमडी का कहना है कि हो सकता है हमारे कंपीटीटर ऐसे मेहमानों की तस्वीरें खींच लें और फिर यह प्रचारित करें कि ये तो अपने अपनों को ही इनाम देते हैं, लंच कराते हैं, विदेश भेजते हैं।''

''ओह! कामना जी, उनकी यह शंका तो जायज है। इसके लिए तो तुम्हारे एमडी को दाद देनी होगी।''

''वह जब आप उनसे मिलें तब जरूर दीजिएगा। अभी की सिचुएशन तो यह है कि मैं चाहकर भी आपका साथ नहीं दे सकती।''

''इसका मतलब है मुझे अकेले ही आना होगा।''

''जी नहीं। अकेले होने पर आपको भी नहीं आने दिया जाएगा।''

अविनाश को उम्मीद थी कि उसके स्वर की मायूसी को भांपकर कामना ढाढस के दो बोल जरूर बोलेगी मगर हुआ यह कि कामना ने उसे निराशा के गर्त में और भी गहरे उतरने पर विवश कर दिया।

''आने से कौन रोक सकता है भला? मैं भीतर जाने का टिकट खरीदूंगा और सीधे रेस्टोरेंट में आ धमकूंगा। इसमें क्या अड़चन हो सकती है! मेला या सिनेमा देखने वाले कभी भी वहाँ आते ही हैं। न तो किसी को मेला परिसर में जाने से रोका जा सकता है, न रेस्टोरेंट में जाने से।''

''आप टिकट लेकर मेला कैंपस में तो जा सकते हैं लेकिन उस वक्त उस रेस्टोरेंट में नहीं जा सकेंगे, क्योंकि हमने पूरा रेस्टोरेंट लंच के लिए बुक किया हुआ है। और हाँ, आप जब हमारे निमंत्रण पर आएंगे तब टिकट लेने की जरूरत नहीं है। सीधे गेट नंबर एक-बी से चले आएं। वह गेट आम जनता के लिए नहीं केवल मेहमानों के लिए है।''

''मैं ध्यान रखूंगा। उसी तरह पहुंचूंगा। लेकिन समस्या तो यह है कि मैं पहुंचूंगा किसके साथ?''

''वह आप सोच लीजिए। चाहें तो अभी श्रीमतीजी से फोन पर पूछ लीजिए। हो सकता है वे रजामंद हो ही जाएं। मैं थोड़ी देर बाद फिर फोन करूंगी। तब तक आपका आना तय हो जाएगा तो वहाँ पहुंचने से जुड़ी कुछ और बातें बताना चाहूंगी।''

''तय तो होता रहेगा, आप बताइए न, और क्या बताना चाहती हैं।'' अविनाश ने आग्रह किया।

''जी नहीं, अभी वह सब कहने का कोई लाभ नहीं। जब आप यहाँ आना

पक्का कर लेंगे और हमें अपने साथी का नाम बता देंगे, तभी कुछ और बताना जरूरी होगा।''

कामना ने तो इसके तुरंत बाद सचमुच फोन रख दिया, मगर फोन रखने से कहीं पहले अविनाश को उलझन में डाल दिया।

अविनाश अपने ही बनाए जाल में बुरी तरह उलझ चुका था। कामना उसकी संगिनी बनने को तैयार है, बल्कि आतुर है, यह जान लेने के बाद खुद उसी ने, कामना के उकसावे पर ही सही, पत्नी के दिमाग में इस लंच और इनाम को लेकर एक दूसरी ही छवि रोप दी थी।

इन लोगों को खलनायक की तरह पेश कर दिया था।

उसे स्वयं भी इन पर भरोसा नहीं, यह भरोसा दिला दिया था।

सो अब चाहकर भी पत्नी को उसी धुरी पर नहीं लाया जा सकता था।

आखिर क्या कहकर यह सिद्ध करता कि वह जो कुछ देर पहले कह रहा था, वह गलत था और जो अब कह रहा है वह सही है।

पत्नी को फिर से लंच पर चलने के लिए तैयार न करने की एक वजह यह भी थी कि अविनाश पत्नी और बेटी के साथ नहीं, अब सचमुच किसी और के साथ ही यात्रा पर जाने का मन बना चुका था।

उसे हल्का सा भरोसा था कि कामना कोई न कोई रास्ता खोज ही लेगी। पहली ही बार में वह जिस सहजता से चलने को राजी हो गयी थी, उससे तो यही लगता है कि वह भी विदेश जाने को लालायित है।

कामना की चाहना से जुड़ी इस संभावना ने अविनाश को इस मसले को हल करने का एक और उपाय सुझाया।

उसने तय किया कि यदि अब कामना का फोन आया तो वह उससे यह जानकारी लेगा कि तुम्हारे मेहमानों में किसी महिला के हालात भी मेरे जैसे हैं क्या? यानी जो पति की गैरमौजूदगी की वजह से लंच पर न आ पा रही हो।

उस सूरत में कामना मुझे लंच पर उसके साथ बुलवा ले और बाद में यात्रा पर खुद चली चले।

अब सब महिलाएं तो कामना जैसी उदार हो नहीं सकतीं।

मेरे लिए तो कामना ही पहली ऐसी महिला है जो वैसी नहीं है, जैसी महिलाओं से मेरा अब तक साबका पड़ा है। इसीलिए मैं यकीन के साथ यह कह सकता हूँ कि जो महिला मुझे बिना देखे मेरे साथ लंच में शामिल होने आएगी, वह मुझे देख चुकने के बाद मेरे साथ यात्रा पर तो जाने से रही।

यदि सरप्राइज गिफ्ट लंच से पहले दे दिया गया तो हो सकता है वह बिना लंच लिए ही चलती बने। ऐसा न हुआ तो लंच तक मेरे साथ सहज बने रहना

उसकी भी मजबूरी होगी।

इस संभाव्य विकल्प के सूझते ही अविनाश ने तय किया कि अब कामना का फोन आने पर उसे इस उपाय को आजमाने का सुझाव देना ही ठीक रहेगा। यदि वह सहमत हो गयी और कोई स्त्री भी सहमत हो गयी तभी लंच पर जाना हो सकेगा।

लंच का दौर मनमाफिक गुजर गया और कामना ने इसके बाद भी होशियारी से मैनेज कर लिया तो विदेश यात्रा के दौरान पहलू में पत्नी नहीं, कामना हुई तो यकीनन सोने पे सुहागा जैसा होगा।

अब अविनाश को दरकार थी तो केवल एक सुमुखी की, जो इस दास के संग-साथ दोपहर के भोजनार्थ गमन कर सके।

अविनाश के लेखे उसने शेष सभी अड़चनों से पार पा लिया था और किसी को कानोकान भनक तक नहीं लगी थी।

खुद को इसके लिए शाबाशी देते समय अविनाश ने एक बार भी यह सोचना गवारा नहीं किया कि हकीकतन इस अड़चन के अलावा कोई अड़चन तो थी ही नहीं।

दूसरी जो अड़चन, जिससे पार पा जाने की खुशी अविनाश से छुपाए नहीं छुप रही थी, वह तो उसी ने पैदा की थी, एक सहृदय पति का मुखौटा पहने रखने के लिए। निमंत्रित करने वाले तो इस तथाकथित अड़चन को यानी केवल पत्नी के साथ ही आ सकते हैं, पहले ही अड़चन की श्रेणी से निरस्त कर चुके थे। यानी ले-देकर इस पूरे मामले में पहले भी एक ही अड़चन थी और अब भी एक ही अड़चन थी। इस अड़चन का अविनाश के पास कोई नहीं था, निदान की सुखद कल्पना भर थी।

## 6

कहते हैं उम्मीद पर दुनिया कायम है। उम्मीद पर टिकी इसी दुनिया में अविनाश भी कायम है।

अविनाश के संदर्भ में एक सचाई यह भी है कि किसी भी महिला से आमना सामना होते ही वह खुद अपने रूप-रंग और जरूरत से ज्यादा छोटी एक आंख को लेकर हीनताबोध का शिकार हो जाता है।

नतीजा, कभी किसी महिला के सामने खुलकर बात नहीं कर पाता। जब कभी बातचीत करना लाजिमी हो जाता है, तब फिल्मी भारत कुमार की तर्ज पर

आंखें मूंदे या फिर सिर झुकाए करता है और कामना करता रहता है कि वार्ता के पल अल्पतम हों।

औरों को तो जाने दीजिए, इसी हीनभाव के चलते पत्नी तक से सहज होने में सालों लगे।

वह बदलाव भी पत्नी की पहल, अथक कोशिशों और सजगता से संभव हुआ।

यदि वे अविनाश की ओर से पहल या रुझान के इंतजार में रहतीं तो आज भी उन दोनों में हाँ-हूं तक ही संवाद हो रहा होता।

यह हीनभाव तब दर्शनीय होता है जब वह किसी ऐसी महिला से मुखातिब हो, जो उस पहली मुलाकात से पहले कई बार फोन पर बात कर चुकी हो।

मुलाकात के बाद उसे इस संशय के साथ विदा होना पड़ता है कि यह वही आदमी तो कतई नहीं था जिससे कई बार फोन पर बातचीत हुई थी।

अलबत्ता दूसरी मुलाकात पर संशय इस यकीन में बदल जाता है कि फोन पर बतियाने वाला और सामने बैठा अविनाश दो व्यक्ति नहीं, एक ही व्यक्ति के दो विरोधाभासी व्यक्तित्व हैं।

पहला, जो दिखता नहीं सिर्फ सुनाई देता है, मुखर है, हाजिरजवाब है।

दूसरा, जो दिखता है, वह है तो अपने ही हीनताबोध में गर्क, लेकिन प्रदर्शन कुछ वैसा करता है जैसे प्राचीन ब्राह्मणों ने 'असूर्यंपश्या' विशेषण नितांत इसी के लिए गढ़ा हो।

निदान से परे इस उलझन ने यकायक अविनाश को फिर वही बीती शाम याद दिला दी।

उसे याद आया वह लम्हा जब राजकर जी के जुमले कि 'हम औरतों के सामने वे सब बातें क्यों नहीं कर पाते' के जवाब में उसने कहा था – कर लेते हैं, बशर्ते हमारे सामने बैठी स्त्री हमारी नजर में बेहद कुरूप हो।

राजकर जी ने उसके कथन से सहमति जताई थी। यह अविनाश को भला लगा था।

इसलिए नहीं कि उसने कोई मार्के की बात कही थी। भला लगने की वजह यह थी कि ऐसे मौके कम आते थे जब उसकी किसी स्थापना से सहमति जताई गयी हो।

जैसा कि अविनाश के मित्रगण मानते हैं, इसकी इकलौती वजह यह है कि अविनाश को यह याद नहीं रहता कि सच भी समय सापेक्ष होता है।

बीती रात अविनाश ने जो वजह बयान की थी, वह बकौल सुलभ ही नहीं बकौल अविनाश यानी बकलम खुद, आत्मभूत सच ही था।

ऐसा सच जिससे सामना हो चुकने के बाद उसे नसीहत की तरह पेश तो किया जा सकता था, जैसा कल अविनाश ने किया भी था, भुलाया नहीं जा सकता था।

अविनाश ने प्रेमाश्रयी में कल जो कहा था वह आधा सच था, पूरा नहीं।

उस प्रसंग में आधा सच ही प्रासंगिक भी था।

यदि वह प्रसंग और आगे बढ़ता तो अविनाश अपने कथन में यह जरूर जोड़ता कि फिर भी जरूरी नहीं कि जिसे कुरूप मानकर हम पुरुष कुछ भी कहने की आजादी ले लेते हैं उसे उभयपक्ष भी सहजता से ले। बहुत संभव है उस पक्ष की प्रतिक्रिया इतनी तीखी, इतनी मारक हो कि कहने वालों का वजूद ही हिल जाए। उन हालात से गुजरना पड़ जाए जिनसे बचे रहने के लिए वे सुंदर महिलाओं की मौजूदगी में अभद्र चर्चा नहीं छेड़ते। उनके सामने ऐसा कोई प्रस्ताव नहीं रखते जो भद्रलोक में अभद्रता के दायरे में आता हो।

दरअसल हम पुरुष किसी भी कुरूप स्त्री को देखते ही इस खुशफहमी के शिकार होने से नहीं बच पाते कि इसके सामने कैसी भी चर्चा करके इस पर तो उपकार ही कर रहे हैं। यदि हम ऐसा नहीं करेंगे तो यह तो जीवन में कुछ सुखों, कुछ उन्मादी पलों को भोगने से ही नहीं, उनसे निश्रृत होने वाले आनंद का श्रवण करने से भी वंचित रह जाएगी।

बहुत अर्सा पहले की बात है। अविनाश जहाँ मुलाजिम था वहाँ दो ही किस्म के मुलाजिम थे। कुछ अति प्रौढ़, कुछ अति युवा।

पहली किस्म के पास नई-नई उलझनों का अंबार था तो दूसरी किस्म के पास नए-नए सपनों का पिटारा।

दोनों किस्मों में कोई आपसी मेल नहीं था।

दोनों दो ध्रुवों की तरह हमेशा अपनी-अपनी दुनिया में ही लस्त-पस्त रहते थे।

दूसरी किस्म में युवक-युवतियों का अनुपात लगभग समान था।

सब के पास लगभग एक से सपने थे।

सबने अपना-अपना युग्म चुन लिया था।

कोई युग्म वर्तमान को हंसी-खुशी गुजारने के लिए नित नए सपने बुनता था तो कोई आगामी अतीत के साझे ताने-बाने बुनता रहता था।

इनमें युग्महीन था इकलौता अविनाश। अपनी उसी शाश्वत मान्यता के चलते कि कोई युवती मुझसे क्यों दोस्ती करना चाहेगी।

मैं ठहरा कुरूप, बेढब, अदना, तिस पर निर्धन परिवार से भी!

तभी वहाँ एक और युवती का आगमन हुआ।

शरीर सौष्ठव के लिहाज से खासी भरी-पूरी, अपनी वय से कहीं ज्यादा स्वस्थ-समृद्ध।

उसे देखते ही सब युग्मों को लगा कि अब अविनाश का युग्म भी पूरा हुआ ही समझो।

उसका रंग भी बेहद सांवला था।

नाम था मालिनी।

उसके पिता किसी दफ्तर में चपरासी थे।

यानी हर तरह से अविनाश के समकक्ष।

मालिनी के आगमन के बाद अक्सर कई युवा पहले से ज्यादा मुखर नजर आने लगे।

जो अब तक किसी भी युवती की मौजूदगी में संस्कारी की तरह पेश आते थे, अकेली मालिनी के मौजूद होने पर संस्कारों को ताक पर रखकर, श्लील-अश्लील की परवाह किए बिना कोई भी प्रसंग छेड़ने लगे।

कभी कोई उत्तेजक रचना पढ़कर सुनाने लगता तो कोई यौनांगों का वर्णन करने लगता। कभी कोई रति विलाप करने लगता तो कभी कोई अपने ही नहीं, औरों के भी स्वप्न दोष का रोना रोता। कभी कोई 'मुझसे दोस्ती करोगी' जुमला बोलकर मालिनी की तरफ हाथ बढ़ाता। फिर उसी हाथ से उसके चेहरे की ओर इशारा करके 'खिखिखिखि' हंसने लगता।

यकीनन इससे मालिनी आहत होती होगी, मगर रहती चुप ही थी।

मालिनी के आने से पहले तक कुछेक युवतियां ही ऐसी निर्लज्ज बातें करती थीं। वे भी उस समय, जब उनके आसपास युवकों के नाम पर केवल अविनाश हो।

उसकी मौजूदगी में अपने प्रेम प्रसंग, दिवास्वप्न, कामनाएं, यौन अनुभव एक-दूसरी को सुनाने में जरा भी संकोच नहीं करती थीं। वे मानकर चलती थीं कि ऐसा करके वे अविनाश का कोई अभाव दूर कर रही हैं।

जब कभी उन्हें यह शक होता था कि उनकी बातें सुनकर अविनाश उत्तेजित हो रहा है, तब यही जुमला इस्तेमाल करती थीं। यानी 'मुझसे दोस्ती करोगे' का प्रस्ताव पेश कर खिलखिलाने लगतीं।

उस खिलखिलाहट में खुद के खुलेपन पर गर्व से कहीं अधिक, अविनाश के उपहास की खनक होती थी।

फिर एक दिन वह भी हुआ जो अपने होने से क्षण भर पहले तक किसी के लिए भी कल्पनातीत था।

जो वह कर गुजरा, उसके लिए भी!

अविनाश दास ने मालिनी को एकांत में पाते ही, जीवन का प्रथम प्रणय निवेदन कर ही तो दिया।

उसके प्रस्ताव पर हाँ या न कहने को उद्दत हुई मालिनी के पूरे हावभाव में उपेक्षा ही उपेक्षा है, यह समझ में आते ही अविनाश ने नजरें फेरनी चाहीं।

तभी मालिनी ने उसकी डेढ़ आंखों में अपनी चार आंखें डालीं और उसी उपेक्षा को वाणी पर सवार करके बोली, "मैं जानती हूँ कि ये सारे लड़के यही मानते हैं कि मेरे जीवन में तो प्रेम भरी बातें करने वाला कोई आएगा नहीं। मुझे तो औरों के किस्से सुन पाने को ही अहोभाग्य मानना चाहिए। इसीलिए यहाँ अनाप-शनाप बककर मुझे धन्य करते रहते हैं। तो भी, यानी अगर सांवला रंग ही किसी अरूप लड़की के सामने कुछ भी बकने की छूट देता है, तो वह छूट उनको भले मिले, आपको तो नहीं मिल सकती! सो मेरे सामने प्रेम प्रस्ताव रखने से पहले एक बार तो अपना चेहरा आइने में देख लिया होता।"

अविनाश की वह दशा हो गयी जिसे कहते हैं काटो तो खून नहीं।

अब उसके सामने दो ही विकल्प थे।

पहला यह कि शर्म से सिर झुकाए वहाँ से रुखसत हो ले।

दूसरा यह कि इस प्रस्ताव की शालीनता को बनाए रखने के लिए इसे सुखद परिणति तक पहुंचाए।

अविनाश ने दूसरा विकल्प चुना, मगर स्वाभिमानी मालिनी ने उसे भी सखेद ठुकरा दिया।

उभयपक्ष को कमतर आंकने या उपकृत करने के इरादे से पेश किए गए उस पहले प्रस्ताव की अंतिम परिणति यह हुई कि किसी मृगलोचिनी के साथ प्यार की पींगे भरने की अविनाश की तमन्ना हमेशा-हमेशा के लिए दिल की अतल गहराइयों में ही जज्ब होकर रह गयी।

बकौल राजकर जी - किसी ऐसी युवती के साथ सुख के पल बिताने की तमन्ना हर पुरुष को होती है, जिसके साथ उसका और कोई रिश्ता न हो, नाता न हो। वह संबंध किसी सौदे, समझौते, दबाव, मजबूरी, प्रलोभन का परिणाम न हो। उस अन्तरंग संबंध की नींव में हो तो केवल एक दूसरे के प्रति चाहत और अपूर्व समर्पण।

# 7

"अविनाश जी, मैं कामना बोल रही हूँ। माफ कीजिएगा, आपकी मनाही के बावजूद अभी मैंने आपकी पत्नी से बात की थी। आपने सही कहा था, वे किसी भी सूरत में हमारे बीच आने को तैयार नहीं हैं। उन्होंने तो हमें यह सलाह थमा दी है कि हम इनाम पाने वालों की सूची में से आपका नाम ही खारिज कर दें। क्या आप भी यही सोचते हैं?"

फोन के दूसरे छोर से दी जा रही सूचना के पूरा होते ही अविनाश को कामना पर रंज हो आया। मना करने के बावजूद मेरी पत्नी से बातचीत करने की क्या जरूरत थी।

पहले तो खुद ही मेरे दिमाग में वह फितूर डाल दिया कि पत्नी को इससे अलग ही कर दो।

खुद तैयार हो गयी। फिर खुद मुकर भी गयी।

अब फिर से पत्नी के दिमाग में वही चाहत जगा दी।

"क्या हुआ अविनाश जी, आपने मेरी बात का जवाब नहीं दिया?" अविनाश के जवाब की प्रतीक्षा में फोन पर अटकी कामना ने याद दिलाया।

"सोचता तो नहीं हूँ, मगर और कोई चारा भी तो नहीं है। मेरे सामने तो दो ही विकल्प हैं। पहला तो सीधा-सादा यह कि आप लोग मुझे अकेले ही वहाँ आने की इजाजत दें। दूसरा यह कि आप तीनों मृदुभाषियों में से कोई एक मेरे साथ मेरी साथी बनकर लंच करे। यदि ये दोनों ही संभव न हों तो फिर वही किया जाए जो मेरी पत्नी ने सुझाया है।"

अविनाश को खयाल आया कि किसी अपनी जैसी बेवश को मित्र बनवा देने का प्रस्ताव रख दिया जाए। फिर सोचा कि उतावली दिखाना ठीक नहीं। पहले इसकी कुछ और थाह ले लूं, तब शायद यह उस उपाय में साथ देने को तैयार हो जाए।

"क्षमा करें अविनाश जी, जैसा मैंने पहले भी कहा, आपके सुझाए पहले दोनों विकल्प संभव नहीं हैं। तीसरा मुझे मंजूर नहीं है।

"हालांकि मुझे यह जानकर हैरानी हो रही है कि आप जैसे खुशदिल और साफगो इंसान के पास एक भी महिला मित्र नहीं है! वह भी किसी इनडीसेंट प्रपोजल में साथ देने के लिए नहीं, केवल साथ-साथ लंच लेने के लिए! तिस पर तुर्रा यह कि लंच भी आपके घर में उस दिन नहीं, जब घर में आप अकेले हों, बल्कि रेस्त्रां में, दर्जनों लोगों के बीच!

''जहाँ तक विदेश यात्रा पर साथ जाने का मसला है, सो उसके बारे में बाद में सोचा जा सकता है। यात्रा पर जाने से मना भी किया जा सकता है या वहाँ मैं साथ चल सकूं, इसका कोई रास्ता निकाला जा सकता है।''

कहना न होगा, कामना ने अविनाश के निराश मन में फिर कामनापूर्ति की नई आस जगा दी।

अविनाश अविलंब उस आस को खाद-पानी देने में जुट गया।

''मेरा खयाल है जिस दिन आप मुझसे एक बार मिल लेंगी, आपकी हैरानी जाती रहेगी। तब तक आप इस हैरानी पर हैरान होने के लिए आजाद हैं। रहा मेरा सवाल, सो मैं अब चाहकर भी अपनी किसी भी परिचिता के सामने यह प्रस्ताव नहीं रख सकता। न रख पाने की यह वजह कतई नहीं है कि वह इसे सुनकर मुझ पर शक करेगी या मेरा साथ देने से मना करेगी।

''वजह यह है कि अभी कुछ देर पहले मैं इसी टेलीफोन के जरिए बेहद खुले दिल-दिमाग वाली एक परिचिता के सामने यह प्रस्ताव रखकर उसका नतीजा देख चुका हूँ। अब एक बार और वह सब मुझसे हो नहीं सकता और पत्नी को उसकी अनिच्छा के बावजूद वहाँ लाने का अपराध भी मैं कर नहीं सकता।''

''माफ कीजिएगा अविनाश जी, एक जरूरी फोन आ रहा है। मैं थोड़ी देर बाद फिर फोन करती हूँ। और हाँ, मेरे फोन काटने का यह मतलब न निकालिएगा कि मैं आपसे किनारा कर रही हूँ। अभी तो मुझे आपसे बहुत सी बातें करनी हैं।''

कामना ने कहा और फोन काट दिया।

अविनाश को लगा, तीर कुछ-कुछ निशाने पर लग रहा है। कामना भी चाहती है कि मेरे साथ वही विदेश जाए। सो यकीनन मेरी योजना पर अमल के लिए सहमत हो जाएगी। सो फिलहाल पत्नी से इस बारे में कोई चर्चा न करके कामना के एक और फोन का इंतजार किया जाए। जब फोन आए तब उसे अपनी योजना बताई जाए और कहा जाए कि तुम्हारे सहयोग के बिना न मेरी मनोकामना पूरी हो सकती है, न तुम्हारी।

अपने आप को समझा-बुझाकर अविनाश एक पांडुलिपि के संपादन में जुटा ही था कि फोन की घंटी फिर बजने लगी।

कामना को उसकी बेसब्री का आभास न मिले, इसलिए अविनाश ने तय किया कि फोन को तुरंत नहीं उठाना है। लेकिन उसकी जो मनोदशा थी उसमें स्वयं पर संयम संभव ही कहाँ था! नतीजा यह हुआ कि मन में लिया गया संकल्प मन में ही बना रह गया और मन को यह समझाते हुए फोन उठा लिया कि जरूरी तो नहीं फोन कामना का ही हो! किसी लेखक, पुस्तक विक्रेता, कागजी, प्रिंटर या बाइंडर

का भी तो हो सकता है। वे भला किस अपराध के चलते इंतजार करें!

"माफ कीजिएगा अविनाश जी, आपको बहुत इंतजार करवाया।"

"कैसा इंतजार कामना जी, मैं तो मान चुका था कि अब आपका फोन नहीं आएगा।" अविनाश ने फिर वही नाउम्मीदी वाली शुरुआत की।

"आपका स्वर बता रहा है कि आप मायूस हैं। क्या इस बीच आपने श्रीमती जी से फिर बात की?"

"न की है, न करना चाहता हूँ। जिस गांव नहीं जाना, उसका रास्ता क्या पूछना। पर आप यह क्यों जानना चाहती हैं?

"कोई खास वजह नहीं है। मैंने तो यूं ही पूछ लिया। बहरहाल, मुझे अचानक बातचीत बंद करनी पड़ी थी, सो तब जो कह नहीं पाई थी, वह अब कहना चाहती हूँ। भले ही आप इसकी इजाजत न दें।"

"क्यों नहीं, बात मेरे मन को अच्छी लगने वाली और मेरे हित की हो तो शौक से कहिए।"

"यकीनन वैसी ही है। दरअसल अविनाश जी, आपने तो मेरा दिल जीत लिया है। आपकी निगाह में पत्नी की जो कद्र है, उसे जानकर मैं आपकी और भी मुरीद हो गयी। आपकी जितनी तारीफ की जाए, कम होगी।

"आजकल ऐसे पति मिलते कहाँ हैं। यकीन मानिए, अब मैं भी नहीं चाहूंगी कि आप पत्नी को लाने की जहमत उठाएं। कंपनी की तरफ से बंदिश न होती तो मैं आपकी महिला मित्र बनकर लंच लेने में भी फख्र महसूस करती। पर वह हो नहीं सकता। हाँ, यदि आप इजाजत दें तो मैं किसी और तरीके से आपकी मदद कर सकती हूं।"

अविनाश की उम्मीदों का दीया एक बार फिर जलने को हुआ।

"कैसी मदद? किस तरीके से? क्या आपकी मदद के बाद मेरा वहाँ आना संभव हो जाएगा?"

"हाँ, हो भी सकता है। अब मैं वही तरीका आजमाकर देखती हूँ। दरअसल हम भी तो चाहते हैं कि हमें आपके दीदार हों।"

अविनाश को लगा, यही मौका है जब उसे अपनी तरफ से वह तरीका सुझाया जा सकता है।

फिर सोचा, जब यह खुद ही कोई तरीका आजमाने की बात कह रही है तो पहले वही आजमा लेने दो। हो सकता है वह ज्यादा कारगर हो।

"तो फिर वह उपाय कीजिए न कामना जी! मैं भी चाहता हूँ कि आप तीनों कोकिलाओं से पहचान आगे बढ़े।"

"अगर आप इसी तरह हर बार हमें एक नया नाम देते रहे तो मुझे नहीं लगता

कि मैं आपको सुनने के अलावा कुछ और कर सकूंगी। इसलिए फिलहाल फोन रखिए और मेरे अगले फोन का इंतजार कीजिए।''

इसके साथ ही मधुरकंठी क्रमांक तीन कामना ने एक बार फिर फोन बंद कर दिया।

अविनाश ने भी फोन को यथास्थान रख दिया, लेकिन इसके बाद भी वह बिना फोन उठाए ही कभी कल्पना से, कभी मोहिनी से और कभी कामना से फोन पर बातें करता रहा। वे बातें, जो जब तक फोन उसके हाथ में रहा, तब तक न की थीं, न यदि अब भी फोन हाथ में होता तो कर पाता।

मसलन - देखा, देखा! कितना हृदयविदारक असर पैदा किया!

तुम्हें मेरी पत्नी के भाग्य से ईर्ष्या हो रही होगी।

यह खयाल रह-रहकर गुदगुदा रहा होगा कि हम दोनों में जो इतना प्यार है उसका इजहार हम किस विधि करते होंगे।

मैं उसके सम्मान का किस हद तक खयाल रखता हूँ।

मेरी इस भावना ने भले ही तुम्हें मेरा मुरीद बना दिया हो, मगर इसमें लेशमात्र भी सचाई नहीं है। जो सचाई है, उसे तुम्हीं ने जन्म दिया है।

यदि तुमने यह न बताया होता कि किसी अन्य महिला के साथ भी आया जा सकता है तो मैं तो पत्नी के साथ ही आना चाहता था।

जब तुमने वह विकल्प सुझाया, उसके तुरंत बाद से तो मैं खुद यही चाहने लगा था कि पत्नी की बजाय किसी और के साथ ही लंच भी लूं और विदेश यात्रा भी करूं।

पहले यह वह तुम होने वाली थीं। नहीं हो सकीं, हमारी किस्मत! कोई और सही। उस सूरत में भी विदेश यात्रा पर तो तुम्हारे साथ ही जाना होगा न!

मैं ये दोनों सुख भोगना चाहता हूँ लेकिन पत्नी के साझे में नहीं।

ये तीन दिन और दो रातें तो मैं तुम्हारी जैसी किसी ऐसी देह के साथ बिताना चाहता हूँ, जिसके प्रति मेरा कोई उत्तरदायित्व न हो। जो एवज में नहीं, केवल सुख के लिए सुख के क्षण साथ बिताए।

तुम क्या जानो, मेरी सहमति से ही पत्नी ने असहमति को चुना है।

## 8

अविनाश अपने मन के द्वार खोलने में इस कदर जुटा हुआ था कि उसे देर तक फोन की घंटी ही सुनाई नहीं दी। जब ध्यान गया तो यह मानकर फोन लपका कि दूसरे

छोर पर कामना ही होगी।

"क्या मैं अविनाश जी से बात कर सकती हूँ?"

कामना ने नहीं, एक और अपरिचित आवाज ने पूछा।

"जी हाँ, मैं अविनाश ही बोल रहा हूँ। कहिए क्या कहना है?"

"मेरा नाम काम्या है। मुझे आपका नंबर आयीहो की मिस कामना से मिला है। क्या आप मेरी पूरी बात सुनने का वक्त निकाल सकते हैं? मुझे आपसे इस शर्त पर बहुत कुछ कहना है कि वह सब आप कभी किसी के सामने उजागर नहीं करेंगे। यदि आप सहमत हों तो कहूं। यदि आपके पास अभी सुनने के लिए समय न हो तो मैं बाद में भी फोन कर सकती हूँ।"

अविनाश नई उलझन में!

कौन है यह काम्या?

क्या कहना चाहती है?

कामना ने इसे नंबर क्यों दिया?

क्या इसे टाल दूं?

कब तक के लिए?

मेरे पास तो कामना का नंबर है नहीं।

होता तो उसी से कुछ आभास लेता।

अब किससे पूछूं कि इसे मुझसे क्या बात करनी है!

कहीं यही तो वह सुपात्र नहीं, जो उस अभाव की पूर्ति करेगी जिसे कल्पना, मोहिनी या कामना चाहकर भी करने में असमर्थ हैं?

तो क्या यही है वह कामना का तरीका! अरे वाह! यही तरीका तो मेरे जेहन में भी आया था!

"मैं फुरसत में ही हूँ। आप जो भी कहना चाहती हैं इस भरोसे के साथ कह सकती हैं कि वह मेरे अलावा मिस कामना भी कभी न जान सकेंगी।" अविनाश ने अपनी ओर से उसे भरपूर भरोसा दिलाया।

"सबसे पहले तो आपको इनाम मुबारक हों! आयीहो वालों ने मुझे भी इनाम दिया है।" काम्या के बोल फूटे।

अविनाश ने हाथोहाथ आभार लौटाया, "तो फिर मेरी तरफ से आपको भी मुबारकबाद!"

"वह तो ठीक है, पर मेरी मजबूरी यह है कि लंबे अर्से से मेरे पति देश से बाहर हैं। शायद अगले महीने कुछ दिन के लिए लौटें। इधर आयीहो की शर्त है कि लंच परं पति या मित्र के साथ ही आएं और विदेश यात्रा भी उसी के साथ करें।

"यों मेरे पास मित्रों की कमी नहीं है, पर मैं सोचती हूँ आज मैं जिसे साथी

बनाती हूँ, कल को वह बेजा मांग रखने लगा तो पिंड छुड़ाना कठिन हो सकता है। इसीलिए मैंने कह दिया था कि मैं इस शर्त पर नहीं आ सकती। कामना के कुरेदने पर अपनी मजबूरी भी साफ कर दी थी।

''तब तो कामना ने सहानुभूति जताकर फोन बंद कर दिया था, लेकिन अभी कुछ देर पहले उसने मुझे फिर से फोन करके आपके बारे में बताया है। उसे आप पर पूरा भरोसा है और चाहती है कि मैं भी आप पर आंख मूंदकर भरोसा कर लूं।

''उसने बताया कि आपकी पत्नी तैयार नहीं हैं जबकि आप आना चाहते हैं। उसने मुझे सुझाया है कि क्यों न आप और मैं पति-पत्नी के रूप में नहीं, मित्रों के रूप में लंच में शामिल हो लें और मन हुआ तो दूसरे इनाम के तौर पर कहीं घूम भी आएं। इस तरह हम दोनों की तमन्ना पूरी हो जाएगी।

''काफी सोच-विचार के बाद मुझे भी लगा कि इसे मान लेने में हर्ज नहीं है। आप मेरे पूर्व परिचित तो हैं नहीं। फिर कामना ने आपको परखे बिना तो आपकी सिफारिश की नहीं होगी। वह भी औरत है सो मर्दों को परखने की समझ उसमें भी होगी।

''बस, मुझे यही कहना था। अब आप बताइए, आप क्या सोचते हैं? मैं समझती हूँ लंच और सैर-सपाटे पर आप भी जाना चाहेंगे।''

अविनाश जिस प्रस्ताव की चाह लिए उतावला बैठा था, जैसे ही वही प्रस्ताव परोसा गया, हाथ उसे गपक लेने की बजाय पीछे हटने को हुए। दैहिक यथार्थ ने फिर कदम पीछे खींचने को उकसाया।

''जी हाँ, जाना तो चाहता हूँ, लेकिन मेरे सामने भी दुविधा वही है जो आपके सामने है। कामना ने मेरे बारे में आपसे भला-भला कहा, इसके लिए मैं तहेदिल से उसका शुक्रगुजार हूँ। इसके बावजूद मुझे आपका प्रस्ताव मान लेने में थोड़ी झिझक हो रही है।''

''तो ऐसा करते हैं, वहाँ जाने से पहले मिल-बैठकर झिझक दूर किए लेते हैं। इससे हम एक-दूसरे को जान भी लेंगे और जब लंच पर जाएंगे तो दो अजनबियों की तरह नहीं, गहरे मित्रों की तरह पहुंचेंगे।''

अविनाश को उम्मीद थी कि काम्या वह वजह जानना चाहेगी, जिसके चलते उसे उसका प्रस्ताव स्वीकार्य नहीं है और तब वह अपने जुगराफिया का हाल बयान करेगा। लेकिन काम्या ने उसे वह सब बयान करने का मौका ही नहीं दिया।

उसने तो मुलाकात का वक्त कुछ इस तरह मुकर्रर कर दिया, जैसे वह अविनाश को सैकड़ों बार देख चुकी हो या उसे यह अहसास ही न हो कि अविनाश के साथ मिलने का समय तय करने के अलावा भी कोई बातचीत की जा सकती है।

''वहाँ किस रूप में जाएंगे, जाएंगे भी या नहीं, यह तो बाद की बात है।

फिलहाल तो यही कह सकता हूँ कि आपका यह सुझाव कि पहले हम मिल तो लें, ज्यादा बेहतर है। पर हाँ, इसके लिए थोड़ा वक्त भी तो होना चाहिए।

"आज तो मैं एक टेंडर में उलझा हूँ। बहुत बड़े ऑर्डर का मामला है सो किसी भी कीमत पर टालना नहीं चाहता। पूरा दिन इसी में लग जाएगा। सो आज तो हमारा मिलना हो नहीं सकता और कल ही लंच पर बुलाया गया है। ऐसी सूरत में हमारा मिलना तो प्रगति मैदान के दरवाजे पर ही हो पाएगा। सो क्यों न हम सीधे वहीं मिलें और साथ-साथ लंच लें। लंच ठीक-ठाक निबट गया तो फिर आगे की योजना भी बना लेंगे।"

काम्या से यह सब कहते समय अविनाश की दशा दर्शनीय थी।

अविनाश को यह अहसास था कि यह जो भी भद्र महिला है, वह लंच से पहले उसे देखते ही यकीनन लंच पर आने से मना कर देगी। इसीलिए वह नहीं चाहता था कि वह उसे लंच से पहले देखे।

पूरे दिन की व्यस्तता का बहाना इसीलिए तो ओढ़ा था, वरना उसके प्रस्ताव को सुनने के बाद पहले पहल मन तो यह कहने को आतुर हो आया था कि आप अपना पता लिखवाइए और अगले एक घंटे बाद मुझे अपने सामने साक्षात पाइए।

अपनी अदर्शनीय देह के चलते ही अविनाश ने यह सोचा था कि बेहतर यही होगा कि इसे लंच से पहले 'दर्शन' न दूं।

"नहीं, नहीं। आपको फोन करने से पहले मैंने भी यही सोचा था। अब मुझे भी यही उचित लग रहा है कि वहाँ जाने से पहले हम एक बार मिल तो लें। रहा सवाल यह कि इसके लिए वक्त ही कहाँ है, सो उसका भी मेरे पास एक उपाय है। मैं कामना से संपर्क करके गुजारिश करती हूँ कि हमें लंच पर कल नहीं परसों बुलाया जाए। फिर आप कल समय निकालकर मेरे घर चले आइएगा। कल तो आ सकेंगे न आप?"

"हाँ, हाँ, क्यों नहीं। कल तो यकीनन आ सकूंगा।"

लाचार और असंभव संभावना पर भी यकीन करने को आतुर अविनाश ने अपनी दैहिक दशा के संकेतों को दरकिनार करते हुए सहमति जताई।

"तो ठीक है। यदि कामना ने साथ दिया तो मैं थोड़ी देर में फिर फोन करूंगी। मैं चाहूंगी कि आप तकरीबन घंटा भर मेरे फोन का इंतजार करने के बाद ही कहीं जाएं। इस बीच मेरा फोन न आए तो समझ लीजिएगा कि बात नहीं बनी। हालांकि मैं ऐसा नहीं सोचती। मैं तो यही उम्मीद करती हूँ कि बहुत जल्द मुझे फिर आपसे फोन पर बतियाने का मौका मिलेगा। तभी मिलने का समय भी तय कर लेंगे और मैं अपना पता भी लिखवा दूंगी। तब तक के लिए नमस्कार।"

## 9

अविनाश का दिल-दिमाग कई कूल-किनारों पर कुलांचें भरने लगा। कामना का फोन आएगा तो आभार जताने के लिए कौन से कसीदे उवाचने हैं। पत्नी के दिमाग से इस इनामी भूत को किस जतन से पूरी तरह निकाल बाहर करना है। काम्या के पास चातक बनकर जाना है और उसे बरसात की पहली बूंद की तरह ग्रहण करना है। मुझे देखते ही वह खिन्न न हुई तो फिर किसी देश के किसी शहर के किसी होटल में वे तीन दिन और दो रातें क्या करते न करते बितानी हैं।

और हाँ, कल्पना को राजकर जी के साथ कॉफी पर न्यौतना तो दूर, प्रेमाश्रयी में कभी भूलकर भी उसका नाम तक उद्घाटित नहीं करना है।

खयाली पुलाव पकाने में मशगूल अविनाश के हाथ एक बार फिर फोन की घंटी ने अपनी तरफ मोड़ लिए।

''हाँ, अविनाश जी, मैं काम्या। देखिए कामना से मेरी बात हो गयी है। वह हमें, यानी आपको कल की जगह परसों का निमंत्रण भेजने को तैयार है। चूंकि श्रीमान भोगराज भाटिया और श्रीमती भोगराज यानी मैं उनके इनाम का प्रस्ताव ठुकरा चुके हैं इसलिए अब मैं अविनाश दास की महिला मित्र या श्रीमती दास, जिस रूप में भी आप ले जाएंगे, वहाँ जाने वाली हूँ। वह जल्दी ही आपको इस बारे में खबर करेगी। अब तो यह बताइए कि कल आपके दीदार कब होंगे। समय बताने से पहले यह भी जान लीजिए कि एक-दूसरे को जानने के लिए हमें खासा वक्त साथ गुजारना होगा।''

यह सुनते ही, यह सुनने से पहले तक बहुत कुछ गुन चुका अविनाश धन्यवाद के दो बोल तक ठीक से नहीं बोल सका। अलबत्ता उसने काम्या का पता लिख लिया और यह सूचना दे दी कि वह कल एक बजे तक उसके घर पहुंचकर चार बजे तक उसकी सेवा में हाजिर रहेगा।

फोन रखने से पहले काम्या से उसका फोन नंबर भी मांगा ताकि यदि समय में बदलाव करना हो तो सूचित कर सके। जब काम्या फोन नंबर देने का मसला टाल गयी तब आग्रह किया कि फिर वही कल बारह बजे के करीब फोन करके यह जान ले कि कोई बदलाव तो नहीं होने जा रहा।

फोन रखते ही योजनावीर अविनाश फिर उसी मनोदशा को प्राप्त होने को हुआ जिसमें काम्या का फोन आने तक कलाबाजियां खा रहा था।

इससे पहले कि वह फिर उसी कल्पना के उसी वन में और कुलांचें भरता, फोन ने घंटी बजाकर सूचना दी कि एक बार फिर मुझे ही थामो।

''हाँ तो अविनाश जी, मैं कामना। अब खुश हैं न आप! देखिए आपकी दिली तमन्ना पूरी हो सके, इसके लिए मैंने कोई कसर नहीं छोड़ी। और मुझे खुशी है कि इस मुहिम पर मैं कामयाब भी रही।''

''सच कहूं कामना जी, आप तो मुझे अपना जरखरीद गुलाम ही समझिए। अब तो आपकी शान में जो भी कहा जाए थोड़ा ही होगा, इसलिए मैं कुछ नहीं कहना चाहता। जानता हूँ न, कहने पर आया तो कहीं तो विराम लेना होगा। और जहाँ विराम लिया, आप उलाहना देंगी, बस इतना कम!''

''आप वाकई बेहद दिलचस्प शख्सियत हैं यह मैं आपसे पहली बार बातचीत करते ही समझ गयी थी। तभी तो आपकी मुराद पूरी करने का मन हुआ। इसीलिए खुद को प्रस्तुत करने को तैयार हुई और कंपनी के नियम भी ताक पर रख पाई।''

''मैं तहे-दिल से इस सचाई को मानता हूँ कामना जी।''

''चलिए, अपनी भलाई के लिए ही तारीफ के सिलसिले को हम यहीं विराम देते हैं। अब मैं आपसे कुछ कारोबारी बातें करना चाहती हूँ।''

''हाँ हाँ, शौक से कीजिए।''

''तो ऐसा है, अब आप हमारे एमडी के साथ लंच लेने के लिए कल नहीं, बल्कि परसों आएंगे। अब कृपया यह नोट कर लें कि जब आप वहाँ आएंगे तो आपके साथ आपका वोटर आयी कार्ड, क्रेडिट कार्ड, चेकबुक, पासपोर्ट और पिछले साल के टैक्स रिटर्न की कॉपी भी हो। इनके बिना कतई न पधारें।''

''यह सब क्यों? अब तक तो आपने इनका जिक्र किया नहीं था?''

''अरे, आप तो परेशान हो गए! घबराइए नहीं। हमें आपसे कोई मेहनताना या भुगतान नहीं लेना है।

''वोटर आयी कार्ड तो जाहिर है आपकी पहचान के लिए मंगा रहे हैं।

''पासपोर्ट इसलिए ताकि उस पर उस देश का वीजा लगवाया जा सके जिस देश की सैर पर भेजा जाना है।

''टैक्स रिटर्न की रसीद इसलिए क्योंकि विदेश यात्रा से पहले यह प्रमाण देना होता है कि यात्रा पर जा रहा व्यक्ति अभी तक का टैक्स जमा करा चुका है। उसकी तरफ सरकार की कोई लेनदारी बकाया नहीं है।

''आप जैसे लोगों के पास ये दस्तावेज होते ही हैं। इनमें से कुछ भी नया या तुरंत तो तैयार करवाना नहीं था। इसीलिए जब यह तय हो गया कि आप आ रहे हैं, तभी बताया।

''यदि पहले बताया होता तो अब याद भी दिलाना पड़ता, जो मेरा खयाल है

आपको नागवार गुजरता। है कि नहीं।''

''सो तो है। मुझे वह सब लाने में कोई ऐतराज नहीं है। मैंने तो जानकारी बढ़ाने के लिए पूछा था।''

''संभव हुआ तो परसों मिलते हैं। उम्मीद करती हूँ कल इस नई महिला मित्र से मुलाकात रोमांचक रहेगी और परसों एक बजे आप हमारे एमडी से मिलने पहुंच रहे हैं। यदि यह लंच पर ही साथ छोड़ जाए तो फिर मैं हूँ ही। मैं बराबर आपके और आपकी नई महिला मित्र के टच में रहूंगी। तब तक के लिए नमस्कार और ढेरों शुभकामनाएं।''

और अन्ततः अंतिम बार भी फोन कामना की ओर से ही काटा गया।

अविनाश तो फोन कट जाने के बाद भी देर तक उसे कान से लगाए जाने कहाँ गुम हुआ बैठा रहा।

किसी भी महिला पर फोनवार्ता के दौरान वाक्पटुता और सामना होने पर नतमस्तकता का प्रभाव छोड़ना अविनाश का स्थायी भाव है। फिर भी ऐसी बेबाक वाक्पटुता इससे पहले किसी महिला की स्मृति में दर्ज होने का अवसर नहीं आया था।

ज्यादा हैरानी की बात यह थी कि जिस सूचना को पहले-पहल अविनाश सिरे से ही नकार रहा था, जिसे सच भी मानने को तैयार नहीं था, जिसमें सैकड़ों किंतु-परंतु खोज रहा था, अब उसी सूचना के आधार पर मिलने जा रहा सब कुछ किसी भी कीमत पर हासिल कर लेना चाहता था। इसके लिए पत्नी से, बेटी से, यहाँ तक कि अपने-आप से भी झूठ बोलने को तैयार था!

यौन कुंठाएं इतनी मारक होती हैं क्या?

कल्पनाएं, मोहिनियां, कामनाएं पुरुष को इस कदर उत्तेजित कर देती हैं कि अच्छा-खासा सद्गृहस्थ भी काम्य और अकाम्य में फर्क महससूने की सुध-बुध गंवा देता है?

जीवन में क्षणिक 'सुख' ही सब कुछ है?

तीन दिन और दो रातों की स्मृतियां क्या शेष जीवन को पर्याप्त जीवनी शक्ति देकर ऊर्जावान बनाए रख सकती हैं?

काम के वशीभूत हो किसी एक से अर्जित हुई अनुभूतियां किसी और के सामिप्य को सुखमय बनाए रख सकती हैं?

ये, और ऐसे कई और सवाल कम से कम बुद्धिजीवी अविनाश को तो सद्गृहस्थ अविनाश से करने ही चाहिए थे, जो उसने भूलकर भी नहीं किए। बल्कि इस मुद्दे पर दोनों एक हो गए और लगभग एक साथ ही संकल्पित भी।

## 10

काम्या के बताए ठिकाने पर पहुंचा अविनाश जितनी देर वहाँ रहा, बेहद सुंदर और सुडौल काम्या को निहारता ही रहा। उसने अपनी उपस्थिति से अविनाश को लुभाया और गौरवांवित ही नहीं किया, उसे पहली बार अपने-आप पर गर्व की अनुभूति दी।

यह संभव हुआ काम्या की उस पहली नजर से, जो अविनाश को देखते ही घृणा या तिरस्कार में नहीं, प्रसन्नता और उल्लास में डूब चुकी थी।

अविनाश ऐसी प्रतिक्रिया का अभ्यस्त नहीं था। उसके लिए तो यह नितांत अप्रत्याशित था।

काम्या से पहले जब भी किसी सुमुखी ही नहीं, दुर्मुखी महिला से भी आमना-सामना हुआ, सभी की पहली कोशिश तो यही होती थी कि उसके बहुत करीब आकर बातचीत न करनी पड़े। यदि करनी भी पड़ती थी तो बड़े बेमन से और कुछ इस तरह गोया मन ही मन अपने को लानत भेज रही हों।

सोच रही हों कि जो कोई भी हमें देख रहा होगा वह सोचता होगा कि मैं कैसी निर्लज्ज औरत हूँ जो इस काजल की कोठरी के सामने बनी हुई हूँ जबकि यह लगातार आंख मार रहा है।

अब दूर से देखने वाले को क्या खबर कि इस आदमी की एक आंख है ही आधी मुंदी।

एक यह काम्या है, जिसके मुखमंडल पर एक क्षण को भी ऐसा कोई भाव नहीं आया जो अविनाश को यह संदेह तक करने का मौका दे पाया हो कि यह भी अन्य स्त्रियों की तरह उसके रूप-रंग को देखकर खिन्न है या उससे दूरी बरतने का इरादा रखती है।

सच तो यह था कि काम्या के आचरण का शतांश भी अविनाश के अभिभूत रहे आने के लिए पर्याप्त होता।

दो अजनबी बहुत देर तक केवल एक-दूसरे को देखते हुए तो बैठे रह नहीं सकते थे सो दोनों के बीच कुछ बातें भी हुईं।

काम्या ने फिर अपने पति की व्यस्तता का राग अलापा। अपने अकेलेपन का प्रलाप किया। अविनाश के आने को सौभाग्य, उपलब्धि घोषित किया।

काम्या की साफगोई ने अविनाश की हिम्मत बढ़ाई। उसने अपने भीतर लगभग स्थायी तौर पर डेरा जमाकर बैठे हीनयान को नेपथ्य का रास्ता दिखाया और

महायान का दामन थामा।

झिझक को अलविदा कहा और अपना अतीत, वर्तमान और भविष्य उजागर करने की स्पर्द्धा में काम्या को लांघने का उत्साह लगातार बनाए रखा।

अविनाश ने बताया कि इन दिनों वह किताबें छापने का काम करता है।

नया प्रकाशन और कम पूंजी के चलते अपने मन का काम करना संभव नहीं हो रहा।

दोयम दर्जे की, उससे भी कमतर रचनाएं मन मारकर छापनी पड़ती हैं।

हालांकि ये रचनाएं कई बार तो इतना कमा कर देती हैं कि धुरंधर लेखक की रचना भी क्या देगी, पर इन्हें छापने से सम्मान नहीं मिलता।

काम्या ने अपने वर्तमान से असंतुष्ट अविनाश को मायूसी के गर्त में जाने से रोका। नई आस और नई ऊर्जा दी।

उसने अविनाश के आगे प्रस्ताव रखा, ''मैं इधर घर में बैठी ऊबती रहती हूँ। आपका काम जान लेने के बाद लग रहा है कि इसमें मैं भी शामिल हो सकती हूँ। इससे मैं व्यस्त भी रहूंगी और मेरी साहित्यिक समझ भी बढ़ेगी। बदले में मुझे आपसे कुछ नहीं चाहिए। मेरे लिए तो अच्छी संगत में समय बिताना ही पर्याप्त होगा। यह बताइए कि वाकई मैं आपके पेशे में किसी काम आ सकती हूं या नहीं?''

यह सुनते ही हुआ यह कि अविनाश की बांछें, जो शरीर में जहाँ कहीं भी थीं, वहीं की वहीं, खिल गईं।

पहले कभी प्रकाशन जगत को रूपसियां नहीं कालजयी रचनाएं पार लगाती थीं मगर अब किताबों की दुनिया में भी करेंसी और रूपसियां सफलता की सीढ़ी बनने लगी हैं।

अभी इसी मेले के दौरान सुनने में आया था कि एक खरीद का दारोमदार जिस अधिकारी के कंधों पर था, कुछ प्रकाशकों ने उसे कागजी करेंसी के साथ-साथ कॉलगर्ल सप्लाई करके एवज में पूरी खरीद अपनी किताबों तक सीमित करवा ली थी।

वह याद आना था कि अविनाश ने काम्या के स्वागत के लिए खुद को पलक-पांवड़े बिछाए तैयार दिखाने में कोई कोताही नहीं की।

इस मौके को लपक लेने में ही भलाई समझी।

''आपने तो मेरे मुँह की बात छीन ली काम्या जी! यकीन मानिए, आज आपको देखकर मुझे खुद ऐसा पहली बार लगा कि यदि आप जैसी सुमुखी और संपन्न का साथ मिले तो अव्वल दर्जे की किताबें छापने का भी अवसर मिल सकता है। वैसा अवसर नहीं भी मिला तब भी महज दोयम दर्जे की किताबों को छापकर

भी इतना कमाया जा सकता है कि गिनना मुहाल हो। फिर यह सोचकर मायूस हुआ था कि कहाँ आप और कहाँ हमारा डेढ़ आदमी का कारोबार। आप भला क्यों हमारे दीमकों के संसार में कदम रखने लगीं।''

इसके बाद अपनी रुचियों, पत्नी, परिवार, अचल संपत्ति, व्यस्तताओं के बारे में बताने के अलावा अविनाश ने जो स्वीकारोक्ति की, वह थी तो एक हकीकत लेकिन उसका जिक्र यकीनन काम्या को बेमिसाल सिद्ध करने के लिया किया था।

बताया कि मेरे जीवन में आने वाली तुम ऐसी पहली महिला हो जिससे मुझे खुशी मिली इतनी कि तन-मन में न समाए!

इस परिचय-सम्मिलनी के दौरान काम्या ने मेजबानी में भी कोर-कसर नहीं छोड़ी। बार-बार भीतर जाती और कोई नया व्यंजन लेकर ही लौटती।

हर बार उसका दूर जाना और फिर करीब आना, अविनाश को उसे हर पहलू से भर-नजर देख लेने का अवसर मुहैया कराता रहा।

वापस लौटी काम्या अनायास कभी अविनाश के करीब बैठी दिखाई देती, कभी ठीक सामने।

एकाग्रता से बातें सुनने या तल्लीन होकर बात कहने की बजाय कभी हैरानी, कभी बेचैनी तो कभी खुशी महसूस होते ही आसन बदलती।

हर आसन के साथ उसकी भंगिमाएं भी बदलतीं।

अविनाश को उसका हर ढब, हर भंगिमा सम्मोहित करती रही।

अविनाश यह सावधानी बरत रहा था कि काम्या को ऐसा महसूस न हो कि वह उसे भूखे या लोभी रसिक की तरह लगातार निहार रहा है।

फिर भी एक बार चूक हो ही गयी।

काम्या दोनों के बीच रखी मेज से कोई मिष्ठान्न उठाने को झुकी हुई थी सो अविनाश उसे निहारते रहने के लिए आजाद था।

उसके लिए तो यह आदर्श स्थिति थी।

तभी, उसी मुद्रा में बने रहते हुए काम्या ने अविनाश से यह आग्रह करने के लिए गर्दन को हल्का सा उठाया कि चाय से भरा उसका कप उठाकर दे दे, जो उसकी पहुंच से दूर है। और जब यह पाया कि अविनाश तो उसकी गहराइयों में गुम है तो काम्या के चेहरे पर भेदक मुस्कान तिर आयी।

उधर खुद को देखते हुए देख लिए जाने से अविनाश का चेहरा फक पड़ गया। उसने झटपट नजरें झुकाईं और उसी मुद्रा में इस तरह दाएं-बाएं देखने लगा गोया जमीन पर लुढ़क गयी कोई चीज खोज रहा हो।

काम्या ने कुछ पल अविनाश की इस हालत का आनंद उठाया, फिर जो कहने के लिए अविनाश की तरफ देखा था, उसे भूलकर यकायक उसे छेड़ा,

"यहाँ-वहाँ क्या तलाश रहे हैं? यहाँ मुझसे भी सुंदर कुछ और है क्या?"

अविनाश की दशा वही की वही।

"अच्छा जी! यानी जनाब चोरों वाली आदत के मारे हुए हैं। चोरी मंजूर है, न्यौता नहीं। है न? खैर, बहुत हो गया शर्माना। मैं जान गयी हूँ कि आप बहुत शरीफ हैं। आपकी नजर में कोई खोट नहीं था। आप मुझे केवल प्रशंसक की नजर से निहार रहे थे। अब तो खुश! अब इस झेंप को विदा कीजिए और मैं जो पूछने जा रही हूँ, उसका सही-सही जवाब दीजिए।"

"पूछो।" अविनाश के बोल फूटे, कुछ इस तरह जैसे वे सामने से नहीं, कहीं नेपथ्य से आए हों।

"पहले आप इधर-उधर ताकना-झांकना बंद कीजिए। ऐसा करके आप मेरी तौहीन कर रहे हैं। मुझे यह कतई मंजूर नहीं कि मेरे होते हुए आपकी नजरें कुछ और देखें, हाँ!"

काम्या की धमकी कारगर रही या अविनाश को शरीफाना विकल्प दे गयी, कहना कठिन है।

बहरहाल, नतीजा यह हुआ कि अविनाश ने फिर से काम्या पर नजरें टिका दीं, जो अभी भी वही आसनी मुद्रा बनाए हुए थी जिसमें देखते हुए देख लिए जाने के बाद अविनाश को उससे नजरें हटानी पड़ी थीं।

"अब जरा यह तो बताइए कि आप मियां-बीवी में से गर्भनिरोधक का इस्तेमाल कौन करता है?"

काम्या का सवाल सुनते ही अविनाश के होश गुम! एक बार फिर उसे निहारना छोड़ नजरें दाएं-बाएं घुमानी शुरू कर दीं, गोया इस सवाल को वह कौना दिखाना चाहता हो जहाँ इसके छिपने के लिए पर्याप्त जगह हो।

"बताइए न? आप तो टालने के मूड में दिख रहे हैं।" काम्या ने उलाहना दिया।

सवाल से भी ज्यादा इस आरोप से अचकचाए अविनाश ने मुँह खोला, "यह भी कोई सवाल हुआ भला?"

"इसमें क्या खराबी है। संतान के अनिच्छुक जोड़े समागम से पहले कोई न कोई उपाय अपनाते ही हैं। सो यकीनन आप भी अपनाते होंगे। मैं वही तो जानना चाहती हूँ कि दोनों में से कौन अपनाता है?"

"पर यह तो पति-पत्नी के बीच का मामला है। इसके बारे में औरों से तो क्या, बहुत से पति-पत्नी तो आपस में भी चर्चा नहीं करते। कोई एक सतर्क रहता है और बिना कुछ बोले, मौन ही मौन में दूसरे को भी उस सतर्कता में शामिल कर लेता है।"

''अब देखिए, आपने अपनी बात शुरू तो की थी मेरी बात का खंडन करने से, लेकिन करना पड़ा समर्थन। भला जो कुछ पति-पत्नी एक-दूसरे तक से नहीं कहते, वह आप कैसे जान पाए? आपके अलावा कोई और क्या करते हैं यह आपको कैसे पता लगा? मतलब ऐसी बातें मित्र मंडली को भी बताते हैं। सो हे अविनाश जी, मैं एक मित्र के नाते अगर आपसे यह जानना चाहती हूँ तो आपको ऐतराज क्यों है?

''मैं आपकी पत्नी बनकर लंच लेने ही नहीं, विदेश जाने तक का मन बना रही हूँ। तीन दिन, दो रातें आपके साथ किसी अनजान देश के अनजान होटल के एकांत कमरे में बिताने जा रही हूँ। और आप मुझे इतना अन्तरंग भी नहीं बनाना चाहते, इतने भरोसे का भी नहीं मानते जिसे यह मामूली बात बताई जा सके?''

''आप वह सब जानकर क्या करेंगी?'' अविनाश ने संभवत: अपनी गोपनीयता को उजागर कर देने का मन बनाया।

''आप यही समझिए कि मैं मन को तसल्ली देना चाहती हूँ कि मुझे इस आदमी पर भरोसा कर लेना चाहिए और इसके साथ कहीं भी चले जाना चाहिए। यह मुझसे अपनी गोपनीय से गोपनीय बात भी नहीं छुपाता। इसके अलावा एक वजह और भी हो सकती है, जिसका खुलासा मैं अभी नहीं, आपकी जुबानी आपका भेद ले लेने के बाद करना चाहती हूँ।''

काम्या के मौन होने होने तक अविनाश को यह तय कर लेने में कोई उलझन नहीं हुई कि अपने अंधेरे पलों पर थोड़ा सा प्रकाश डाल देने में उसी का लाभ है।

''तो सुनिए, शुरू में हम कोई साधन नहीं अपनाते थे। जब तक बेटी छोटी थी, हम कोई और बच्चा भी नहीं चाहते थे। जब भी गर्भ ठहरता, गर्भपात करवाना पड़ता था। इससे उनका स्वास्थ्य बिगड़ने लगा। तब हम दोनों ने फैसला लिया कि हमें कभी भी दूसरे बच्चे की जरूरत नहीं है। इसके बाद पत्नी ने ऑपरेशन करवा लिया।''

''इसमें ऐसी क्या बात थी जो आप मुझे बताने में झिझक रहे थे? यह तो समझदारी की बात है, और आप हैं कि इसे बताने से ऐसे डर रहे थे जैसे मैं उस उपाय के बारे में बताने के लिए नहीं उसे आजमाकर दिखाने के लिए कह रही हूँ।''

काम्या की साफगोई ने एक बार फिर अविनाश को अवाक कर दिया।

और यकीनन खुश भी।

यकायक काम्या को याद आया कि वह चाय का कप अपने करीब मंगवाना चाहती थी, इसी के लिए उसने गर्दन उठाकर अविनाश की तरफ देखा था।

उसने इशारे से अविनाश से आग्रह किया कि जरा चाय का कप उठाकर उसके हाथ में तो थमा दे। और खुद फिर पहले की तरह झुककर प्लेटों में रखे

नमकीन को संवारने में जुट गयी।

अविनाश ने अपनी जगह पर बैठे-बैठे कप काम्या को थमाने की बजाय खुद उसके करीब पहुंचकर थमाने और इसी बहाने वहीं बैठ जाने का इरादा बनाया। इसी इरादे से अपनी जगह से उठा, कप हाथ में थामा और काम्या तक पहुंचाना चाहा।

चूंकि अविनाश की नजर कप और काम्या के बीच की दूरी पर नहीं, मेज पर झुकी काम्या की गोल गहराइयों पर टिकी थी और मन उसकी बेवाक बातों में उलझा था, सो मेज के किनारे से पांव टकराया और चाय मेज पर बिखर गयी। कुछ छींटे काम्या के कपड़ों पर भी जा गिरे।

काम्या तो अगले ही पल कपड़े बदलने के लिए भीतर चली गयी और अविनाश अपनी असावधानी पर सिर धुनने को अकेला छूट गया।

यह दौर तब तक जारी रहा जब तक काम्या कपड़े बदलकर नहीं लौटी। आते ही काम्या ने अविनाश को सहज करने की कोशिश शुरू कर दी।

बताया कि दरअसल इस मेज की बनावट ही गलत है। इससे अक्सर कोई न कोई टकराता रहता है, इसलिए इसके लिए वह अपने आप को दोषी न माने।

हालांकि अविनाश के चेहरे पर कोई भाव आ-जा रहे हैं, यह तभी जाना जा सकता था जब बहुत बारीकी से उसके चेहरे पर नजर गढ़ाई जाए।

बेहद सांवलेपन और तिसपर जुगनू की रोशनी जितनी डेढ़ आंख के चलते यह पता ही नहीं लगता था कि वह कब खुश है, कब दुखी।

कब हंस रहा है और कब रोने को हो आया है।

कब उसका चेहरा तेज से दमका या कब शर्म से स्याह हो गया है।

इसके बावजूद काम्या की दलील बेदम हो चले अविनाश में संजीवनी का काम कर चुकी है, यह उसके झुके हुए चेहरे पर भी पढ़ा जा सकता था।

काम्या के नए लिबास में उसका युवा सौंदर्य और भी निखर चुका था।

उसके उभार, उसका विन्यास, उसकी मादकता सभी चरम पर नजर आ रहे थे। अविनाश को लगा काम्या ने लिबास बदलने के साथ ही कायाकल्प भी कर लिया है।

इस बार बातों का सिलसिला शुरू होने पर काम्या पहले से कहीं ज्यादा बेपरवाह नजर आयी।

बात कहते या सुनते हुए अपना हाथ सोफे की पीठ पर इस तरह रखती कि उसका अंतिम सिरा यानी हथेली अविनाश के कंधे पर जाकर टिके।

जब-जब अविनाश की नजर अपनी गहराइयों में उतरी हुई पाती, तब खुद को व्यवस्थित न करके मादक मुस्कान से आभार जताने का संकेत देती।

अलबत्ता जब कभी अविनाश अपनी ओर से पहल करने के लिए अपना

पहलू बदलता या अपने हाथ को स्पर्श सुख दिलाने की फिराक में होता, काम्या यकायक आसन बदल फिर से ऐसी मुद्रा में आ चुकी होती थी जो उसके और अविनाश के बीच दूरी ला देती।

जब कई बार यही हुआ तब अविनाश ने यह सोचकर प्रयास बंद कर दिए कि – होई है वही जो काम्या रच राखा। का कर सकत बड़ा के शाखा।

काम्या ने जानना चाहा कि तुम्हें महिलाओं में क्या और क्यों सुहाता है?

कैसी महिलाएं आकर्षित करती हैं, प्रभावित करती हैं?

पत्नी के बाद उसके इतने करीब आने वाली वह पहली स्त्री देह है, इस पर यकीन कर लेने के बावजूद इसकी थाह लेनी चाही कि कभी किसी और से करीबी रिश्ता बनाने की चाहत तो की ही होगी, वह कैसी थी?

अब जो शुरुआत हो रही है, उसका विस्तार कैसी महिलाओं में होगा?

जवाब में अविनाश ने वही कहा – दूजा न कोई।

दावा किया कि परस्त्री गमन की यह यात्रा तुम्हीं से शुरू होगी, विस्तार भी तुम्हीं तक सीमित रहेगा और समापन तुम्हीं पर होगा।

काम्या ने एक बार फिर अपनी विरह-वेदना बखानी।

पति संग लंबे-लंबे अन्तराल, बिछोह का दुखड़ा रोया।

देह सुख के लिए तरसते रहने की पीड़ा बयान की।

पति की प्रवंचनाओं का जिक्र छेड़ा।

भौतिक सुख-साधनों की निरर्थकता का बखान किया।

जब तक देह सुख नसीब न हो, सब सुख दुख ही दे पाते हैं, वेदना ही बढ़ाते हैं, यह मर्म उजागर किया।

देह सुख ही परम सुख है, मेरे तईं वही चरम सुख है, यह स्थापना दी।

अविनाश रूपी बोधिवृक्ष की छत्रछाया में विश्राम ले रही काम्या इतना ज्ञान या सत्य बखानकर ही मौन नहीं हुई।

उसी ध्यानावस्था में बने रहते हुए उसने बताना जारी रखा।

जब तक विवाह नहीं हुआ था, तब तक किसी पुरुष के साथ सोने की कल्पना तक नहीं की थी। कई हमजोली ललचायी नजरों से निहारते हैं, इस सचाई से अनजान नहीं थी। फिर भी कभी किसी को अपने करीब नहीं आने दिया था।

अब सोचती हूँ वे दिन व्यर्थ गंवाए। पति मेरी मानसिक अपेक्षाओं पर खरा नहीं उतरा। उसने भौतिक साधनों का तो अंबार लगा दिया, इन सुखों को भोगने योग्य बने रहने की स्फूर्ति, ललक, देह में होनी चाहिए, जो यौन संतुष्टि से ही आती है, उसी की उपेक्षा करता रहा।

उसकी अपनी जरूरतें तो कहीं भी पूरी हो जाती हैं।

इधर मैं हूँ जो बदनामी, भय, शोषण, धोखाधड़ी, देह संबंध बनाने के बावजूद असंतुष्ट रह जाने की आशंका के चलते अतृप्त रही आयी।

बत्तीस साल का जीवन जी चुकी हूँ लेकिन आज भी मेरा मन सूना है, मेरी गोद सूनी है।

नाम भले ही काम्या हो, मेरी एक भी कामना पूरी नहीं हुई।

पति कहता है उसमें कोई कमी नहीं, वह हर तरह से वीर्यवान है।

मैं अपनी जांच-परख करवा चुकी हूँ। हालांकि यह मैंने पति को नहीं बताया, मगर सभी डाक्टरों का एक ही दावा है कि मैं पूरी औरत हूँ। मुझमें कोई कमी नहीं।

पति एक ही राग अलापते हैं - जब रब चाहेगा तब हमारे आंगन में भी किलकारी गूंजने लगेगी।

जाने वह दिन कब आएगा।

हो सकता है मुझे देखकर या मेरी खरी, बेबाक बातें सुनकर तुम्हें लग रहा हो कि मुझे क्या अभाव हो सकता है।

मैं तो कभी भी, कोई भी तमन्ना पूरी कर सकती हूँ।

हाँ कर सकती थी, कर सकती हूँ, करना चाहती हूँ, पर कर नहीं सकी।

आज तुमसे मिलने और तुम्हें परख लेने के बाद पहली बार यह उम्मीद जागी है कि मेरी जिंदगी में ऐसा मित्र आया है, जिससे मुझे डर नहीं लगेगा।

जो हमारे मिलन के बदले कभी सौदेबाजी पर नहीं उतरेगा।

जो मेरा दिल नहीं दुखाएगा। मुझे बदनाम नहीं करेगा।

मुझे चरित्रहीन नहीं, हालात की मारी समझेगा।

मेरी इच्छा, अनिच्छा को तरजीह देगा।

हमारे अन्तरंग संबंधों की गोपनीयता को बनाए रखेगा।

काम्या के क्रियाकलाप, उदारता, बेध्यानी, प्रोत्साहन और अन्त में यह स्पष्ट स्वीकारोक्ति, अपेक्षा, अविनाश तक एक ही संदेश, भावार्थ पहुंचा रहे थे - मत चूको चौहान!

सो न चूकने को कटिबद्ध अविनाश ने काम्या की काया को उत्तेजित करने की चेष्टा शुरू कर दी।

इस तर्क के साथ कि वह तो प्रेम निवेदन कर रहा है।

अब यह उसका दुर्भाग्य या उसके प्रयासों का खोट कि वह उसे अगले पड़ाव या चरम प्रयाण के लिए सन्नद्ध नहीं कर पा रहा है।

अपनी ही वंचनाओं के गहरे सागर में डूबी काम्या उससे उबरकर अविनाश के संकेतों का अर्थ ग्रहण कर पाती कि इससे पहले ही अविनाश के कामोदीप्त मगज में भी ज्ञान का नया प्रकाश हुआ।

उसके होते ही अविनाश ने अपनी कामोत्तेजक चेष्टाओं को विराम देकर काम्या को चौंका दिया।

अविनाश के अनंतर में ज्ञान की एक बूंद जो सहसा उछली, उसने यह संकेत दिया कि हो न हो, काम्या ऐसी रूपगर्विता है जिसे किसी पुरुष की नजर में अपने लिए कामना की चाहना देखना ही चरम सुख दे देता है।

अभिमान से भर देता है।

जिसे छलात्कार में ही रसानुभूति होती है।

मर्दवादी इस धराधाम का एक और पुरुष भूलुंठित किया, धराशायी किया, यह विजयी भाव ही आनंद से ओतप्रोत कर देता है।

पुरुष की आंखों में अपने लिए चाहत देखना ही संतुष्टि दे जाता है।

इस अनुभूति के साथ ही अविनाश को अपनी भौगोलिक बनावट का स्मरण हो आया।

उसी बनावट का, जिसके चलते कोई भी खुराफाती विचार उसके मन के आसपास भी नहीं फटकता था।

जिसे काम्या से मुलाकात के बाद से वह विस्मृत किए हुए था।

आत्मावलोकन ने इस मान्यता को बल दिया कि उसने काम्या के बारे में जो अभी-अभी सोचा है वही सच है।

अन्यथा इस रूपसी को, जिसे न परपुरुष से मेल बढ़ाने से परहेज है, न एकांत की कमी है, न साधनों की, किसी सुंदर, सुकुमार या सुड़ौल पुरुष की बजाय मुझ कुरूप, बेढब और लगभग अस्वस्थ पुरुष के सामने तिरिया चरित्तर फैलाने की क्या जरूरत थी?

तभी एक और खयाल कौंधा।

कहीं काम्या की बेशर्मी की हद यहीं तो खत्म नहीं होती?

काम्या यह तो नहीं चाहती कि इससे आगे का रास्ता निमंत्रित पुरुष ही बलपूर्वक पार करे?

तो क्या अब मुझे कामुक स्पर्श से नहीं, शारीरिक क्षमता से, वह जिसे कहते हैं मर्दानगी, उससे काम लेना होगा?

किसी कोमलांगी को दबोच सकूं, रौंद सकूं, इतना बल तो मुझमें भी है।

नहीं नहीं, उसके बाद बना अन्तरंग संबंध तो बल से, दबाव से, दमन से, सौदे से, समझौते से कायम हुआ संबंध होगा।

उसमें वह सहजता, वह समर्पण, वह उत्कंठा, वह सहयोग कहाँ होगा जिसकी मुझे तलाश है।

जिसकी अपेक्षा मैं पति-पत्नी सहित हर स्त्री-पुरुष संबंध से रखता हूँ।

नैतिक, सिद्धांतप्रिय मन ने अविनाश को यह नेक सलाह दी ही थी कि दुनियादार मन भी वाचाल हो चला।

चलो, वह न सही, यहाँ से विदा होने से पहले एक और स्त्री देह को पाने का अनुभव तो बटोर ही सकते हो।

दुनियादार मन के इरादे नेक नहीं हैं, ऐसा भान होते ही नैतिक मन ने खबरदार किया।

यदि प्रयास के बाद भी वह अनुभव हाथ नहीं आया या उसकी परिणति हवालात तक घुमा लाई तो?

हाँ, सब कुछ गंवा के होश में आए तो क्या किया, जैसा गान अपना तकिया कलाम बनाना हो तो वह भी आजमा कर देख लो।

बहुत सोच-विचार के बाद अविनाश को लगा, काम्या के मामले में नैतिक मन के साथ बने रहने में ही भलाई है। यों भी इन दोनों के तर्क-वितर्क से पहले मैं उसी के साथ था ही। वास्तव में काम्या है ही पुरुष में अपने लिए चाहत महसूसते ही तृप्त हो जाने वाली नारी।

काम्या के प्रति मन उचाट होते ही अविनाश को उसके करीब बने रहना बेमानी लगना ही था।

इसकी परिणति विदा बेला के रूप में होनी चाहिए थी, लेकिन वह इस उलझन के चलते अधर में थी कि काम्या से विदा आज भर के लिए ली जाए या कल सहित हमेशा के लिए!

अन्ततः विदा लेने के लिए अविनाश ने अभिवादन की मुद्रा बनाई।

इस बीच काम्या भी उसके ऐन सामने आ खड़ी हुई।

अपनी कोमल हथेलियों से अविनाश की बंद हथेलियों को सहलाया।

अविनाश के चेहरे की असीम कुरूपता के बावजूद उस पर उभर आयी मायूसी और ऊब को पल भर निहारा।

अंतिम कुछ पलों के अलावा इस मुलाकात की शुरुआत से ही अविनाश उसकी जिस कामातुरता में सराबोर था, उसे फिर से अपने सर्वांग में जगाया।

अविनाश पहली फोनवार्ता के साथ ही उसकी वाणी के जिस माधुर्य में डूबा रहना चाहता था, उसी से कंठ को तरल करते हुए संजीवनी दी, "मेरे प्रति आपकी आतुरता ने सच जानिए मुझे बेहद सुख दिया है। मैं आपको, आपकी भावनाओं को करीब से जान गयी हूँ। मैं भी आपसे उसी सुख की अपेक्षा रखती हूँ। हम आज पहली बार मिले हैं और मुझे यकीन है कि अंतिम बार नहीं मिल रहे हैं। सो कुछ नया, कुछ रोमांचक, कुछ चरम, अगली मुलाकातों के लिए भी तो बचाकर रखना चाहिए न!

''वरना जिन दिनों में हम किसी और देश में होंगे, रातोदिन अकेले होंगे, एकदूसरे के करीब होंगे, बेफिक्र होंगे, बेखौफ होंगे, तब क्या दोनों एक-दूसरे को सब कुछ बासी ही परोसेंगे? फिर तीन दिन, दो रातें किस आकर्षण के भरोसे काटेंगे। इसीलिए मैंने आज भर के लिए इतना ही पर्याप्त समझा।''

अविनाश को यकायक यकीन ही नहीं हुआ कि वह जो सुन रहा है वह सचमुच कहा भी जा रहा है।

इसे सच मानने का भरोसा दिलाया, संवाद अदायगी के साथ-साथ लगातार कोमल और पुलकित कर देने वाले काम्या के स्पर्श ने।

अब अविनाश स्पर्श और सुमुख यानी दो-दो रूपों में उजागर की गयी काम्या की भावना को यकीन से परे माने तो माने कैसे।

नतीजा यह हुआ कि अविनाश ने विदा के लिए उठने से ठीक पहले काम्या के बारे में जो सोचा था, उसे सिरे से खारिज किया और यहाँ कुछ और देर बने रहने का मन बनाया। इसलिए बनाया ताकि जिस साफ़गोई से काम्या ने अपने मन के द्वार खोल दिए थे, उसी साफ़गोई से अपने मन का विकार वमन कर सके।

''आपको राज की एक और बात बताऊं?''

क्षणभर का विराम लेने के बाद काम्या ने कहना जारी रखा, ''मैं जानती हूँ कि मैं तो अपनी तरफ़ से संयम से काम ले रही थी, लेकिन आप नहीं ले पा रहे थे। फिर भी आपने अपनी मर्दानगी नहीं दिखाई। मुझ अबला पर बल प्रयोग नहीं किया। इसने आप पर मेरे यकीन को और पुख्ता कर दिया।

''अब मैं दावे के साथ कह सकती हूँ कि कामना ने आपको पहचानने में जरा भी भूल नहीं की थी। मेरे लिए भी आपकी संगत बहुत सुखकर होगी, क्योंकि यह संग-साथ बराबरी के स्तर पर होगा। इसमें मैं कमजोर और आप बलवान या मैं याचक और आप दानवीर नहीं होंगे। ठीक कह रही हूँ न मैं?''

''हाँ, हाँ।'' काम्या से मिली प्रशंसा से पूरी तरह अभिभूत, अचंभित और दोहरे-तिहरे लाभ में रहे अविनाश ने हामी भरी।

''तो ठीक है। आज भर के लिए इतना ही। अब कल जब तक हमारी मुलाकात नहीं होती, मैं इस मुलाकात को याद करते हुए मीठे सपनों में खोई रहूंगी और मुझे उम्मीद है आप भी मुझे, केवल मुझे याद करते हुए ही अपना वक्त बिताएंगे। अब चलिए, मैं आपको दरवाजे तक पहुंचा दूं।''

काम्या ने अपनी बात पूरी की और किसी उत्तर की प्रतीक्षा किए बिना, अविनाश के जुड़े हाथों को अपने हाथों से मुक्त कर मुख्य दरवाजे की ओर गमन कर गयी।

बौराए, प्रफुल्ल और उन्माद भरी कल्पनाओं से लबरेज अविनाश ने उसका

अनुसरण किया।

दरवाजे तक पहुंचकर रास्ता देने के लिए दरवाजे की एक ओर को थिर हो गयी काम्या को अपनी काया से हवा का-सा स्पर्श देते हुए अविनाश बाहर आया और फिर से काम्या की ओर मुड़ा।

हाथों को नमस्कार की मुद्रा में जोड़ा, काम्या की काया को अपनी डेढ़ आंख की जद में समेटा।

मुगलकालीन कार्निस वाली शैली में अधझुके कई कदम पीछे को हटते हुए तब तक उसकी ओर टकटकी बांधे रहा, जब तक अपने घर के पट भेड़कर वह ओझल ही नहीं हो गयी।

अविनाश के जीवन में आज ऐसा बहुत कुछ पहली-पहली बार घटा जो उसके लिए कल्पनातीत था।

यह कोई अजूबा होने नहीं जा रहा है, इसमें अनैतिक कुछ भी नहीं है।

इसी किस्म के कई और भी भारी-भरकम पत्थर उठाए और अपने शंकालु मन पर एक के बाद एक रखकर उसे ढकते हुए बताना जारी रखा...

– कि किसी स्त्री और पुरुष के बीच ऐसे संबंध कायम होना कोई अनहोनी बात नहीं है।

– कि जब संबंध आपसी सहमति से, दो नादानों के नहीं समझदारों के बीच कायम हो रहा हो, तब उसे शालीन आचरण की श्रेणी में शुमार किया जाना चाहिए।

– कि यहाँ न सौदा है, न समझौता, न दबाव, न प्रलोभन, न मजबूरी, न नियति।

–कि यहाँ यदि कुछ और है भी तो वह है अपनी और पत्नी की वैचारिक सोच में बुनियादी विरोधाभास के चलते देह संबंधों के प्रति उदासीन हो चले बुद्धिविलासी पुरुष की मानसिक जरूरत।

–कि इसके अलावा भी यदि कुछ है तो वह है प्राकृतिक आदिम भूख की तृप्ति के लिए आदिम रास्ते पर प्राणपण से प्रयाण का संकल्प-यज्ञ।

## 11

इतना सुख है जीवन में! इतना कुछ है मेरे मन में! और मैं अब तक इससे वंचित था, अनजान था!

काम्या के साथ केवल देहदर्शना भेंट से वापस लौट रहे अविनाश के मन में उथल-पुथल मची थी।

परस्त्रीगमन इतना सुखद, इतना रोमांचक, इतना आह्लादकारी होता है!

यह जो कल्पना से भी कोसों दूर था, अनुभव बन कल्पना नहीं अतीत बन चुका था।

इस एक ही अनुभव के दौरान अविनाश कभी खुशी, कभी गम, कभी सुख, कभी शंका के हिंडोले पर पर्याप्त झूल चुका था।

स्त्री के मन की थाह लेना वाकई सरल नहीं, इस कथन का अंध समर्थक बन चुका था।

अब अविनाश को रह-रहकर काम्या के वे तमाम हाव-भाव याद आ रहे थे और उनके अर्थ खुल रहे थे, जो उसके सामने मौजूद रहने तक अबूझ बने हुए थे, दुचित्ता किए हुए थे।

काम्या के इरादे और इच्छा ने यह भी उजागर कर दिया था कि अविनाश अभी अनाड़ी कारोबारी है।

वह तो इतना भी नहीं जानता कि कम पूंजी के बूते भी कारोबार को कितना विस्तार दिया जा सकता है।

बाजार को काबू में और खरीदार को ललचाए रखा जा सकता है।

उसे उम्मीद का दामन थामे रहने के लिए मजबूर किया जा सकता है।

एक काम्या है जो कारोबारी न होते हुए भी यह बखूबी जानती है।

काम्या से विदा ले चुके मगर उसी के खयालों में गुम अविनाश ने अपने आप से पहला सवाल किया - जाएं तो जाएं कहाँ?

घर पहुंचकर चादर तानकर सोया जाए, ताकि इन लम्हों को निष्कंटक याद किया जा सके या अभी दफ्तर जाया जाए और घर वापसी और दिनों की तरह देर शाम ही की जाए।

कहीं ऐसा न हो, समय से पहले घर पहुंचने पर पत्नी को मेरी तबियत नासाज होने का अंदेशा हो आए और चिन्ता के मारे अकेला ही न छोड़े।

सो अविनाश ने घर जाने का इरादा मुल्तवी कर फिर से दफ्तर खोलना ही तय किया।

वहाँ घर से कहीं ज्यादा एकांत मिलने की संभावना थी।

यह भी संभव था कि हाल पूछने के लिए या मुलाकात कैसी रही, यह जानने के लिए, एकाध बार काम्या का फोन ही आ जाए।

अपने दफ्तर का, जिसे और लोग दुकान ही कहते हैं, ताला खोला ही था कि एक पुस्तक विक्रेता कुछ किताबें खरीदने आ पहुंचे।

आते ही उलाहना देने लगे, ''क्या बात है अविनाश जी, आधा-आधा दिन दुकान बंद रखते हैं? यह तीसरा चक्कर है। किसी को तो यहाँ छोड़ जाया करो। मुझे आज शाम तक एक ऑर्डर सप्लाई करना है, उसमें चार किताबें आपकी भी हैं। यदि अब भी न मिले होते तो उन किताबों के बिना ही माल भेज देता।''

''आप भी क्या बात करते हैं राजन जी। दुकान बंद रखना किसे सुहाता है। दरअसल दस दिन से हमारा चपरासी नदारद है। अब आएगा भी या नहीं, यह भी पता नहीं।''

''तो कोई दूसरा रख लीजिए। ऐसे गैरजिम्मेदार के इंतजार में काम का हर्जा क्यों कर रहे हैं?''

''सो तो है, पर वह इस काम की शुरुआत से मेरे साथ है। उसे सब अता-पता है, फिर आदमी भी ईमानदार है।''

''अजी, यहाँ न तो जानकारों की कमी है, न ईमानदारों की। कहिए तो कल मैं ही किसी को भेज दूं। नई सड़क पर तो आए दिन काम मांगने वाले आते रहते हैं। कभी नए-नवेले तो कभी तजुर्बेकार।''

राजन जी से बतियाने के साथ ही अविनाश ने चारों किताबें निकालने के बाद उनका बिल बना लिया।

इस बीच कोई एक अजनबी दुकान में आ पहुंचे थे और इस इंतजार में थे कि कब अविनाश उनकी तरफ मुखातिब हो और वे अपना परिचय दें।

किताबें और बिल थमाकर राजनजी को विदा करते ही अविनाश नवागंतुक से मुखातिब हुआ, ''कहिए?''

''लगता है आपने मुझे पहचाना नहीं?''

नवागंतुक ने चेहरे पर वही मुस्कान कायम रखते हुए कहा, जो यहाँ कदम रखने के समय से ही उनके साथ बनी हुई थी।

अविनाश ने गौर से देखा फिर स्मृति पर जोर दिया तो कुछ-कुछ याद आया, ''अगर मेरी याददाश्त धोखा नहीं दे रही तो कई साल पहले आप डीयू यानी दिल्ली विश्वविद्यालय में शोधार्थी थे?''

''जी हाँ, आपकी याददाश्त कतई धोखा नहीं दे रही। आपने सही पहचाना। मैं वही हूँ और मेरा नाम है देवराज।''

''हाँ, हाँ। अब सब कुछ याद आ गया। आप शमशेर जी के साहित्य पर शोध कर रहे थे? तो क्या रहा? शोध पूरी हुई या बहुतों की तरह आपने भी अधबीच इतिश्री कर दी?''

''जी नहीं, पूरी हुई और डॉक्टरेट की उपाधि भी मिली।''

''बधाई हो! तो डॉक्टर देवराज जी, अब कहाँ हैं? इतना तो तय है कि कहीं

प्राध्यापक ही होंगे।''

''जी हाँ, प्राध्यापक ही हूँ और कई साल से मणिपुर में हूं।''

''इधर परिवार से मिलने-मिलाने आए होंगे?''

''जी नहीं, यूजीसी के सेमिनार में आया हूँ। आज फुरसत मिली तो आपसे मिलने प्रतिबद्ध पहुंचा। पता लगा आप प्रकाशक हो गए हैं। सुनकर बड़ी खुशी हुई। वहीं से पता लेकर आपको बधाई देने यहाँ चला आया।''

''धन्यवाद। हाँ, आप देख ही रहे हैं।''

''सो तो देख ही रहा हूँ। फिर भी कैसा चल रहा है?''

''बिना पूंजी के जैसा चलना चाहिए, वैसा ही चल रहा है। पूंजी के अभाव में न तो मन का छाप पाते हैं, न मन से या समय से छाप पाते हैं। जो बेहतर लिखा जा रहा है, उसे सामने लाने का मन होता है, मगर जो हालात हैं उनमें किसी बड़े लेखक की रचना  तो जाने दीजिए, मित्रों तक की पांडुलिपि थामते यह डर बना रहता है कि कहीं समय से छाप नहीं पाए तो संबंधों में दरार आएगी। पर खैर, आपसे मिलकर अच्छा लगा। बताइए, मैं आपके किस काम आ सकता हूँ?''

''बात यह है अविनाश जी, आज भी मैं आपसे काम लेने तो आया हूँ, लेकिन ऐसा काम जिसमें आप नहीं, मैं आपके काम आ सकूं। हालांकि आपके सामने वह सब कहते संकोच हो रहा है जो मैं औरों के सामने बड़े गर्व के साथ कहता रहता हूँ कि मेरा शोध पूरा करवाने में सबसे अहम योगदान आपका है। आपने मुझे उस समय जो दुर्लभ, यहाँ तक कि अप्रकाशित रचनाएं भी सुलभ कराई थीं, उससे मेरी थीसिस लाजवाब बनी थी।

''आपके ऋण से उऋण तो नहीं हुआ जा सकता, फिर भी मैं तभी से इस फिराक में था कि कब कोई ऐसा अवसर आए, जब मैं भी आपके काम आ सकूं।''

अविनाश को यह सब सुनना अच्छा लग रहा था, फिर भी उसने देवराज को कुछ और कहने से रोकते हुए कहा, ''वह सब जाने भी दीजिए। मैंने ऐसा कुछ नहीं किया था। आपकी थीसिस बेहतर हुई होगी आपकी प्रतिभा से, न कि मेरे जैसे किसी अपढ़ की वजह से।''

देवराज ने सौजन्यता का दामन तब भी नहीं छोड़ा, ''आप श्रेय न लेना चाहें, यह आपका बड़प्पन है, मगर सच वही है जो मैंने कहा। बहरहाल, संयोग देखिए, जब से मणिपुर गया हूँ, पहली बार दिल्ली आना हुआ है। आना तो था दिल्ली पुस्तक मेले के दौरान, लेकिन यह सेमिनार आगे खिसक गया सो अब आना हो पाया।

''मैं मेले के दौरान आने वाला था इसलिए यूनिवर्सिटी से किताबों के बजट की खासी रकम अपने नाम जारी करवा ली थी ताकि यहाँ हाथोहाथ किताबें खरीदी

जा सकें। जब आना आगे टल गया तब भी यह सोचकर रकम नहीं लौटाई कि मेले में न सही, प्रकाशनों में जाकर चयन कर लूंगा। फिर किसी जिम्मेदार पुस्तक विक्रेता को वह रकम सौंपकर कहूंगा कि उन्हें हम तक पहुंचवा दे।

''इसी मकसद से प्रतिबद्ध गया था। जब वहाँ यह खबर लगी कि आप भी प्रकाशक हो गए हैं, तभी यह तय कर लिया कि यह काम अब आपके शुभ हाथों ही संपन्न होगा।

''सो अब अगले दो दिन में सभी प्रकाशकों के दफ्तर का चक्कर लगाने के बाद अपनी सूची और रकम आपके हवाले कर दूंगा। आप उन्हें हम तक भिजवा दीजिएगा। मुझे नहीं पता कि आप अन्य प्रकाशकों की किताबें भी सप्लाई करते हैं या नहीं, लेकिन मेरे आग्रह पर आपको यह भी करना होगा।''

जैसे-जैसे देवराज अपनी बात आगे बढ़ा रहे थे, अविनाश की प्रसन्नता बढ़ती ही जा रही थी। वह खुद भी देवराज जितना भावुक हो आया था।

मन का एक कोना कह रहा था कि देवराज की इन भावनाओं के लिए आभार प्रकट किया जाए, उसे धन्यवाद दिया जाए। मन का दूसरा कोना चाहता था कि देवराज लगातार बोलता रहे। अविनाश मन के इसी कोने के साथ था, सो देवराज अनवरत जारी था।

''इसके अलावा मेरा एक निवेदन और है। निवेदन ही नहीं, निमंत्रण भी। आप जानते ही हैं हिंदी प्रकाशक उत्तर-पूर्वी राज्यों में न तो अपना कोई प्रतिनिधि भेजते हैं, न नए प्रकाशनों की सूचना। कई बार तो आदेश भेजने के बाद भी किताबें तक नहीं भेजते।

''इसका दुखद परिणाम यह होता है कि हमारे विद्यार्थियों को नया साहित्य पढ़ने को नहीं मिलता और अधिकांश कॉलेजों में, यूनिवर्सिटी में हिंदी किताबों के बजट की पूरी रकम भी खर्च नहीं हो पाती।

''मैं चाहता हूँ कि आप एक बार प्रकाशक या पुस्तक विक्रेता नहीं, हमारे मेहमान बनकर ही सही, मणिपुर आएं। मैं खुद आपके साथ उत्तर-पूर्व राज्यों के कॉलेजों, विश्वविद्यालयों, सरकारी संस्थानों और जेएनयू सेंटर में चलूंगा। मुझे यकीन है कि वे इच्छित किताबों की सूची हाथोहाथ आपको थमा देंगे भले ही उनके पास उतना बजट हो या न हो।

''बल्कि मैं तो यहाँ तक चाहता हूँ कि आप मेरे साथ ही चलें, भले ही एक हफ्ते के लिए। अभी मौसम भी ठीक-ठाक है और सभी जगह इस साल के बजट की राशि भी मौजूद होगी। इस यात्रा का खर्च मैं वहन करूंगा। यदि पहली यात्रा का अनुभव सुखद रहे तो मैं चाहूंगा कि आप हर साल आएं, ताकि हमें आपके दर्शन हर साल हो सकें।''

देवराज के मौन हो चुकने के बाद भी अविनाश देर तक उनकी तरफ एकटक देखते ही रहे आए।

''क्या कहकर आपके प्रति अपनी खुशी और आभार व्यक्त करूं देवराजजी? मुझे तो एक ही उपमा याद आ रही है कि आप तो मेरे लिए अलादीन के चिराग से प्रगटे जिन्न हुए जा रहे हैं।

''जैसा कि मैं कह चुका हूँ, आपका मुझे याद रखना, यहाँ आना और तिस पर मेरी इतनी फिक्र करना, सहयोग की भावना से मेरा हाथ थामना, सब कुछ बेहद आह्लादकारी लग रहा है। आपका प्रस्ताव आकर्षक भी है और सम्मानजनक भी। इसमें कोई शक नहीं कि इस बहाने मेरा कारोबार भी बढ़ेगा और परिचय क्षेत्र भी। मगर मेरी प्राथमिक असमर्थता है पूंजी।

''मुझे नहीं लगता कि यदि आपने मुझे दो-चार लाख की किताबों के ऑर्डर दिलवा दिए तो मैं उतनी किताबें बाजार से उधारी पर उठा भी सकूंगा। मेरे अपने प्रकाशन की किताबें इतनी हैं नहीं। फिर जरूरी तो नहीं कि वहाँ सबको मेरे प्रकाशन की किताबों की दरकार ही हो। और आपसे सच कहूं तो मैंने कोई बहुत मार्के की किताबें छापी भी नहीं हैं। वही पूंजी के अभाव के चलते बेहतर किताबें हासिल ही नहीं कर पाया।''

अविनाश के मौन होते ही देवराज ने उसे लाचारी के गर्त में गिरने से बचाया, ''इसीलिए तो मैंने आपसे कहा कि आपकी पहली यात्रा मेरी तरफ से होगी। रहा सप्लाई का सवाल, सो जैसे मैं अपने आदेश के साथ आपको रकम सौंप रहा हूँ, वहाँ भी जहाँ-जहाँ से आदेश मिलेगा, अपनी जिम्मेदारी पर कुछ अग्रिम रकम भी दिलवाता रहूंगा। वह रकम कम से कम इतनी तो जरूर होगी जिससे आप तमाम खरीदारी नकद कर सकें। रहा सवाल आपके लाभ या बचत का, सो वह भी कहीं नहीं जाता। जब आपके बिलों का अंतिम भुगतान होगा तब वह भी आ ही जाएगा।''

अविनाश की विवशताएं सुनकर थोड़ा मायूस हो आए देवराज का चेहरा यकायक फिर खिल उठा।

''अब आपका प्रस्ताव स्वीकार करने के अलावा कुछ किया ही नहीं जा सकता। आपने तो संकोच, दुविधा या भय तक की कोई गुंजाइश नहीं छोड़ी। हालांकि इसे हाथोहाथ अमल में लाने में मेरा ही भलाई है। जाने फिर ऐसा सुनहरा अवसर मिले न मिले। फिर भी आपके साथ निकलना तो असंभव है। हाँ, जो काम हाथ में हैं, उन्हें थोड़ा समेट-बटोरकर अगले हफ्ते किसी भी दिन पहुंच सकता हूँ।''

''आपने मेरे आग्रह का मान रखा इसके लिए मैं आपका आभारी हूँ। तो यही

तय रहा कि अगले हफ्ते आप मणिपुर आ रहे हैं। अब मुझे इजाजत दीजिए। परसों इसी समय फिर आपसे मिलने आऊंगा। इस बीच किताबों का चयन कर लूंगा और अगली मुलाकात के दौरान किताबों की सूची और रकम आपके हवाले कर जाऊं गा।''

''अरे ऐसे कैसे जा सकते हैं। अभी तो मैंने आपसे चाय के लिए भी नहीं पूछा। दरअसल चपरासी के न आने से पंगु हुआ पड़ा हूँ। पर खैर, आप दो मिनट ठहरिए। मैं जरा सामान समेटकर दफ्तर को ताला लगाता हूँ, फिर कुछ देर को कहीं और चलकर बैठते हैं। आप होटल के कमरे में पहुंचकर अकेलापन ही तो झेलेंगे, या शाम कहीं और बिताने की योजना है?''

''नहीं, सच तो यह है कि आज शाम मैंने कहीं और जाने के बारे में सोचा ही नहीं था। मैं तो खुद यह सोचकर चला था कि आपसे मिलने के बाद यदि आपके पास समय हुआ तो ढेर सारी बातें करूंगा। पर इधर आपकी व्यस्तता देखकर यहाँ कुछ देर और ठहरने में संकोच हो रहा है।''

''नहीं, नहीं, ऐसी कोई व्यस्तता नहीं है। बल्कि कुछ देर पहले तो मैं तय कर चुका था कि अब घर जाया जाए। वह तो आपके आने से पहले वह विक्रेता आ गए सो जाना टल गया। एक तरह से यह अच्छा ही हुआ, वरना आपसे मुलाकात कहाँ हो पाती।''

दुकान में ताला जड़ने से पहले अविनाश के खयाल में यही आया कि राजकर जी के दरबार में पहुंचा जाए। इस बहाने देवराज का उनसे भी मिलना हो जाएगा और वहाँ कुछ और लेखकों से भी भेंट हो सकती है।

कोई और दिन रहा होता तो अविनाश के कदम उसी दिशा में चल पड़े होते, लेकिन परसों जो अनपेक्षित हुआ था, वह याद आते ही वहाँ जाने का इरादा मुल्तवी किया और संजय को फोन पर यह सूचना दी कि तुम अपने चैंबर में ही बने रहना, हम दो जन तुम्हारे पास पहुंच रहे हैं।

## 12

संजय के चैंबर में सुरापान करने और देवराज को सकुशल विदा करने के बाद घर की ओर प्रस्थान कर चले अविनाश को रह-रहकर कथाकार और चिन्तक जैनेन्द्र कुमार याद आने लगे। और याद आने लगी उनकी एक स्थापना कि पत्नी के अलावा जीवन में आवश्यक होती है एक अदद प्रेयसी।

अविनाश का मन हुआ कि अभी, इसी क्षण लोगों को रोककर यह बताए कि

जैनेन्द्र कुमार ने बिल्कुल सही कहा था। इतना ही नहीं, यह मुनादी करवा दे कि आज से सबके लिए इस स्थापना पर अमल लाजिमी है।

अब खुद मुझे देख लो!

इधर जीवन में प्रेयसी ने दस्तक दी, उधर मेरा वर्तमान बदल गया। भविष्य भी सुनहरा नजर आने लगा। और यह तो अभी शुरुआत भर है।

प्रेयसी के साथ कल दोपहर लंच, फिर किसी देश के किसी शहर के किसी होटल में तीन दिन और दो रातों तक चलने वाला मधुर मिलन और उसके बाद उत्तर-पूर्व की सातों बहनों से गलबहियां!

लो बताओ, इस देवराज को आज ही अवतरित होना था!

एक दशक से भी ज्यादा होने को आया, जब मैंने इसे शोध के लिए कुछ सामग्री जुटाकर दी थी। मेरे लिए वह कोई नई बात नहीं थी।

डीयू और जेएनयू के छात्रों को कुछ दिनों के लिए किताबें दे देना तो मेरी आदत का हिस्सा था।

तब के छात्र ही तो भावी लेखक, आलोचक, प्राध्यापक होने वाले थे।

कल को जब वे उस पद और प्रतिष्ठा को सुशोभित करेंगे तब हमारे प्रति आत्मीय भाव रखेंगे।

हमारी पुस्तकों की आलोचना के दौरान सहानुभूति दिखाएंगे।

खरीदारी के दौरान उदारता दिखाएंगे।

पाठ्यक्रम में उन्हें शामिल कराने में सहयोग भाव दर्शाएंगे।

वह सब तो चलो होना ही हुआ, लेकिन देवराज ने आज मेरे सामने आकर जो भंगिमा दिखाई, सहयोग का हाथ बढ़ाया, ऐसा होने की कल्पना तो मैंने भी नहीं की थी।

मेरी खुशकिस्मती देखिए कि उसका आना भी हुआ तो कब हुआ?

जब मैं काम्या से मिलकर खुश-खुश लौटा था।

वे मीठे पल न गुजारे होते तो शायद मैं देवराज से इस जिंदादिली से न मिला होता चूंकि उसका आना मुझे जरा भी नहीं सुहाया था।

उसी का क्या, पुस्तक विक्रेता का भी।

मैं तो नितांत एकांत में काम्या की यादों में खो जाना चाहता था और इधर एक के बाद एक दो व्यवधान आ उपस्थित हुए थे।

यह काम्या के संसर्ग का ही प्रताप कहिए कि दोनों को मेरे रूखेपन का सामना नहीं करना पड़ा।

वैसा आभास दिया होता तो यह जो रास्ता खुलता दिखाई दे रहा है, यहाँ भी कोई खोह है. इसकी भनक तक न लगी होती।

दिनभर की अपनी उपलब्धियों, खुशफहमियों से लदा-फदा अविनाश कब घर के दरवाजे पर पहुंच गया, खुद अविनाश को खबर नहीं। कब कपड़े बदले, कब चाबी भरे गुड्डे की तरह मुस्कान दर्शाता यंत्रवत खाने की मेज पर आ बैठा है, यह भी पता नहीं चला।

''आज तो बड़े महक रहे हो! रोम-रोम चहक रहा है! बात क्या है?''

खाने के साथ ही पत्नी ने उत्सुकता भी परोसी।

''अरे कुछ मत पूछो। बात ही कुछ ऐसी है।'' अविनाश चहका।

''कैसी, कुछ हमें भी तो पता लगे। दिन में दफ्तर में भी नहीं थे। मैंने कई बार फोन किया, एक बार भी किसी ने नहीं उठाया।''

''ओ हाँ!'' अविनाश सचेत हुआ।

होना ही था। बेध्यानी में पूरी दिनचर्या जबान पर आ जाती तो!

''आज तो बहुत व्यस्त रहा, मगर वह व्यस्तता थकाऊ कम और कमाऊ ज्यादा थी। सुनकर तुम्हें भी अच्छा लगेगा।

''बात यह हुई कि बिना कोई पूर्व सूचना दिए एक बहुत पुराने परिचित आ धमके। कभी मैंने उनकी बहुत मदद की थी। अब वे मणिपुर में हैं। बेहतर स्थिति में हैं। वे मेरी उस मदद का ऋण उतारना चाहते हैं।

''वे चाहते हैं कि उनकी यूनिवर्सिटी के पूरे बजट की किताबें मैं सप्लाई करूं। इसके लिए वे मुझे अग्रिम भुगतान भी देकर जाएंगे। इतना ही नहीं, वे यह भी चाहते हैं कि मैं उनके खर्चे पर उत्तर-पूर्व की यात्रा करूं।

''उस दौरान वे मुझे सातों राज्यों में ले जाएंगे और जहाँ भी, जितना भी बजट होगा उतनी किताबों की सप्लाई का आदेश दिलवाएंगे। वहाँ भी सब किताबें मुझे सप्लाई करनी होंगी। उसके लिए भी आधी से ज्यादा रकम अग्रिम दिला देंगे।

''वे तो यह भी चाहते हैं कि यह सिलसिला आगे भी जारी रखा जाए। मैं खुद भी यही चाहता हूँ। बल्कि मैं तो यह भी चाहता हूँ कि वहाँ के तमाम लेखकों की किताबें भी प्रकाशित करूं। और इस सबके लिए जल्दी से जल्दी वहाँ की यात्रा पर निकल पड़ूं।

''आज पूरे दिन उनके साथ प्रकाशक दर प्रकाशक घूम-घूमकर किताबें छंटवाईं। कल और परसों भी यही दिनचर्या रहेगी। चपरासी आज भी नहीं आया, इसलिए मुझे दफ्तर बंद करके जाना पड़ा।

''तुमसे एक बार भी बात नहीं हो सकी। कल, और परसों भी अगर चपरासी नहीं आया तो आज जैसा ही हाल रहेगा। अब कहो, कैसी रही?''

पत्नी ने मुँहजुबानी कुछ न कहकर अविनाश की पीठ पर प्रेमभरा हाथ फेरा

और अपनी ओर से शुभकामनाएं, खुशियां, बधाइयां संप्रेषित कर दीं।

बदले में अविनाश ने भी अपनी हथेली पत्नी की हथेली पर रख दी और कहीं खो गया।

पत्नी ने सपनों में सराबोर हो चुके पति को चेताने का कोई उपक्रम नहीं किया। वह उसी मुद्रा में देर तक खड़ी रहीं।

उधर अविनाश इस बीच मन ही मन अपने को शाबाशी देता रहा कि वाह प्यारे, लगे हाथ किस चतुराई से कल के लिए भी बेफिक्री खोज ली। काम्या के साथ बीतने वाले लंच के समय को भी कारोबार के खाते में शामिल कर गुजरे।

ठीक ही कहते हैं राजकर जी कि प्रेम हद दर्जे के डरपोक, दब्बू, संकोची, शंकालु को भी दुस्साहसी और परम सत्यवादी को भी 'अश्वत्थामा हतोहता, नरोवाकुंजरोवा' कहने वाला बना देता है।

## 13

प्रगति मैदान के गेट पर अविनाश तय समय से कुछ पहले इस इरादे से पहुंचा था कि काम्या का स्वागत करने का मौका मिलेगा। यह आभास दिलाने का अवसर हाथ आएगा कि वह उसके लिए पलक-पांवड़े बिछाए खड़ा है।

इतना ही नहीं, दूर से करीब आती काम्या को देर तक निहारते रहने का नयन सुख मिलेगा, सो अलग।

अविनाश तो खटारा ही सही, अपनी कार में काम्या का सारथी बन उसे घर से प्रगति मैदान तक लाना चाहता था, लेकिन काम्या ने इसे मंजूर नहीं किया था।

उसने बताया था कि वह कहीं और होते हुए पहुंचेगी।

यह हिदायत दी थी कि गेट पर उसका इंतजार जरूर करे।

यों भी बिना उसे साथ लिये रेस्त्रां में प्रवेश वर्जित है ही।

बहरहाल, अविनाश का समय से पहले पहुंचना व्यर्थ गया।

कई तमन्नाओं पर घड़ों पानी फिर गया।

आंखों को झपकने का अवकाश तक नसीब नहीं हुआ, चूंकि काम्या वहाँ पहले से इंतजार में खड़ी थी।

कल की अपेक्षा आज और उत्तेजक और पारदर्शी लिबास पहना था।

नाभिदर्शना झीनी सी साड़ी। ब्लाउज के नाम पर एक चीथड़ा।

वह भी शायद इसलिए कि कानून या नैतिकता के रक्षक सार्वजनिक स्थान पर

लूज-लंगोटी मर्दों की उत्तेजना शर्तिया बढ़ा देने में समर्थ लिबास पहनकर टहलने के आरोप में गोरी कलाइयों में हथकड़ियां न डलवा दें।

काम्या के साथ-साथ रेस्त्रां तक की पदयात्रा के दौरान अविनाश ने एक और अन्तर महसूस किया।

कल जहाँ उसे उसके बदन से उसी की गंध पाने का मौका मिला था, आज किसी इत्र की तीखी गंध ही मिल रही थी।

रेस्त्रां में पहली मुठभेड़ घुप अंधेरे और तीखे-तेज संगीत से हुई।

आइहो के एक कर्मचारी ने उनका नाम, पता पूछने और चेकबुक, क्रेडिट कार्ड, टैक्स रिटर्न की रसीद और वोटर आयी कार्ड की जांच-पड़ताल कर लेने के बाद उन्हें जिस टेबल के साथ रखी कुर्सियों पर ला बिठाया, उस टेबल पर कुल जमा इतनी रोशनी ही पड़ रही थी, जिसमें टेबल पर रखा सामान और अविनाश की खुशकिस्मती से उसकी बगल में न बैठकर ऐन सामने की कुर्सी पर बैठ चुकी काम्या के खिले-खिले, खुले-खुले पीन पयोधर नजर आ रहे थे।

दोनों के बीच की दूरी को निकटता में बदलने के लिए मेज से सटकर बैठी काम्या अविनाश की एक हथेली को अपनी कोमल हथेलियों की गिरफ्त में लेकर सहलाने लगी थी।

ऐसे प्रकाश में जहाँ स्वर्ण-धवल शेष काम्या ही नजर नहीं आ रही हो, अविनाश तो अंधेरे का हिस्सा बनकर लोप होना ही था।

थोड़े अन्तराल के बाद जब आंखें उस अंधेरे की अभ्यस्त हो चलीं, अविनाश ने इधर-उधर नजर दौड़ाने पर पाया कि थोड़ी-थोड़ी दूरी पर वैसी ही कई और मेज-कुर्सियां रखी थीं।

उनमें से बहुतों पर कई जोड़े विराजमान हो चुके थे।

हर टेबल पर खाली कागजों से भरी एक फाइल और कंप्यूटर मानीटर रखा था। सभी टेबलों के साथ तीन-तीन कुर्सियां रखी गयी थीं जिनमें से तीसरी कुर्सी हर कहीं खाली थी।

इस ताकाझांकी के दौरान अविनाश को एक भंगिमा थोड़ी हैरान कर देने वाली लगी। उसने पाया कि अन्य टेबलों पर विराजे जोड़ों में से कुछ जोड़े नितांत शांत, थिर बैठे हैं, गोया इस इंतजार में हों कि जब फोटोग्राफर कहेगा 'स्माइल प्लीज' तभी मुखड़े पर मुस्कान लाएंगे।

शेष जोड़ों के बैठने का ढंग ठीक वही है जो उसका और काम्या का है। उनकी साथिन भी ठीक उसी तरह उनकी हथेली सहला रही है जैसे काम्या खुद उसकी हथेली को सहला रही है। यानी वे पुरुष भी अपनी महिला मित्र के साथ ही तशरीफ लाए हैं!

लगता है महिला मित्रों का प्रेम प्रदर्शित करने का, अपनापन दर्शाने का यही एक तरीका है! और यही एक लिबास! वही देहदर्शना, नाभिदर्शना साड़ी और उभारों को ढकने के बजाय उनके वास्तविक आकार से भी ज्यादा आकार का होने का भ्रम पैदा कराने में सहायक स्लीवलैस ब्लाउज!

इससे पहले कि अविनाश तमाम जोड़ों में और समानताएं तलाश करे, अब तक खाली पड़ी टेबलों पर भी एक-एक जोड़ा आ चुका था और कोरम पूरा होते न होते सभी के करीब तीसरी कुर्सी पर आकर विराजमान हो गया एक-एक मार्गदर्शक यानी इंटरनैशनल हॉलीडेज एंड इनवेस्टमेंट मैनेजमेंट ऑर्गनाइजेशन यानी आयीहोइएमो का कर्मचारी।

अविनाश को मेजबान कंपनी का पूरा नाम अब जाकर पता लगा।

''आयीहोइएमो की ओर से मैं गुणानंद जखमोला इस दिलखुश माहौल में आपका स्वागत करता हूँ और उससे भी पहले आपको एक साथ तीन इनाम पाने की बधाई देता हूँ। उम्मीद है आपको हमारा साथ और हमारी मेहमाननवाजी बेहद पसंद आएगी।

''मैं आपको अपनी ऑर्गेनाइजेशन के बारे में कुछ विस्तार से जानकारी देना चाहूंगा। हम कैसे और कितने एक-दूसरे के लिए मददगार हो सकते हैं, इसका खुलासा करूंगा।

''आज हमारे बीच जो परिचय शुरू होने जा रहा है वह कितनी दूर तक जा सकता है, इस बारे में आपसे कोई अंदाजा लगाने को कहूं, उससे पहले मैं गुजारिश करना चाहूंगा कि हमारे आग्रह पर आप जो कागजात साथ लाए हैं, वे कुछ देर के लिए मेरे हवाले कर दें।''

रेस्त्रां में गूंज रही संगीत की आवाज या फिर गुणानंद की गति और प्रवाह की वजह से अविनाश को उसे सुनने के लिए पूरी तरह एकाग्र होना पड़ा। तब भी उसके कान गुणानंद की शुरुआती बातें नहीं पकड़ सके। अलबत्ता अंतिम बात सुनते न सुनते तो कान खड़े हो गए।

''ऐसा क्यों?'' अविनाश ने उससे स्पष्टीकरण चाहा।

वे कागजात रेस्त्रां में घुसने से पहले ही देखे जा चुके थे। फिर से उन्हें दिखाने का आग्रह करना उसे अपमानजनक लगा।

''आपके साथी यह पड़ताल कर चुके हैं कि वे नकली हैं या असली।''

गुणानंद ने सफाई दी, ''जी नहीं, उन्होंने तो केवल यह तसल्ली करने के लिए देखे होंगे कि आप उन्हें साथ लाए हैं या नहीं। मैं ऐसी किसी तसल्ली के लिए नहीं मांग रहा हूँ।

''जैसा कि आपको पता है, हम आपका एक लाख रुपए का बीमा कराने जा

रहे हैं। उन कागजात से हमें आपके बारे में वे तमाम सूचनाएं मिल जाएंगी जो बीमा फॉर्म में भरनी होंगी।

"हमारी कंपनी आपको विदेश यात्रा पर भी भेजने जा रही है, सो कुछ कागजात उसकी खानापूर्ति के लिए जरूरी हैं। मसलन जिस देश में भेजा जा सकता है उसके वीजा के लिए आवेदन करना, टिकट का इंतजाम करना, होटल को आपके बारे में सामान्य सूचनाएं मुहैया कराना।

"इधर जब तक हम लोगों की बातचीत पूरी होगी, हमारे सहयोगी इनकी फोटोकॉपी करवा लेंगे और जरूरी कागजी कार्रवाई पूरी करके सभी फॉर्म वगैरह पर जहाँ-जहाँ जरूरी हुआ, आपके दस्तखत भी ले लेंगे।

"इस तरह आपके भी कई चक्कर बचेंगे और हमारे भी। न आपको अपना कोई दस्तावेज कुछ दिनों के लिए हमारे पास छोड़कर जाना पड़ेगा, न हमें उसकी हिफाजत करनी पड़ेगी।"

"हमारे पास तो कोई पासपोर्ट है नहीं। फिर विदेश यात्रा..." अविनाश दास ने लाचारी बयान की।

गुणानंद ने अभय मुद्रा वाले अंदाज में हाथ उठाकर अविनाश को धीरज न खोने का संकेत देते हुए बताया, "उससे कोई फर्क नहीं पड़ता। ऐसे भी कई देश हैं जहाँ जाने के लिए किसी हिंदुस्तानी को पासपोर्ट की जरूरत नहीं पड़ती।

"दूसरी बात यह है कि विदेश यात्रा के लिए किस देश में भेजा जाएगा, यह इस पर निर्भर करता है कि हमारा-आपका साथ क्या रूप लेने जा रहा है। यदि वह तय सीमाओं तक गया तो विदेश यात्रा पर भेजने के लिए हम आपका पासपोर्ट भी बनवा देंगे। बस, उसमें थोड़ा समय लगेगा। यानी आप कम से कम इसी महीने तो विदेश यात्रा नहीं कर सकेंगे।

"पर खैर, आप अपने दस्तावेज तो दीजिए ताकि सबसे पहले आपकी कागजी कार्रवाई शुरू हो सके।"

अविनाश का मन हुआ कि वह अपने दस्तावेज उसके हवाले करने से पहले यह भी जान ले कि आपकी वे सीमाएं क्या हैं और उन्हें छू पाने के लिए मुझे क्या करना होगा?

मगर जानने का प्रयास किया नहीं, चूंकि इस बीच ज्यादा जरूरी काम लगा, आयीहो के मुलाजिम इस गुणानंद के बच्चे को कुछ देर के लिए ही सही अपने से दूर भेजना, जो जब से आया था, सूचनाएं तो उसे दे रहा था लेकिन नजर पूरी बहादुरी के साथ काम्या पर टिकाए हुए था।

उधर काम्या भी मीठी मुस्कान के साथ उसकी प्रशंसक नजरों के प्रति आभारी होने का संकेत दे रही थी।

दस्तावेज उसके हवाले करते हुए अविनाश ने उकसाया, ''ये लीजिए और जितनी जल्दी संभव हो इन्हें संबंधित व्यक्ति तक पहुंचा दीजिए।''

गुणानंद के विदा होते ही काम्या ने अविनाश की तरफ मारक चितवन उछाली और उसकी हथेली को हौले-हौले सहलाते हुए कहा, ''तुम भी न! कहीं तुम मेरे साथ भी ऐसे ही सवाल-जवाब तो नहीं करोगे -

कि ये अपने या मेरे कपड़े किसलिए उतार रही हो?

तकिए के नीचे क्या खोज रही हो?

इतना सटकर क्यों बैठ रही हो?

तुम्हारा हाथ कहाँ जा रहा है?

इधर क्या खोज रही हो?''

''तुम भी...'' दूसरी हथेली उसकी हथेली पर रखकर अविनाश ने अपनी खुशी का इजहार किया या झिझक पर विजय पाने का उपक्रम किया, न काम्या जान पाई और न शायद खुद अविनाश ही।

''और हाँ, मैं पहले से कहे देती हूँ, तुम्हारे साथ सुख-चैन के तीन दिन, दो रातें बिताने के लिए मैं अगले महीने तक इंतजार नहीं करूंगी। मैं तो चाहती हूँ हम यहाँ से सीधे वहीं के लिए फुर्र हो जाएं। ऐसा न हो, हम उस पल के इंतजार में दिन गिनते रहें और इस बीच मेरे पतिपरमेश्वर आ टपकें।''

अविनाश ने चाहा कि काम्या से यह कहकर उसका मान बढ़ाए कि जैसा तुम चाहोगी, वैसा ही होगा। मैं तुम्हारी इच्छा के विरुद्ध कोई फैसला लेने की जुर्रत कर सकता हूँ भला!

फिर भी कहा नहीं, चूंकि ठीक उसी समय उसका दिल तो इससे उलट यह कहने को उतावला हो आया कि तुम क्या जानो, तुम्हारे साथ अन्तरंग पल बिताने की जितनी जल्दी मुझे है, तुम्हें तो कभी सपने में भी नहीं रही होगी।

कहीं दिमाग की जगह दिल की बात ही जुबान पर न आ जाए, इसलिए मौन रहना ही ज्यादा मुफीद लगा।

मार्गदर्शक गुणानंद एक बार फिर इनके बीच अवतरित हुआ।

''माफ कीजिएगा दास जी, मैं फिर आप दोनों के बीच हाजिर हूँ। ये लीजिए अपने दस्तावेज। देख लीजिए सबके सब हैं या नहीं?''

अविनाश ने देखा कि गुणानंद तो और भी ढीठ बनकर लौटा है। दस्तावेज उसे थमा रहा है, वे पूरे हैं कि नहीं यह उससे जानना चाहता है, लेकिन उसकी नजरें लगातार पीछा कर रही हैं काम्या की कमनीय काया का।

दस्तावेज हाथ में आते ही अविनाश ने उन्हें ताश के पत्तों की तरह फैलाया और ऐलान कर दिया, ''हाँ पूरे हैं। अब आप मेरी तरफ मुखातिब होकर मुझे वह

सब बताइए जो इस कार्रवाई से पहले न बताने की कसम खाए हुए थे। और याद रहे, यह सब मैं जानना चाहता हूँ, मैं! मैडम नहीं।

"आप जो बताने वाले हैं उस पर अमल करना है या नहीं यह भी मैडम तय नहीं करेंगी, मैं तय करूंगा। अंडरस्टैंड? इसलिए मैडम को शीशे में उतारने की कोशिश तुरंत बंद कीजिए और अपना और हमारा वक्त जाया किए बिना मुझे सब कुछ बताइए।"

गुणानंद ने तुरंत गर्दन अविनाश की तरफ घुमाई और बोला, "दास जी, मेरे आचरण से आपको दुख पहुंचा, इसके लिए मैं बेहद शर्मिंदा हूँ। फिर भी अगर आप मुझे माफी दें तो एक गुस्ताखी और करना चाहता हूँ। यकीन कीजिए, उसके बाद आपको शिकायत का कोई मौका नहीं दूंगा।"

अपना अनुरोध बयान करते ही वह फिर काम्या को निहारने लगा, गोया उससे कहना चाहता हो कि मैडम आप भी मेरी तरफ से सिफारिश कीजिए न ताकि मुझे माफी मिल जाए।

इससे पहले कि अविनाश गुणानंद को कोई कठोर बात कहे या यह कहे कि उसे कोई फालतू बात नहीं सुननी। इसलिए वह केवल काम की बात ही करे, काम्या ने उसे अभयदान दिया, "ठीक है, इनकी तरफ से मैं भरोसा दिलाती हूँ कि इन्होंने तुम्हें एडवांस में माफी दे दी है। अब झटपट कहो ताकि काम की बातें शुरू हो सकें।"

"दरअसल मुझे दास जी की किस्मत से रश्क हो रहा है। वह कोई आंख का अंधा ही होगा, जो इतनी सुंदर महिला को भर आंख न देखेगा। मैं भी वैसा कर गुजरा तो इसमें मेरा क्या कुसूर? पर मैं कसम खाकर कहता हूँ कि मेरे मन में कोई मैल नहीं है।"

गुणानंद की साफगोई ने जहाँ काम्या को मनमुदित किया, वहीं अविनाश को और भी खिझा दिया।

उसकी खीझ जुबान पर भी आ विराजी, "तुममें उसकी औकात भी नहीं है। ज्यादा से ज्यादा सौ रुपल्ली रोज के मुलाजिम हो तुम, सो वही रहो और वफादार मुलाजिम को जो करना चाहिए केवल वही करो। मेहमानों पर बुरी नजर डालने का नतीजा यह भी हो सकता है कि कल को ऐसी क्या कैसी भी महिला को देखना नसीब न हो।"

अविनाश की तीखी प्रतिक्रिया का माकूल असर पड़ा। गुणानंद ने अपनी कुर्सी को ऐसा मोड़ दिया कि काम्या की काया तो काया उसकी मौजूदगी भी नजर की जद में न रहे।

फिर एक बार अविनाश को इस निगाह से देखा कि लो, अब तो खुश हो न!

और अपनी मुहिम पर जुट गया।

''हमारी कंपनी जैसा कि आप इसके नाम से ही जान गए होंगे, इनाम देने के अलावा और भी कई किस्म के काम अंजाम देती है। इनमें प्रमुख है रिसॉर्ट यानी ऐशगाह बनाना। वॉटर पार्क बनाना।

''यह तो आप भी मानते होंगे कि महानगरों में लोगों के पास अपने रहने भर के लिए ठीकठाक जगह नहीं बची। सो इतनी जगह की तो कल्पना ही बेमानी है जहाँ आराम से पांव पसारकर चैन की सांस ले सकें।

''बड़े होटल जो हैं, वे या तो भीड़भाड़ से भरे होते हैं या वे हायर मिडिल क्लास की जेब की सीमा में नहीं समाते।

''इस वर्ग की एक और दिक्कत है। यह उन जगहों पर खुद को सहज महसूस नहीं कर पाता, जहाँ आम लोग भी मौजूद हों। जहाँ वे भी सैरसपाटे के लिए आते हों। जहाँ कोई भी उनके एकांत में खलल पैदा कर सकता हो।

''इस वर्ग की जरूरतों और भावनाओं को ध्यान में रखकर ही हमारी कंपनी ने रिसॉर्ट और वॉटर पार्क बनाने शुरू कर दिए थे। यानी शहर से हटकर बनी ऐसी ऐशगाह, जहाँ सब तरफ से बेफिक्र होकर कुछ दिन विश्राम किया जा सके।

''ऐसे कुछ रिसॉर्ट बन चुके हैं, कुछ बनने की प्रक्रिया से गुजर रहे हैं और कुछ भविष्य में बनाए जाएंगे।

''इनका निर्माण भले ही हमारी कंपनी की देखरेख में होता है लेकिन असल में इनके मालिक हम नहीं, अपर मिडिल क्लास के लोग या आप जैसे उद्योगपति, पूंजीपति, कारोबारी लोग होते हैं। इनका निर्माण उन्हीं के सहयोग से, उन्हीं के लिए और उन्हीं की सलाह और जरूरतों के मुताबिक किया जाता है। हम केवल उन्हें बनाने और फिर उनकी देखरेख की जिम्मेदारी उठाते हैं।

''हमारी ऐसी योजनाओं में आप कैसे हिस्सेदारी कर सकते हैं और इससे आपको किस किस्म के लाभ हो सकते हैं, यही बताने के लिए हमने आपसे आपका कीमती वक्त मांगा था।

''इन दिनों भी हमारा जो रिसॉर्ट अब निर्माण के अंतिम चरण में है। उसकी कुल लागत आ रही है पचास लाख। इसमें जब तक वह रिसॉर्ट पूरी तरह रन नहीं करता, तब तक उस पर जो खर्चा होगा, वह भी शामिल है। हमने तय किया है कि इसके पचास मालिक होंगे। यानी इसमें उन सभी पचास लोगों से मिला हुआ एक-एक लाख रुपया लगाएंगे। इसमें हमारी तरफ से एक भी रुपया नहीं लगाया जाएगा।

''जैसा बताया जा चुका है, हम महज देख-रेख करने वाले की भूमिका निभाएंगे। इतने लोगों को शामिल करने की खास वजह यह है कि सभी साझीदार समान लाभ के हकदार हों।

‘‘जिस तेजी से वेतनभोगी लोगों की आमदनी बढ़ रही है, उनके काम की स्थितियां और व्यस्तता बढ़ रही है, उसमें यह जरूरी होता जा रहा है कि जब उनके पास आराम के लिए फुरसत हो, तब पूरे इत्मीनान के साथ आराम करने का मौका मिले।

‘‘ऐसे लोगों की तादाद लगातार बढ़ रही है जो इसके लिए कोई भी रकम खर्च करने में समर्थ तो हैं ही, खर्च करने का मन भी बनाते जा रहे हैं। इसीलिए इधर रिसॉर्ट की मांग बढ़ रही है। खासकर महानगरों के आसपास। हालांकि बहुत से लोग ऐसे भी हैं जो कई और कारणों से शहर से खासी दूर मौजमस्ती में वक्त गुजारना पसंद करते हैं।

‘‘हम किसी को बाध्य नहीं करते कि वह कौन से रिसॉर्ट में हिस्सेदारी ले। जो तैयार होने को हैं, यदि उनमें किसी के शामिल होने की गुंजाइश है तो उनमें। जो भविष्य में बनने हैं उनमें या नितांत एकांत में बन रहे रिसॉर्ट में।

‘‘इनमें से पहले वालों के बारे में तो हमें यह पता है कि इन पर कितनी लागत लगने जा रही है। जो भविष्य में बनने हैं उनका अभी एक अंदाजा ही है, इसलिए उसमें शामिल होने वालों को पहले ही आगाह कर दिया जाता है कि निर्माण के समय लागत बढ़ी तो उन्हें कुछ पूंजी और लगानी होगी।

‘‘हमारे किसी भी रिसॉर्ट की औसतन मासिक आय, तमाम खर्चे निकाल देने के बाद, एक लाख से कम नहीं होती। यानी हर हिस्सेदार को उसकी एक लाख की लागत पर दो हजार रुपया महीना लाभ। यदि लाभ की रकम महीने के महीने न उठाई जाए तो सालाना एकमुश्त पच्चीस हजार की प्राप्ति। जो आज की तारीख में किसी भी बैंक या बचत योजना में शामिल होने पर संभव नहीं। फिर हमारी योजना में इससे जुड़े कुछ और लाभ भी हैं।

‘‘सभी हिस्सेदार साल में दो बार हफ्ते भर के लिए रिसॉर्ट में ठहर सकते हैं। उस दौरान उनसे कोई भुगतान नहीं लिया जाएगा। इससे अधिक बार ठहरने पर न्यूनतम खर्च देना होगा। कभी कोई पारिवारिक समारोह आयोजित करना हो तो उसके लिए कर्मचारियों की सेवाएं मुफ्त में मिलेंगी।

‘‘हम कुछ रिसॉर्ट ऐसे भी बना रहे हैं जिनमें कुल बीस हिस्सेदार होते हैं। इनमें कोई हिस्सेदार चाहे तो वन रूम सेट की पूरी लागत देकर सिर्फ उसका मालिक बन सकता है। ऐसे रिसॉर्ट में छोटे से छोटे वन रूम सेट की लागत एक लाख तक आती है। इनमें पूंजी लगाने वालों के साथ हमारी कंपनी भी हिस्सेदार होती है।

‘‘उस सेट में वह कितनी भी बार आकर ठहर सकता है। बाकी दिनों में उसके किराए से जो आमदनी होती है, उसमें से मेनटेनेंस का खर्च कम करके शेष

रकम उसे दे दी जाती है।

"मेरे पास हमारे एक रिसॉर्ट की नाकाफी झलक दिखाने वाली सीडी है। मैं उसे आपके सामने रखे इस कंप्यूटर में स्टॉल करने जा रहा हूँ ताकि आप यह देख सकें कि वे कैसे हैं और कितने काम के हैं।"

अपनी बात पूरी करके गुणानंद क्षणभर को रुका। उस अंधेरे-उजाले प्रकाश में ही उसने एक बार अविनाश की तरफ देखा।

अविनाश को एकटक काम्या को निहारने में मशगूल पाते ही गुणानंद के चेहरे पर कुटिल मुस्कान तिर आयी।

"इससे पहले कि मैं कुछ और बयान करूं, दास जी, मैं आपसे यह जानना चाहूंगा कि आपका जो एक लाख रुपए का बीमा हम कराने जा रहे हैं, उसमें आपके उत्तराधिकारी का नाम क्या होगा। ताकि जब तक आप इसे देखें, मैं संबंधित व्यक्ति तक उसकी सूचना पहुंचा सकूं।"

गुणानंद के सवाल ने काम्या पर एकाग्र अविनाश की तंद्रा भंग कर ही दी। वह अकबकाया सा गुणानंद को तो कभी काम्या को निहारने लगा।

"श्रीमती काम्या दास।"

इससे पहले कि अविनाश की अकबकाहट गुणानंद के मन में संदेह पैदा करे, काम्या ने सवाल अनुत्तरित रहे आने की स्थिति ही समाप्त कर दी।

अविनाश के लिए यह सवाल खासी उलझन में डालने वाला हो सक्ता था, चूंकि उसका इरादा तो इस प्रसंग से परिवार को अंधेरे में ही रखने का था।

उसने काम्या के प्रति आभारी नजरों से निहारकर एक बार फिर यह संकेत पहुंचाया कि तुमने मुझे बड़ी भारी उलझन से उबार लिया।

कागज पर काम्या का नाम दर्ज करते हुए गुणानंद बोला, "तो ठीक है। हम बीमा पॉलिसी तैयार करके उस पर दास जी के दस्तखत ले लेते हैं और पॉलिसी जो है, वह बाद में डाक से आपके घर पहुंचा देंगे।"

यह सुनते ही अविनाश फिर गफलत में पड़ा।

पॉलिसी घर के पते पर पहुंचने का मतलब तो हुआ...

नहीं, नहीं, यह नहीं हो सकता, यह नहीं होने दिया जा सकता...

उसे हैरान देख काम्या फिर मुखर हुई, "क्यों? पॉलिसी बनने में क्या हफ्तों लगेंगे? पॉलिसी घर के पते पर नहीं भेजना। जब हम विदेश यात्रा पर निकल चुकेंगे तब पॉलिसी कौन रिसीव करेगा? आप किसी भी तरह कल तक पॉलिसी तैयार करवाइए। कल मैं खुद यहाँ आकर ले जाऊंगी।"

'ठीक कहा न!' कुछ इसी भाव से काम्या ने अविनाश को निहारा और बदले में अविनाश ने एक बार फिर मन ही मन उसका आभार माना।

इस बीच कंप्यूटर पर तस्वीरें आने लगी थीं। गुणानंद रुखसत हो चुका था सो, विस्मय-विमुग्ध यह युगल वीडियो देखने में तल्लीन हो गया।

अन्य टेबलों पर मौजूद युगल भी अपनी-अपनी कंप्यूटर स्क्रीन पर सुनहरे नजारे देखने में मशगूल थे।

वे किसी ऐशगाह के दृश्य थे जो पहली नजर में किसी हॉलीवुड फिल्म के दृश्य जैसे लगे। गौर से देखने पर जाना कि न वे किसी विदेशी फिल्म के सीन हैं, न किसी विदेशी जगह के।

ऐशगाह का भूगोल भी भारतीय था और उसमें मौजूद लोग भी देशी थे। रिसॉर्ट के आसपास की दृश्यावली बता रही थी कि वह किसी मुख्य मार्ग से जुड़ा राजस्थान का इलाका है और रिसॉर्ट में मौजूद लोग उत्तर-भारतीय हैं।

किसी दृश्य में कोई पुरुष धूप-छतरी के नीचे लेटा आसमान को निहार रहा था। किसी में कोई युवती टू-पीस में औंधी पड़ी थी।

किसी दृश्य में कोई पुरुष शैया पर लेटा पीठ पर तेल मालिश करवा रहा था और जरूरत से ज्यादा गदराई कोई युवती अपने हाथों से नहीं गोया उभारों से उसकी पीठ मल रही थी।

कुछ जोड़े तरणताल में किलकारियां भर रहे थे। कुछ कहीं एकांत में इस मुद्रा में मौजूद थे कि केवल दृश्य में मौजूद युवती की सुगठित और सुतवां पीठ ही नजर आ रही थी।

कभी-कभी कैमरा भूल से किसी ऐसे कमरे में झांकने की गुस्ताखी कर रहा था, जहाँ कोई युगल ओशो रजनीश के बताए मार्ग यानी संभोग से समाधि की ओर प्रयाण करने में प्राणपण से जुटा था।

पूरी सीडी में एक भी दृश्य तो ऐसा नहीं था जो देखना गवारा न हो, खासकर तब, जब सहदर्शी प्रेयसी हो। उसकी मौजूदगी तो जैसे हर दृश्य को और भी अर्थवान और भी गतिमान बनाए दे रही थी।

उन दृश्यों को देखते हुए खुद की कल्पना में भी वैसी ही दृश्यावली का निर्माण होता जा रहा था। इस दृश्यावली और उस दृश्यावली में एक ही अन्तर था। वीडियो फिल्म में तो कोई और लोग पात्र रूप में नजर आ रहे थे, मगर कल्पना में तैयार हो रही रील में युगल रूप में देखने वाले खुद को पा रहे थे।

अब तक अविनाश की हथेली को दबाए रखने में व्यस्त रहीं काम्या की हथेलियां, फिल्म पूरी होते ही कुछ मुलायम हुईं। उनमें हरकत हुई। उस हरकत, उस थिरकन का आशय यह था कि अब वह कुछ कहना चाहती है, सो अविनाश को चाहिए कि फिल्म से उबरते ही जो नयन उसकी गहराइयों में डूबने को आतुर हैं, उन्हें वहाँ से उबारे और उसके चेहरे पर फोकस करे।

"सुनो एडी...! ओह!" काम्या खुद के कथन पर खुद ही हैरान हुई।

फिर हैरानी को किनारे किया और बोली, "हाँ तो, ठीक तो है। तुम मेरे दास थोड़ेई हो, न बॉस हो। फिर मैं भला तुम्हें दास-बॉस क्यों कहूं। मैं तो एडी ही कहूंगी। ऐ एडी, तुम्हें कोई ऐतराज तो नहीं?"

इस नए संबोधन को ईजाद करने और उसे इस्तेमाल भी कर गुजरने के दौरान काम्या के चेहरे पर जो प्रफुल्लता, मादकता और कुछ शरारत भी उभर आयी थी, अविनाश उसे अपलक निहारने में पूरी तरह तल्लीन था। इसलिए उसे अगले कुछ पल यह खयाल ही नहीं आया कि काम्या को उसके जवाब का इंतजार है।

जब काम्या ने एक बार फिर उसकी हथेलियों को पूरी मुलामियत के साथ सहलाया, तब कहीं चेत आया।

"तुम जो चाहे कहकर पुकारो, पर एक बात मेरी भी सुन लो। मैं औरों के लिए भले ही केवल दास हूँ, तुम मानो न मानो, कहो न कहो, तुम्हारा तो दासानुदास हूँ। खैर, क्या कहना चाहती हो?"

"तो अभी से सुन लो एडी। मैं नहीं चाहती कि तुम किसी ऐसे रिसॉर्ट में हिस्सेदार बनो जो अभी बनना भी शुरू नहीं हुआ है। वरना मैं तुमसे कहाँ मिला करूंगी? मेरे घर में तो मिलना संभव होगा नहीं, तुम्हारा दफ्तर भी शायद हमें वह एकांत न दे सके।

"तब ले-देकर बचते हैं होटल। और होटल वाले! शायद तुम नहीं जानते, जब हम जैसे जोड़े वहाँ पहुंचते हैं तो सुनते हैं अनाप-शनाप किराया वसूलते हैं।

"फिर हमें एकाध बार तो मिलना नहीं है कि वह चुका भी दें। जब तक मेरा पति नहीं लौटता, कम से कम तब तक तो हमारी मुलाकात रोजाना हो। इसलिए हमें तो किसी ऐसे रिसॉर्ट में शामिल होना होगा जो पहले से रन कर रहा हो या जब तक हम विदेश यात्रा से लौटकर आएं, आबाद हो चुके।"

"यानी तुम पहले से ही यह मानकर चल रही हो कि मैं इसमें शामिल होने जा रहा हूँ।"

"और नहीं तो क्या?

"तुम क्या चाहते हो कि हम जब विदेश से लौटें, तब एयरपोर्ट पर ही एक-दूसरे से अंतिम विदा ले लें?

"फिर यात्रा पर जाएं ही क्यों?

"अगर गए तो मुझे ऐसा लगेगा जैसे मैं अपने लवर के नहीं, ग्राहक के साथ जा रही हूँ जिसने तीन दिन, दो रातों के लिए मुझे बुक किया है।

"दो पल का मिलना-जुलना तो ग्राहक-खरीदार के बीच ही होता है।

"जिस मिलन को कुछ साल भी नहीं निभाना उसे शुरू ही क्यों करें!

''जो सुख-सागर सराबोर करने से पहले ही सूख जाना है उसमें डुबकी लगाएं ही क्यों!

''जिस फल को अभी तक नहीं चखा, वह एक बार के बाद फिर कभी हाथ न आना हो तो उसका स्वाद जीभ को क्यों दें! जो...''

यकायक गुणानंद के अवतरित हो जाने से काम्या मौन हो गयी।

अविनाश को लगा गुणानंद न आता तो काम्या तब तक कल्पनाओं को विस्तार देती या उसे औकात बोध कराने वाली उपमाओं के तीर चलाती रही होती, जब तक वह उसकी चाहत पर यथा-प्रस्तावित की मुहर न लगा देता।

''तो दास जी, उम्मीद है आपको हमारा यह रिसॉर्ट पसंद आया होगा। यह रहा आपका बीमा फॉर्म, कृपया इस पर दस्तखत कर दीजिए।''

जब तक अविनाश ने फॉर्म पर दस्तखत किए, गुणानंद ने मेज के नीचे रखे कंप्यूटर के सीपीओ में से सीडी वापस निकाल ली। फिर दस्तखत किया हुआ फार्म हाथ में थामते हुए व्यस्त भाव से पूछा, ''और हाँ, क्या आप हमारे किसी रिसॉर्ट में हिस्सेदार होना चाहेंगे?''

''क्यों नहीं?'' अविनाश चहका और उसी भाव भंगिमा के साथ काम्या की तरफ देखा। बदले में काम्या ने हौले से उसकी हथेली सहलाकर खुशी और आभार का इजहार किया।

''क्या मैं जान सकता हूँ कि आप किस स्टेज के रिसॉर्ट में शामिल होने में रुचि रखते हैं?'' गुणानंद की आवाज ने तन्मय होकर काम्या को निहारते अविनाश की एकाग्रता भंग की।

''जो शहर के करीब हो। जिसका निर्माण पूरा हो चुका हो। जिसमें वन रूम सेट के मालिक हम हों। वह सेट भले ही छोटा हो या लागत एक लाख से कुछ अधिक हो। उसमें ठहरने वालों की आवाजाही शुरू हो चुकी हो तो और भी बेहतर। जो कभी बनेंगे उनके लिए जरूरत भर के हिस्सेदार न मिले तो वह जाने कब पूरा होगा। यानी न नौ मन तेल होगा न राधा नाचेगी।''

''किस दिशा में? दिल्ली-जयपुर हाईवे पर हो, दिल्ली-हापुड़ रोड पर हो, दिल्ली-फरीदाबाद यानी मथुरा रोड पर हो या दिल्ली-चंडीगढ़ रोड पर हो? हमारी कंपनी चारों दिशाओं में रिसॉर्ट बना रही है। पहले भी बना चुकी है। आपने अभी जो रिसॉर्ट देखा वह भी इन्हीं चारों दिशाओं में से एक दिशा में है, अलबत्ता यह शहर से थोड़ा नहीं कुछ ज्यादा ही दूर है।''

गुणानंद ने कई रिसॉर्ट के ब्लूप्रिंट दिखाए। कुछ फोटोग्रॉफ दिखाए।

किस रिसॉर्ट में कितनी रकम लगाने से हिस्सेदार बना जा सकता है, यह भी बताता गया। उनमें से काम्या को जो दिशा और दूरी के और अविनाश को लागत के

लिहाज से उपयुक्त लगा, उसमें शामिल होना तय हो गया।

"तो फिर हमारी कंपनी का पूरा नाम लिखकर एक लाख रुपए का चेक दीजिए, ताकि जब तक मैं आपको कुछ और योजनाओं के बारे में सूचना दूं, हमारे साथी इस साझेदारी के पक्के कागज भी तैयार कर लें।"

गुणानंद अविनाश से एक लाख का चेक लेकर तीर की तरह गया और हाथ में एक और सीडी लिये गोली की तरह वापस आ गया।

इस बीच अविनाश काम्या को ठीक से देख भी नहीं सका, क्योंकि वह गर्दन झुकाए, मंद-मंद मुस्कान लिए शायद उस सुख की कल्पना में खो चुकी थी, जो अभी संपन्न हुए करार के अमल में आते ही हासिल होना था।

"शायद मैं आपको यह बताना भूल गया, या हो सकता है बता दिया हो कि आपको हम कहाँ की यात्रा पर भेजेंगे यह इस पर निर्भर करता है कि आप हमारी कितनी योजनाओं में और कितनी पूंजी लगाते हैं।"

अविनाश ने नहीं का संकेत देने वाली मुद्रा में हाथ मटकाकर गुणानंद को यकीन दिलाया कि इस बारे में अभी हम दोनों अनजान हैं और अब वही जानना चाहते हैं।

"तो सुनिए। हम एक लाख तक की हिस्सेदारी करने पर भारत के ही किसी हिल स्टेशन या किसी भी शहर के पंचतारा होटल में तीन दिन, दो रातें बिताने और वहाँ तक आने-जाने का हवाई खर्च उठाते हैं।

"एक से ढाई लाख तक की पूंजी लगाने पर भारत की बजाय भूटान या नेपाल की यात्रा का मौका देते हैं।

"ढाई से पांच लाख तक की हिस्सेदारी पर सिंगापुर, मॉरीशस या किसी अन्य देश की यात्रा पर भेजते हैं।

"और पांच लाख से ज्यादा की हिस्सेदारी लेने पर दस दिन के यूरोपीय देशों के टूर पर।

"तो अब तक आप बीमे का लाभ पा चुके हैं, भारत के किसी भी शहर या हिल स्टेशन पर मौजमस्ती के हकदार हो चुके हैं और जब आप लंच ले रहे होंगे तब हमारे एमडी यहाँ आकर आपको गिफ्ट आइटम भी सौंप देंगे।

"अब आगे सुनिए। हमारी कंपनी वॉटर पार्क भी बनाती है। ऐसे पार्कों की जरूरत भी दिनोंदिन बढ़ती जा रही है।

"दरअसल अमीर मां-बाप यह नहीं चाहते कि उनका बच्चा या बच्चे ऐरे-गैरे बच्चों के साथ खेलें। अब बच्चे तो बिना खेलकूद के रह नहीं सकते। कुछ दिनों के लिए रह भी जाएं मगर हमेशा के लिए नहीं।

"वे मां-बाप के कहने में तभी चल सकते हैं जब खुद मां-बाप कहीं ले

जाकर उनकी जरूरत पूरी कराएं। सो वैसे मां-बाप शुरू-शुरू में मजबूरन इन वॉटर पार्क का रुख करते हैं और बाद में इनके शौकीन हो जाते हैं।

"यहाँ आने में उनका दोहरा लाभ जो होता है। बच्चे तो जीभर के मटरगस्ती करते ही हैं, उन्हें भी तरोताजा होने का मौका मिल जाता है।"

"इसे छोड़िए। इसमें हमारा कोई रुझान नहीं है।"

इससे पहले कि काम्या इस प्रस्ताव पर भी मंजूरी की मुहर लगाए, अविनाश ने इसे सिरे से खारिज कर दिया। खारिज करते ही ऐसी राहत महसूस की, जैसे कंधे पर सवार बच्चे को अभी-अभी जमीन पर उतारा हो।

जाने क्यों वॉटर पार्क का जिक्र छिड़ते ही उसे ऐसा महसूस होने लगा था जैसे वह काम्या के बच्चे को उठाए पार्क में इधर से उधर डोल रहा है।

इतना ही नहीं, उधर गुणानंद जैसे-जैसे वाटर पार्क की उपयोगिता के बखान को विस्तार दे रहा था, इधर वह बच्चा उसके कंधों पर सवारी गांठने के अलावा उछल-कूद भी मचाने लगा था।

"चलिए रहने देते हैं, हालांकि मैं वॉटर पार्क की झलकियां दिखाने वाली एक सीडी लाया हूँ। आपको इसमें शामिल नहीं होना है तो भी आप इसे देख तो लें। जब तक आप इसे देखेंगे, मैं रिसॉर्ट वाले करार के कागज तैयार करवाता हूँ।"

गुणानंद सीडी लगाकर चलता बना।

उसके जाते ही काम्या ने याद दिलाया, "इतनी-सी हिस्सेदारी से तो विदेश जाना हो नहीं पाएगा और यहीं के किसी शहर में जाने का जोखिम मैं कम से कम अभी तो नहीं ले सकूंगी। इस तरह की सैर तो तभी संभव होगी जब मेरे पास शहर से बाहर किसी रिश्तेदारी में जाने का बहाना हो। तब वहाँ न पहुंचकर कहीं और जाया जा सकता है। घर लौटने पर कह दूंगी कि रास्ते में फंस गयी थी। तबियत बिगड़ गयी थी इसलिए अधबीच में ही कुछ दिन रुककर, आराम करके लौटी हूँ।"

"खैर उसे आने तो दो। उसके पास तो और भी कई योजनाएं हैं न। फिर यह भी तो देखना है कि फिलहाल मैं कितनी पूंजी लगा सकता हूँ।"

अविनाश ने कदम पीछे हटाने की माकूल दलील तलाशी।

"तो सिरे से न नकारो। उसे सही वजह बताओ। हो सकता है उसके पास इसका भी कोई हल हो। या फिर तुम्हें बुरा न लगे, तुम्हारी मर्दानगी को गवारा हो तो एकाध लाख रुपया तो तुम्हारे नाम पर मैं भी लगा सकती हूँ। अब मैं तुमसे जुदा थोड़ेई हूँ।"

अविनाश की हथेली भरोसे के भाव से दबाते हुए काम्या ने कहना जारी रखा, "बोलो, इसके लिए तैयार हो। मुझसे रकम लेने के बाद तुम्हारे व्यवहार में प्यार की जगह एहसान की फीलिंग तो नहीं आएगी न! मुझे तुम पूरे के पूरे चाहिए न कि

आधे-अधूरे। दबे-कुचले या वैसे नहीं जैसे अभी कुछ देर पहले तुम खुद को बता रहे थे, मेरे दासानुदास।''

अविनाश ने काम्या से कुछ कहना चाहा मगर सामने से गुणानंद को आता देख मौन बना रहा।

''यह लीजिए दास जी, अपने जैसे उन्नीस लोगों के साथ रिसॉर्ट में आपकी हिस्सेदारी का करारनामा। इन स्टांप पेपरों पर जहाँ-जहाँ पेंसिल से तीर बनाया गया है, वहाँ-वहाँ दस्तखत कर दीजिए।''

अविनाश को दस्तखत करने में मशगूल देख गुणानंद काम्या की ओर मुखातिब हुआ, ''लगता है आप लोगों को वॉटर पार्क योजना में जरा भी रुचि नहीं है, तभी आपने सीडी देखना भी गवारा नहीं किया।''

''हम देख तो रहे हैं।'' काम्या ने गुणानंद को संशोधित किया।

गुणानंद ने कंप्यूटर स्क्रीन की तरफ इशारा करते हुए कहा, ''आप भी क्या बात करती हैं मैडम। देखिए, सीडी तो अपने शुरुआती सीन पर ही अटकी हुई है।''

इससे पहले कि वह काम्या को किसी और प्रसंग के बहाने अपने साथ बातचीत में उलझाए, करारनामे पर झटपट दस्तखत मारकर अविनाश बोला, ''इस सीडी को तो आप निकाल ही लीजिए।''

''जैसी आपकी मर्जी।'' कहने के साथ ही गुणानंद नीचे झुका और सीडी निकालकर सामने रखते हुए बोला, ''तो मैं आपको अपनी एक और योजना के बारे में जानकारी देता हूँ।''

''उससे पहले आप मुझे कुछ कहने दीजिए।'' गुणानंद को फिर से वाचाल होते देख अविनाश ने लगाम कसी, ''बात यह है कि फिलहाल मेरे पास इनवेस्ट के लिए जितनी रकम है, उसका बड़ा हिस्सा इस योजना में लगा चुका हूँ। अब किसी कम लागत की योजना में ही शामिल हो सकता हूँ।''

''योजना पसंद आयी और मुनाफे की हुई तब तो होना चाहेंगे?''

''उस सूरत में कौन शामिल न होना चाहेगा? पर मूल तो है पूंजी।''

''उसकी चिन्ता आप न करें। यदि आप मन से हमारे साथ जुड़ना चाह रहे हैं तो हम भी मदद करने में पीछे नहीं रहने वाले। अभी आपने एक फिकरा कसा था न कि न नौ मन तेल होगा, न राधा नाचेगी। मैं अब जो बताने जा रहा हूँ, उसमें आपके इस मुहावरे का जवाब भी शामिल है।

''तो ऐसा है दास जी, हमारे पास ऐसे भी बहुत से लोग हैं जो हमारी कई योजनाओं में तो शामिल हैं ही, कुछ और पूंजी भी लगाना चाहते हैं। इधर हमारा सिद्धांत है कि हर योजना में सभी हिस्सेदार बराबर पूंजी लगाने वाले ही रखने हैं

और किसी एक या दो या दस को भी, कहीं का मालिकाना हक नहीं देना है। इसीलिए हम चाहकर भी उनकी पूंजी नहीं लगा पाते।

"ऐसे लोगों से हम अपनी जिम्मेदारी पर उन लोगों को पूंजी उधार दिला देते हैं जो हमारे साथ जुड़ना तो चाहते हैं मगर पूंजी के अभाव में तुरंत नहीं जुड़ पाते। सो यदि आपको हमारी कोई और योजना पसंद आए तो आप उसमें शामिल होने में जरा भी संकोच मत कीजिएगा।

"अभी आपकी तरफ से हम रकम उनसे लेकर लगवा देंगे, बाद में जैसे-जैसे गुंजाइश होती जाए, आप उस रकम को चुकाते जाइएगा। जब तक उनकी पूंजी की पाई-पाई चुक नहीं जाएगी, आपके लाभ में से आधे के हिस्सेदार वे भी रहेंगे। फिर चाहे बकाया हजार रुपया हो या दस हजार। यह नहीं होगा कि जब तक बकाया एक लाख है, वे हर महीने आधे लाभ के हकदार हों और जब बकाया दस हजार बचे तब उससे कम के।"

"यदि पूंजी का इंतजाम हो सकता है तो फिर बताइए, कोई और बड़ी, ज्यादा पूंजी वाली योजना भी बताइए।" अविनाश हुलसा।

"उससे पहले आपको अपने बारे में मुझे और भी कुछ बताना होगा। वह भी अंदाजे से नहीं, आधा-अधूरा नहीं, सही और मुकम्मल।"

हिदायतनामा पूरा करते ही कागज-कलम हाथ में थामकर गुणानंद ने अविनाश के आगे सवालों की झड़ी लगा दी।

आपके पास जो कार है, वह किस कंपनी की है?

कब खरीदी थी?

सीधे कंपनी से खरीदी थी या किसी और मालिक से?

आपके घर में एसी है? यदि हाँ तो किस कंपनी का?

कब खरीदा था?

उसकी रसीद ली थी या नहीं?

टीवी किस कंपनी का है?

कितना बड़ा है?

रंगीन है कि श्वेत-श्याम?

दुकान खुद की है या किराए की?

पगड़ी देकर ली है या केवल किराएदारी पर है?

घर खुद का है या किराए का?

आपके नाम है या बीवी के नाम?

बैंक से कितने ओवरड्रॉफ्ट की सहूलियत मिली हुई है?

अपने धंधे के अकेले मालिक हैं या साझीदार भी है?

धंधे में कितनी पूंजी लगी हुई है, यानी यदि सारा सामान नीलाम करने की नौबत आए तो कितनी रकम हाथ आ सकती है?

अचल संपत्ति के नाम पर दिल्ली के अलावा कहीं और भी कोई मकान, खेत-खलिहान या दुकान है?

सवालों की फेहरिस्त पूरी होते ही गुणानंद ने कलम बंद की और अपनी जेब से एक और सीडी निकालकर कंप्यूटर के हवाले कर दी।

''देखिए दास जी, आप जानते और मानते भी होंगे कि इधर लोगों में तीर्थस्थानों पर जाने का चलन बड़ी तेजी से बढ़ा है। लगता है जैसे-जैसे पाप बढ़ रहा है, भक्तिभाव भी बढ़ रहा है। या फिर जो लोग समृद्ध हो रहे हैं, वे इसके लिए ईश्वर का आभार जताने, और जो नहीं हो पा रहे हैं वे उससे उन्हें भी समृद्ध कर देने की गुजारिश करने के लिए जाते हैं। इस मामले में गरीब और अमीर सब एक जैसे हैं। उनमें कोई भेदभाव नहीं है।

''मगर यह अभेद केवल तीर्थस्थान तक पहुंचने के मामले में ही है, वहाँ पहुंचते ही इनमें फिर भेद हो जाता है। वे फिर केवल भक्त से अमीर भक्त और गरीब भक्त में बदल जाते हैं। जब भगवान के पुजारी तक इन्हें उसी नजर से देखते हैं फिर ये खुद को उसी नजर से क्यों न देखें।

''बहरहाल, हो यह रहा है कि अमीर श्रद्धालु चाहते हैं कि उन्हें तीर्थस्थान पर भी वही ऐशो-आराम मिले जिसके वे आदी हैं। भले ही वह किसी भी कीमत पर क्यों न हो।

''सो हमारी कंपनी ज्यादातर तीर्थस्थानों पर ऐसे घर बना रही है जो घर कम और होटल ज्यादा होते हैं। जिनमें थ्रीस्टार होटलों जितनी सुविधाएं तो मिलती ही मिलती हैं। यह योजना इतनी कामयाब हो रही है कि पूछिए मत।

''अभी आप इस सीडी में ऐसी ही कुछ जगहों को देखेंगे और यकीनन आपको यह देखकर हैरानी होगी कि उन जगहों पर हमारे घरों में जगह पाने के लिए लोग किस कदर मारामारी करते हैं। हम ऐसे ही किसी धर्मस्थान पर बन चुके या बनने जा रहे घर में आपको भी शामिल कर सकते हैं। इसमें जगह का चुनाव आप करेंगे। साल में दो बार आप खुद भी सपरिवार उस जगह ठहर सकेंगे, जिसका आपसे कोई किराया नहीं लिया जाएगा। जो लोग आपका सिफारिशी खत लेकर पहुंचेंगे उनसे बहुत कम किराया लिया जाएगा।

''पूरे साल उस घर से जो आमदनी होगी, उसमें से देखरेख पर हुआ खर्च कम करने के बाद शेष रकम आप तक पहुंचा दी जाएगी। इस योजना में लाभ का भुगतान महीने के महीने नहीं साल में दो बार होगा, चूंकि ऐसी जगहों पर मौसम के चलते या ज्योतिषीय मनाही के चलते किसी-किसी महीने एक भी दर्शनार्थी नहीं

पहुंचता।

''यह रही उन जगहों की सूची। आप इसमें से जिस तीर्थस्थान पर बन रहे घर में शामिल होना चाहें, हमें बता दें। चुनाव का एक तरीका यह भी हो सकता है कि जिस देवता में आपकी ज्यादा श्रद्धा हो, उसी के तीर्थ को चुन लें। अमूमन लोग ऐसी जगह के घर में शामिल होना पसंद करते हैं जहाँ वे खुद भी मत्था टेकने जाते हैं। ताकि कभी-कभार खुद भी अपने घर में रहने का सुख उठा सकें।

''हालांकि कुछ लोग इससे ठीक उलट करते हैं। वे नहीं चाहते कि जब सीजन अपने चरम पर हो तब उनका घर खुद उन्हीं ने घेरा हुआ हो, इसलिए वे वहाँ पूंजी नहीं लगाते जहाँ खुद भी जाते हों।''

जब तक गुणानंद धर्मस्थानों में पूंजी लगाने वालों की मनोवृत्ति का बखान पूरा करता, अविनाश उस सूची को पूरा पढ़ गया और भरतपुर के करीब के एक धर्मस्थान पर बन रहे घर में शामिल होने का मन बना लिया।

जैसे ही गुणानंद का बखान पूरा हुआ सूची में वह जगह चिह्नित करके सूची उसे थमा दी, ताकि जल्दी से जल्दी वह उनके पास से विदा हो। चूंकि गुणानंद फिर अपने वायदे से मुकरने लगा था।

वह अविनाश को नहीं, काम्या को अपनी आंखों के रास्ते रमणीक तीर्थस्थानों की सैर कराने निकल पड़ा था।

''तो आप लोग कुछ तीर्थस्थानों के दर्शन कीजिए। तब तक मैं इस करारनामे के दस्तावेज तैयार करवाता हूँ।''

गुणानंद ने सीडी चालू की और फिर अन्तर्धान हो गया।

इसे तीर्थवंदना या धार्मिक संस्कार ही कहना होगा जो इस बार गुणानंद के जाने के बाद काम्या के हाथ पहले सी शरारत भरे अंदाज में हरकत में न आकर कुछ और करने में व्यस्त हो गए। जैसे ही सीडी का पहला दृश्य कंप्यूटर स्क्रीन पर झलका, काम्या ने अब तक अपनी दोनों हथेलियों में थामा हुआ अविनाश का हाथ मुक्त कर दिया और बिना कोई टिप्पणी किए हाथ जोड़कर पूरे भक्तिभाव से दृश्य दर दृश्य हृदयंगम करने लगी।

उस दृश्यावली में अविनाश की कोई रुचि नहीं थी, सो वह दृश्य देखती काम्या को एकटक निहारने लगा। इस बीच जब-जब उसकी नजर स्क्रीन पर पड़ी, मन ही मन उसे मानना पड़ा कि गुणानंद ने जो कहा था, सोलह आने सही कहा था।

लगभग हर धार्मिक स्थल पर श्रद्धालुओं की भीड़ उमड़ी पड़ रही थी। यानी वहाँ घर बनाने में पूंजी लगाने से पुण्य भले ही न मिले पैसा खूब मिलेगा। पुण्य का तो ऐसा है कि कहते हैं अब ऐसी जगहों पर धर्मशाला बनाने पर भी नहीं मिलता। धर्मशाला बनाने वाले धर्मात्माओं को अब धर्मभीरुओं से मिलती हैं गालियां या

बेईमान, कंजूस होने का खिताब। भगवान के घर में भी भक्तों की जेब पर सरेआम डाका डालने का लांछन।

''तो दास जी, हाजिर है आपके और हमारे बीच तीर्थक्षेत्र पर बन रहे तपोवन यानी विश्रामघर में साझेदारी का करारनामा।

''इसी के साथ इस स्टांप पेपर पर आपकी ओर से यह शपथ लिखी गयी है कि आप हमारी कंपनी के मार्फत, फलां आदमी से जिसका नाम अभी यहाँ नहीं लिखा गया है, यहाँ उस आदमी का नाम लिखा जाएगा जो आपको पूंजी उधार देगा, फिलहाल उसके लिए जगह खाली छोड़ दी गयी है, एक लाख रुपया उधार ले रहे हैं। यह रकम आप किस्तों में चुकाएंगे। जब तक पूरी एक लाख की रकम नहीं चुक जाती, तब तक आपको तीर्थक्षेत्र वाले घर से जो आमदनी होगी, उसका आधा हिस्सा हमारी कंपनी उन तक पहुंचाती रहेगी।

''और हाँ, तब तक के लिए आपकी कार, एसी, कलर टीवी और इनवर्टर उसके पास गिरवी रहेगा। घबराएगा नहीं, ये सभी चीजें आज भी आपके पास हैं और आगे भी रहेंगी, बशर्ते आप उधारी चुकता करते रहेंगे।''

करारनामे के दस्तावेजों पर दस्तखत होते ही गुणानंद ने सीडी बाहर निकाली और विदा लेने वाले अंदाज में सूचना दी, ''अब हमारे एमडी आपसे मिलने आएंगे। फिर आप लंच लेंगे।

''एक सरल और कम पूंजी निवेश वाली योजना की जानकारी आपको अभी भी नहीं दी जा सकी है सो वह जानकारी देने के लिए मैं लंच के बाद एक बार फिर हाजिर होना चाहूंगा। तब तक के लिए नमस्कार।''

''एडी, तुमने यह बहुत नेक और पुण्य का काम किया।''

मेज पर टिके अविनाश के हाथ को फिर से अपनी गिरफ्त में लेते हुए काम्या ने बधाई दी।

अविनाश को लगा जैसे इस बार की बधाई में खुशी से कहीं अधिक मात्रा श्रद्धा की है।

## 14

गुणानंद गया और उलटे पांव लौट भी आया। वह अकेला नहीं लौटा था। एक भारीभरकम शख्स को साथ लाया था। नवागंतुक इनके करीब आते ही दोनों हाथ जोड़े स्टेचू की तरह थिर हो गए।

''आप हैं दास जी, और आप हैं श्रीमती दास।'' अविनाश और काम्या की

ओर इशारा कर गुणानंद ने उस काया को दोनों का परिचय दिया।

"और आप हैं हमारे एमडी साहब। आयीहोइएमो के मैनेजिंग डायरेक्टर श्रीमान अहलूवालिया।"

अविनाश और काम्या ने खड़े होकर अभिवादन स्वीकार किया।

एमडी उस तीसरी कुर्सी पर विराजमान हो गए जिस पर कुछ देर पहले तक गुणानंद बैठा था।

"दास जी अब तक हमारी दो योजनाओं में हिस्सेदारी ले चुके हैं। रिसॉर्ट और तपोवन योजना में।" गुणानंद ने उन्हें सूचना दी।

"आपको वॉटर पार्क में भीगना रास नहीं आया?" एमडी ने हंसते हुए कहा और अविनाश को भी हंसाना चाहा।

जब देखा कि अविनाश के चेहरे पर कोई प्रतिक्रिया ही नहीं आयी तो उसे उसी के हाल पर छोड़ कोट की जेब में हाथ डालते हुए काम्या की ओर मुखातिब हुए, "यदि आप बुरा न मानें और अन्यथा न लें तो एक बात कहना चाहता हूँ।"

"कहिए। बात बुरी हुई तो भी मैं बुरा नहीं मानूंगी।"

काम्या ने उन्हें अभयदान दिया।

एमडी ने जेब में मौजूद उस चीज को, जिसकी खोज में हाथ को भीतर ले गए थे, बाहर निकालने का उपक्रम करते हुए कहा, "आप बेहद सुंदर हैं। और आप जैसी सुंदर देवी पर यह खूब फबेगा..."

और जेब से बाहर आ चुका एक हार काम्या के सामने रख दिया।

फिर दोबारा जेब में हाथ डाला और वहाँ से एक कागज निकालकर अविनाश के सामने रखते हुए बोले, "देखिए दास जी, मैं किसी के साथ कभी अन्याय नहीं करता। जो चीज जिसके हाथों में होनी चाहिए, उसी को देता हूँ। सो वह रखा है आपकी अति सुंदर पत्नी के सामने हमारी तरफ से एक तुच्छ गिफ्ट आइटम और यह रही उसकी रसीद।

"पच्चीस हजार का यह हार आपकी श्रीमती की किस्मत में था, सो उन तक पहुंचा दिया। यह उस हार की रसीद है। उस जौहरी की जहाँ से यह खरीदा गया है। यदि कभी कोई दिक्कत आए या ईश्वर न करे, कभी इसे बेचने की नौबत आए तो इस रसीद को दिखाकर उस जौहरी को तो ठीकठाक दामों में बेच सकेंगे।

"एक बात और कहकर मैं आपसे विदा लेना चाहूंगा। अरे हाँ, पर आपकी श्रीमती जी की तारीफ के फेर में मैं आप दोनों का स्वागत करना और आपको बधाई देना तो भूल ही गया।

"मेरा खयाल है दास जी, इनके साथ जब भी आप कहीं जाते होंगे, यकीनन ऐसे हालात से गुजरते होंगे। खैर, यहाँ पधारने के लिए आप दोनों का मैं तहेदिल से

स्वागत करता हूँ, इनामी जोड़ा बनने पर बधाई देता हूँ और सुखद यात्रा के लिए शुभकामनाएं भी देता हूँ।

"अन्त में मैं दास जी से खुले मन से यह कहना चाहता हूँ कि हे दास जी, यह सच है कि आप ही इनके गले का हार हैं, फिर भी, आपको कोई ऐतराज न हो तो आपकी श्रीमती जी को अपना यह हार पहने हुए एक बार हम भी देखना चाहते हैं।"

एमडी की बात सुनकर अविनाश और काम्या के चेहरे पर मुस्कान तिर आयी। काम्या ने एक बार कनखियों से अविनाश की ओर निहारा और एमडी से मिले हार को अपने गले में डाल लिया।

"सुंदर, अति सुंदर। अब जाकर इस हार में निखार आया।"

एमडी ने तालियां बजाते हुए अपनी प्रतिक्रिया दी और गुणानंद को वहाँ से टलने का संकेत देते हुए खुद भी रुखसत हो गए।

"एडी, जरा इधर तो आइए।"

उनके जाते ही काम्या ने अविनाश को अपनी पीठ पीछे आने को कहा।

अविनाश रोबोट की गति से उठा और दोनों के बीच में रखी कुर्सी को लांघता हुआ काम्या के ठीक पीछे जा खड़ा हुआ।

"मुझे इसका कुंडा नहीं मिल रहा, आप ही इसे बंद कीजिए।"

अविनाश ने उसका कुंडा खोजकर ठीक से बंद कर दिया मगर उसके बाद भी काम्या के कंधों पर टिके हाथ हटाए नहीं बल्कि वहीं बनाए रखकर अपनी पोरों में कोमलता लाकर उसकी ग्रीवा को सहलाने लगा।

"आगे भी तो देखिए, कितना नीचे तक लटक रहा है।"

काम्या ने गर्दन उठाकर अविनाश को अपना अग्रभाग दिखाना चाहा।

अविनाश गर्दन झुकाकर अपना चेहरा उसके चेहरे के करीब लाया और हार के दोनों सिरों पर हाथ फिसलाते हुए गहराइयों तक पहुंचाकर बोला, "हाँ है तो लंबा। किसी दिन जौहरी के पास जाकर ठीक करवा लेना।"

इससे पहले कि अविनाश अपने हाथ वापस खींचे, काम्या ने उन्हें इस तरह थामा, गोया कहना चाहती हो कि इन्हें वहीं बने रहने दो।

फिर हैरानी भरे अंदाज में पूछा, "तो क्या यह मेरे पास ही रहेगा?"

काम्या के संकेत से साहसी हो आए अविनाश ने उसकी गोलाइयों को सहलाते हुए ही इस संभावना पर यथार्थ की मुहर लगाई, "भई जब तुम्हें दिया गया है तो तुम्हारे पास ही रहेगा।"

काम्या की शह और सहमति से, उसके उभारों को पूरे मनोयोग से सहलाने में तल्लीन अविनाश यह भूल चुका था कि वह किसी एकांत कमरे में नहीं, रेस्त्रां में है,

जहाँ उन दोनों के अलावा और भी लोग हैं। भले ही उनमें से किसी के पास किसी और को देखने की फुरसत नहीं थी।

तभी काम्या चहकी, ''ओह एडी, तुम वाकई बहुत दिलदार हो। मुझे यकीन है, हमारी खूब निभेगी।''

इसी के साथ अविनाश के दोनों हाथों को अपनी गहराइयों से बाहर निकाला और उन्हें तब तक थामे रही जब तक अविनाश वापस अपने हिस्से की कुर्सी पर विराजमान नहीं हो गया।

जब करने को कुछ नहीं बचा, तब अविनाश ने वहाँ मौजूद अन्य लोगों पर भी नजर डाली। इससे पहले भी उसने जब-तब अन्य मेजों पर नजर दौड़ाई थी।

वहाँ क्या बातचीत हो रही है, इस पर भी कान देने की कोशिश की थी। लेकिन जहाँ अपनी मेज पर विराजमान गुणानंद तक की आवाज बमुश्किल कानों तक पहुंच रही थी, वहाँ दूसरी मेजों पर हो रही बातें सुन पाना तो असंभव ही था।

बहरहाल, इस बीच कुछ मेजें खाली हो चुकी थीं। यानी कुछ मेहमान बिना लंच लिए ही विदा हो चुके थे।

आयीहोइएमो के एमडी एक के बाद एक मेहमान युगल तक जा रहे थे और हर युगल को जेब से कुछ न कुछ निकालकर थमा रहे थे।

इधर एमडी विदा हुए, उधर सबके आगे लंच परोस दिया गया।

लंच से निवृत हुए ही थे कि गुणानंद फिर आ पहुंचा।

''एक बार फिर मैं आप दोनों का हार्दिक स्वागत करता हूँ। उम्मीद है आपको लंच स्वादिष्ट लगा होगा।''

बदले में मिली दोनों की मुस्कान को ही सहमति मानते हुए अपनी मुहिम में जुटा।

''तो अब एक और बेहतरीन योजना बयान करता हूँ। जैसा कि आप जानते ही हैं हमारी पृथ्वी का पर्यावरण दिनोदिन असंतुलित हुआ जा रहा है। हम पेड़ काटकर, वन उजाड़कर कंक्रीट का जंगल खड़ा करते जा रहे हैं। ऐसा न तो नादानी में कर रहे हैं, न निर्ममता में। हमारी जरूरतें बढ़ रही हैं, इसलिए करना पड़ रहा है।

''यह कहना भी बेमानी होगा कि कोई ऐसा दिन भी आ सकता है जब हमारी तमाम जरूरतें पूरी हो जाएं या हमें पेड़ न काटने पड़ें। यकीनन जरूरतें हमेशा बनी रहने वाली हैं और पेड़ों का कटना भी जारी रहने वाला है। ऐसे में क्यों न ऐसा रास्ता तलाशा जाए, जिससे सांप भी मर जाए और लाठी भी न टूटे! अन्य देशों ने ऐसे कुछ रास्ते खोज निकाले हैं।

''हमारी कंपनी ने भी एक ऐसा ही सरल और स्थायी रास्ता खोजा है। उस पर अमल भी शुरू कर दिया है। उससे प्रकृति का सौंदर्य तो बढ़ेगा ही, जो इस

सौंदर्य को बढ़ाने में सहभागी बनेंगे, उन्हें आय भी होती रहेगी। प्रकृति का संतुलन भी बना रहेगा और हमारी जरूरतें भी प्रकृति को बिना और क्षति पहुंचाए निरंतर पूरी होती रहेंगी।

"वह उपाय है नए-नए पेड़ लगाना। हमने कई प्रदेशों में वहाँ की सरकारों से बहुत सारी जमीन नई पौद लगाने के लिए ली है। हम उस पर पौधे रोपते जा रहे हैं। एक दिन यही पौधे पेड़ों में तब्दील हो जाएंगे। तब वे जरूरतमंदों को लकड़ी भी देंगे और हमें उस लकड़ी की कीमत के रूप में आमदनी का जरिया।

"अब हम उत्तराखंड में भी ऐसी जमीन ले रहे हैं। वहाँ देवदार की पौद रोपी जाएगी। इस योजना में वही लोग शामिल हो सकते हैं जिनमें पहाड़ियों जितना ही धैर्य हो। देवदार तुरंत-फुरंत तैयार होने वाला पेड़ नहीं होता।

"यदि आप हमारी इस योजना में रुचि रखते हों तो कम से कम बीस हजार की पूंजी लगाकर इस दोहरे यानी अपने भी और अपने समाज के भी लाभ वाली योजना में शामिल हो सकते हैं।"

अविनाश को यह योजना इतनी रोचक लगी कि इसमें शामिल होने के मामले में उसने काम्या की हाँ या न का भी इंतजार करना गवारा नहीं किया।

"योजना बेशक लाजवाब है। इस योजना में शामिल होने के लिए मैं सहर्ष तैयार हूँ। इतनी रकम लगाने में भी मुझे कोई हर्ज नहीं है, मगर श्रीमान गुणानंद, यह तो बताइए यह उत्तराखंड भारत के मानचित्र में है कहाँ?"

"अभी भले ही न हो, लेकिन हमारी योजना अमल में आने तक यकीनन भारतवर्ष के इसी मानचित्र में होगा। हमने भी प्रतिज्ञा की हुई है कि जब तक वह दिन नहीं आएगा, हम चैन से नहीं बैठेंगे।"

"यानी आप पहाड़ी भाई हैं?"

"जी हाँ। पूरा पहाड़ी। गुणानंद कोटनाला। कोई शक!"

"जी नहीं। मेरी निगाह में तो अब आप किसी शक के नहीं, शाबाशी के हकदार ठहरते हैं।"

"धन्यवाद, तो दास जी..."

"अमां, अविनाश जी कहने में जोर पड़ता है क्या?"

इससे पहले कि गुणानंद अपना वाक्य पूरा करे, अविनाश ने तल्खी से उसकी खबर ली।

इस तल्खी से गुणानंद तो सन्न हुआ ही, काम्या भी चौंकी, जो काफी देर से रेस्त्रां की छत निहार रही थी।

संभवत: उत्तराखंड में रोपे गए अविनाश के हिस्से की पौद को बड़ा, और बड़ा होते ही नहीं, आकाश से बातें करते देखने में तल्लीन हो चुकी थी।

अगले ही पल उसने अविनाश की हथेली पर हथेली रखकर उसका गुस्सा शांत करने का उपक्रम शुरू कर दिया।

"मैं क्षमा चाहता हूँ अविनाश जी। मैं तो अंग्रेजी चलन के हिसाब से संबोधित कर रहा था।"

"पर भइए, न तुम अंग्रेज, न मैं। हम बातचीत भी हिंदी में कर रहे हैं, फिर भी दास जी, दास जी! मेरा नाम केवल दास नहीं अविनाश दास है।"

"मुझे उम्मीद है अविनाश जी, आपने मुझे क्षमा कर दिया होगा।"

गुणानंद ने अपनी आवाज को अधिकतम धीमा करके, कुछ-कुछ तुतलाने वाले अंदाज में कहा।

"तो अब यह बताइए कि आप इस योजना के लिए रकम कैसे देंगे। मेरा मतलब है, एक और चेक से या नगद?"

"दोनों ही नहीं। मैं यह रकम दूंगा क्रेडिट कार्ड से। यह लीजिए मेरा क्रेडिट कार्ड और अपनी कार्रवाई पूरी कीजिए। और हाँ, मेरे कार्ड की लिमिट बीस हजार ही है।"

गुणानंद फिर एक सीडी चालू करके अन्तर्धान हो गया। इस बार सीडी देखने में अविनाश ने तो खासी रुचि ली लेकिन काम्या ने उसे कनखियों से भी नहीं देखा।

सीडी में कई रमणीक स्थानों के दृश्य थे। गगनचुंबी पेड़। कल-कल करते झरने। कुलांचे भरते वन्य जीव। फूल। लताएं। नदियां। नौकाएं। आंखों को सुहानी लगती हरी-भरी वादियां। जगह-जगह रोपे गए नन्हे-नन्हे पौधे।

गुणानंद फिर कुछ दस्तावेजों, करारनामों और अविनाश के क्रेडिट कार्ड सहित हाजिर हुआ। कागजों पर दस्तखत करवाए, क्रेडिट कार्ड वापस दिया, कंप्यूटर में से सीडी निकाली।

फिर निवेदन किया, "तो इस तरह आप तीन योजनाओं में साझेदार बने, इसके लिए हम आपके आभारी हैं। अपनी कंपनी की ओर से आपको अनंत शुभकामनाएं देते हैं।

"अब आप हमारी कंपनी की तरफ से नेपाल की यात्रा के हकदार हो चुके हैं। इसलिए अब आप हमें दस हजार रुपए का एक चेक दीजिए। वह धरोहर राशि के रूप में उस होटल को सौंपा जाएगा, जिसमें आपके ठहरने का इंतजाम किया जाएगा, ताकि यदि आप तय तारीखों पर वहाँ नहीं पहुंचे तो वह चेक भुनाकर होटल अपने घाटे की भरपाई कर सके।

"हालांकि यह चेक विदेश यात्रा पर जाने वालों को तब वापस किया जाता है जब वे यात्रा पूरी करके यहाँ लौट आते हैं, लेकिन नेपाल या भूटान जाने वालों को

उनका चेक वहीं होटल में ही वापस कर दिया जाता है।''

अविनाश ने लक्ष्य किया कि उसकी डपट के बाद गुणानंद कुछ शर्मिंदा करने वाले लहजे में बोलने लगा है। इससे पहले कि उसका यह बर्ताव कोई नई खीझ पैदा करे, उसने चेक पर दस हजार की रकम भरी और चेक गुणानंद के हवाले कर दिया, ताकि जितनी जल्दी संभव हो, वह टले।

''तो अब आज के लिए इजाजत दीजिए अविनाश जी। कल तक आपके सभी कागजात तैयार हो जाएंगे और नेपाल के चार हवाई टिकट भी आ जाएंगे। आप कल दोपहर बाद वह सब हमसे हासिल कर सकते हैं।''

''हाँ, हाँ, कोई हर्ज नहीं। कल दोपहर बाद मैं किसी भी समय आकर वे सब ले जाऊंगी।'' काम्या ने तुरंत इस पर भी सहमति दी।

अविनाश एक बार फिर काम्या को आभारी नजरों से निहारने पर विवश हुआ। उसे लगा कि काम्या ने सचमुच उसे एक धर्मसंकट से बल्कि आर्थिक संकट से भी उबार लिया है।

कल दोपहर तक तो देवराज को भी किताबों का चयन पूरा कर लेना है। वह किसी भी समय आ सकता है। ऐसे में उसके लिए ज्यादा जरूरी होगा देवराज का इंतजार करना, न कि यहाँ आकर यह सब हस्तगत करना।

रेस्त्रां से बाहर आते ही काम्या ने अविनाश की उंगलियों में उंगलियां फंसाईं, गर्दन उसके कंधे पर टिकाई और हौले-हौले सीढ़ियां उतरते हुए पूछा, ''क्यों एडी, मैंने ठीक किया न! वरना खामखां तुम्हारा वक्त जाया होता।

''अब मैं ऐसा करूंगी, कल घर से सीधे जौहरी के पास पहुंचूंगी। हार अपने गले के माप का करने को कहूंगी। वहाँ से इधर का रुख करूंगी। इनसे बीमा पॉलिसी, एअर टिकट और अगड़म-सगड़म सब ले लूंगी।''

''ठीक है।'' अविनाश ने उसकी योजना पर सहमति जताई।

आखिरी सीढ़ी लांघते ही काम्या यकायक रुकी। खुले बालों को पीठ की तरफ झटका। चेहरा अविनाश के चेहरे के करीब लाई। चेहरे पर ही नहीं, आंखों में भी शरारती अंदाज लाकर बोली, ''जानते हो एडी, मेरे मन में और क्या है? ...अच्छा पहले तुम अंदाज लगाओ क्या हो सकता है?''

''तुम्हीं बता दो न।''

अविनाश ने सोचने की बजाय जानने के प्रति उतावलापन दिखाया।

''ओहो, तुम मेरे लिए जरा सी माथापच्ची भी नहीं कर सकते!''

यह आरोप सुनते ही अविनाश का चेहरा उदास हो आया।

''खैर जाने दो, मैं ही बता देती हूँ। मैं चाहती हूँ कि जब हम नेपाल जाएं तब

यह हार भी मेरे गले में हो। अरे हाँ, वह रसीद तो मुझे दो।''

''कौन सी रसीद?'' अविनाश ने हैरानी जताई।

''वही, इस हार की, जो एमडी ने तुम्हारे हवाले की थी। उसके बिना तो जौहरी हार को हाथ भी नहीं लगाएगा न।''

''अरे हाँ, यह लो।'' अविनाश ने रसीद काम्या के हवाले कर दी।

रसीद हाथ में थामते ही काम्या फिर शरारती अंदाज पर उतरी, ''तो अब क्या इरादे हैं? मेरे साथ मेरे घर चलोगे?''

अविनाश का एक मन हुआ कि चल ही दे, फिर खयाल आया कि देवराज आज भी तो आ सकता है। यों भी काम्या आंखें फाड़-फाड़कर निरखने ही तो देगी। बता जो चुकी है कि इससे अगला कदम तो नेपाल में ही उठाएगी। निहारना तो बहुत हो गया, लिहाजा देवराज का इंतजार करना ही बेहतर होगा। फिर पत्नी को फोन भी तो करना है न।

''तो फिर?'' अविनाश की तरफ अपलक निहारने के बाद भी जवाब न मिलने पर काम्या ने टहोका, ''क्या सोचने लगे? हाँ या न?''

''नहीं, आज नहीं। बाहर जाने से पहले कुछ काम सलटाने हैं न।''

''देख लो। एक बार फिर सोच लो। ऐसा मौका बार-बार नहीं मिलेगा। आज चलते तो खुश कर देती। आगे जैसी तुम्हारी मर्जी। तुम्हारा यही आखिरी फैसला है तो तुम अपना रास्ता लो, मैं अपना।

''अरे नहीं, मैं ऐसा करती हूँ एक बार फिर रेस्त्रां में जाती हूँ और उस गुणानंद के बच्चे से पूछती हूँ कि कल ठीक कितने बजे आना होगा। उम्मीद है तुम्हारी डपट से डरा वह बेचारा मुझे देखते ही थरथर कांपने लगेगा।''

अपनी बात पूरी करते ही अविनाश को गेट पर अकेला छोड़ काम्या फिर से प्रगति मैदान की ओर मुड़ गयी। अविनाश भी अपने से दूर जाती काम्या की पीठ को आंख से ओझल होने तक निहारने के बाद अपनी कार की तलाश में जुट गया।

## 15

अगली शाम दो महत्वपूर्ण सूचनाएं लेकर आयी। पहली तो यह कि देवराज किताबों की एक सूची, पचास हजार रुपए और मणिपुर आने का निमंत्रण थमा गया। अविनाश ने उसे यह भरोसा दिलाया कि उसके निमंत्रण का मान रखने के लिए अगले हफ्ते किसी भी दिन वह मणिपुर पहुंच सकता है।

ऐसा कहना संभव हुआ था इससे पहले मिली दूसरी सुखद सूचना से।

देवराज के आने से ठीक पहले काम्या बता चुकी थी कि उसने हवाई जहाज

के चार टिकट हासिल कर लिए हैं। अलबत्ता वे नेपाल के नहीं दार्जिलिंग के हैं।

काम्या ने बताया कि वे तो हमारी यात्रा ही रद्द करने पर आमादा थे। वह तो उसने उन्हें समझा-बुझा कर नेपाल की जगह दार्जिलिंग की यात्रा पर भेजने को सहमत कर लिया।

काम्या ने बताया कि दरअसल अविनाश आइहो को जो चेक देकर आया था उसमें चेक की तारीख 11 की जगह 17 लिख गया था। इसलिए आइहो वाले अभी यह मानने को तैयार नहीं हुए कि उन्हें अविनाश से दो लाख से अधिक की हिस्सेदारी की रकम मिल चुकी है।

वे उसे क्रेडिट कार्ड से मिले बीस हजार और आइहो के जरिए लिए गए एक लाख रुपए का ही साझीदार मानकर चल रहे हैं। इतनी हिस्सेदारी से केवल भारत के ही किसी हिल स्टेशन पर भेजा जा सकता है। सो वे दार्जिलिंग भेजने पर ही सहमत हुए।

काम्या ने बताया कि हालांकि मैंने उन्हें बहुतेरा समझाया कि चेक पर फरवरी की 29 तारीख तो लिखी नहीं है, जो चार साल में एक बार आती है। इस महीने 17 तारीख भी आएगी ही। यह भी भरोसा दिलाया कि यह चेक हर हाल में कैश होगा। यों भी तब तक हम दार्जिलिंग से लौट भी चुके होंगे। हम हमेशा के लिए तो दार्जिलिंग जा नहीं रहे हैं।

काम्या ने इस दुखद कुयोग में भी एक सुखद संयोग खोज लिया था। उसका कहना था कि एक तरह से यह अच्छा ही हुआ। अब हम तुम्हारे एक लाख बीस हजार के इनवेस्टमेंट के एवज में दार्जिलिंग जा ही रहे हैं, कल को जब वह एक लाख का चेक कैश हो जाएगा तब उसके एवज में फिर किसी हिल स्टेशन पर हो आएंगे। दार्जिलिंग में हमारा पहला मिलन बेहद सुखद रहा तो अपने मिलन की पुनरावृत्ति के लिए एक बार फिर वहीं चले चलेंगे।

काम्या के साथ एक ही महीने में दो-दो बार छह दिन चार रातें बिताने की सुखद कल्पना ने अविनाश के सर्वांग को आह्लाद से सराबोर कर दिया।

अभी वह इस सुखद कल्पना का ठीक से आनंद ले भी न पाया था कि काम्या ने चिन्ता में डालने वाली दो अन्य सूचनाएं और थमा दीं।

काम्या ने बताया कि तीनों साझेदारियों के दस्तावेज तैयार हो चुके हैं लेकिन अभी नोटरी पब्लिक से सर्टीफाई नहीं हो पाए हैं। तुम्हारा चेक कैश हो जाने के बाद अगले मंगलवार तक सर्टीफाई हो पाएंगे, जबकि हमें इसी सोमवार को दार्जिलिंग के लिए कूच कर जाना है।

सो अब मैं भी यात्रा की तैयारी में जुटती हूँ। मुझे ससुराल वालों को भी तो साधना होगा ना। सास को और जेठ-जेठानी को कोई पट्टी पढ़ानी होगी। किसी की

बीमारी में उसका साथ देने जा रही हूँ, यह यकीन दिलाना होगा।

अब मैं तुम्हें कोई फोन नहीं करूंगी। सोमवार को रिर्पोटिंग टाइम तक, यानी दस बजे हवाई अड्डे पहुंच जाना। फोन किया तो चाहकर भी अपनी बेचैनी, बेकरारी छुपा नहीं सकूंगी।

और मेरे अजीज एडी, तुम भी बेचैन हो जाओगे। हजार काम छोड़कर दौड़े आओगे, जो मुझे अच्छा नहीं, खराब लगेगा। उस सूरत में न तो मैं खुश रह सकूंगी न तुम्हें खुशी दे सकूंगी। तुम यही मानकर धीरज रखना कि भूख ज्यादा बढ़ जाने पर खाना भी ज्यादा स्वादिष्ट लगता है। तब खाने की शुरूआत भकोसने से होती है, बीच में खूब चटखारे लिए जाते हैं और अन्ततः थाली को पूरी तरह चाटकर ही परे खिसकाते हैं।

काम्या की सलाह, संभावित नाखुशी का संकेत और इस अन्तराल की सुखद परिणति का विशद वर्णन पा चुके अविनाश ने भी तय कर लिया कि अब काम्या का दीदार हवाई अड्डे पर ही करेगा। उसके घर जा धमकना उसे नागवार गुजरा तो दार्जिलिंग प्रवास फीका पड़ सकता है।

इस बीच उसे भी कुछ जरूरी काम करने हैं।

देवराज के ऑर्डर की किताबें फिलहाल उधारी पर ही उठानी हैं ताकि प्रवास के दौरान हाथ में पर्याप्त रकम रहे।

किताबें कल ही मणिपुर के लिए रवाना कर देनी हैं।

तभी मेरे मणिपुर पहुंचने से पहले किताबें वहाँ पहुंच पाएंगी।

इसके बाद पार करने को बचेंगी कुल दो बाधाएं।

पहली तो पत्नी को नोटों की गड्डियां दिखाकर यह जताते ही पार हो जाएगी कि एक बड़ा आदेश मेरे हाथ में है और दूसरे इससे भी बड़े आदेश की चाह में सोमवार को मणिपुर जाना है। एक हफ्ते बाद लौटूंगा।

दूसरी बाधा से अभी नहीं दार्जिलिंग प्रवास के अन्त में सामना होगा।

उसमें पार पाना था काम्या से।

प्रवास के अन्त में उसे बताना होगा कि तुम्हें वापसी का सफर अकेले तय करना होगा। मुझे अचानक मणिपुर जाना पड़ रहा है। अब अगले सोमवार को दिल्ली में ही तुम्हारे दीदार होंगे।

## 16

यह सच था कि अविनाश जब पहली बार काम्या से मिलने गया था तो इकलौती ही सही, किसी परस्त्री के, वह भी नितांत आत्मीय निमंत्रण पर, मिलने का चाव पूरा

करने और उसके साथ गमन फिर समागम भी करने की अस्पष्ट और असंभव संभावना संजोए पहुंचा था।

उसी दिन काम्या के हाव-भाव से और उसकी जुबानी भी अविनाश यह जान चुका था कि काम्या भी अविनाश से हाल-फिलहाल यही दोनों अपेक्षाएं पूरी करना चाहती है।

... और हालांकि उसने साफ तौर पर एक बार कहा भले ही नहीं हो, भविष्य में, स्थितियां अनुकूल होने पर यानी जब उसका पति भी उसी घर में, उसके पहलू में सोता हो, अविनाश के सहकाम से वह प्रतिष्ठा भी अर्जित करना चाहती है, जो समाज में केवल संतानवती स्त्रियों को ही मिलती है।

पहली अपेक्षा यानी अपनी शर्तों पर, अपनी पसंद के पुरुष के साथ चरमसुख भोगने की शुरुआत उसी दिन की जा सकती थी, उसे इसके लिए अवसर और अवकाश दोनों ही सुलभ थे।

फिर भी जैसे उसने यह तय किया था कि इस सुखानुभूति के लिए सुपात्र अविनाश है, वैसे ही यह भी ऐलान कर दिया था कि इसकी शुरुआत प्रवास के दौरान करेगी।

वह अपने मन से, विवेक से और दमखम से वरण करने जा रही इस साझेदारी का आरंभ ऐसी जगह से करना चाहती है जो न उसके पति का आवास हो, न अपने चुने पुरुष का हो। न वह जहाँ श्रीमती भोगराज के नाते अवस्थित कर दी गयी है, वह हो। प्रवास में हो, किसी मुक्ताकाश में हो।

इसके बावजूद अविनाश को यह संदेह बना हुआ था कि इस किस्म की अन्तर्यात्राओं के लिए अपेक्षित सुयोग, समय, स्थान, स्वच्छंदता, सहवासी, समर्पण भाव जैसी भौगोलिक या मानसिक स्थितियों के रहते भी उनके बीच तुष्टिकर तो दूर, क्षणिक अन्तर्संबंध भी आधार ले पाएगा या साकार हो पाएगा!

जाने क्यों उसे अभी भी ऐसा लगता था कि काम्या भावुकता में यह कदम उठा तो रही है, लेकिन अन्य स्त्रियों की नजर में अविनाश के लिए वितृष्णा और उपेक्षा देखते ही उसकी भावुकता स्वाहा हो जाएगी।

जब वह यह पाएगी कि अविनाश के साथ कदम दर कदम चलने भर से खुद भी सबके उपहास का पात्र बन रही है। उसकी सुंदरता भी उसे आह और वाह का नहीं, ओह और हाय की हकदार बना पा रही है। तब काम्या अविनाश का साथ देना तो दूर, उसकी तरफ आंख उठाकर देखना भी गवारा नहीं करेगी।

उसकी उपेक्षा भले ही न करे, किसी लांछन से भले ही न मढ़े, सौजन्यता का परिचय देते हुए क्षमा मांगे और उसे भूल जाने को कहे। तो?

दिल्ली हवाई अड्डे पर जो समय जांच और उड़ान के इंतजार में बिताना पड़ा उस पूरे समय काम्या बुझी-बुझी, सकुचाई सी बनी रही। कुछ-कुछ उस तरह, जैसे खुद को सबकी नजरों से, यहाँ तक कि अविनाश की नजरों से भी छुपा लेना चाहती हो।

अविनाश को लगा उसी की सोच सच होने जा रही है!

फिर लगा कि हो न हो काम्या को किसी परिचित के टकरा जाने का भय सता रहा है। वह सशंकित है कि कोई देख न ले। करीब न आ जाए।

यह न पूछने लगे कि कहाँ जा रही हो?

यह साथ में काला-भुसंड आदमी कौन है?

उनका जोड़ा रंगरूप के मामले में एक-दूसरे से है भी तो इतना विलोम कि हर आने-जाने वाले की नजर क्षणभर को उन पर ठहर ही जाती है।

एक के प्रति हैरत से तो दूसरी के प्रति सहानुभूति से।

काम्या के प्रति अविनाश की सहानुभूति का सिलसिला यहीं नहीं थमा।

उसने सोचा, यों भी काम्या अपने ही देश के किसी हिल स्टेशन पर आना ही कहाँ चाहती थी।

यदि वह चेक का मामला न उलझता तो आना भी नहीं था।

हालांकि चेक का घपला होने पर ट्रिप बदलने का फैसला लेने से पहले मुझे बता दिया होता तो मैं या तो दूसरा चेक दे देता या फिर उसी चेक पर नई तारीख डाल देता।

अब उस बारे में तो कुछ किया नहीं जा सकता था। अलबत्ता काम्या को सबकी नजरों से तो बचाया ही जा सकता है।

मन में यह इरादा उपजने की देर थी कि काम्या की फिक्र में बराबर के फिक्रमंद और उसकी सावधानी में उससे भी ज्यादा सावधान अविनाश ने उसे अपनी ओट में ले लिया। किसी फौजी की तरह सावधान-विश्राम की मुद्रा बनाने लगा।

यह सिलसिला तब तक जारी रखा, जब तक सभी यात्रियों से उड़ान की ओर गमन करने की गुजारिश वाली सूचना प्रसारित नहीं हो गयी।

लेकिन यह क्या!

हवाई जहाज में बैठने के बाद ही नहीं, जहाज के उड़ान भर चुकने के बाद भी काम्या के व्यवहार में कोई सकारात्मक परिवर्तन नहीं आया!

इस बीच जैसे वह और भी बुझ गयी! उसका चेहरा फीका पड़ गया! नयन मुंदने को हो आए! ऐसा लगा जैसे वह यात्रा पर स्वेच्छा से नहीं, किसी के दबाव में आयी हो! उसका अपहरण करके यहाँ तक लाया गया हो!

काम्या की यह दशा अविनाश को बेचैन करने लगी। वह उसके प्रति द्रवित हो आया। फिक्रमंद हो आया।

उसने सलाह दी कि तुम्हारी तबियत बिगड़ रही हो तो हम जहाँ भी यह जहाज पहली बार रुकेगा, वहीं उतर जाएंगे। तुम आराम कर लेना। फिर यदि संभव हुआ तो आगे की यात्रा पर चलेंगे, वरना दिल्ली लौट चलेंगे।

काम्या ने ऐसा करने से मना कर दिया। भरोसा दिलाया कि तबियत बिल्कुल ठीक है। वह सामान्य है। उसे कुछ नहीं हुआ है। किसी-किसी को सफर की शुरुआत में घबराहट होती ही है, वही हो रही है। इसलिए यात्रा स्थगित नहीं करेंगे, दार्जिलिंग पहुंचकर ही आराम करेंगे।

काम्या ने अविनाश को ढेर सारा भरोसा तो थमाया लेकिन उसका चेहरा और उसके हावभाव उसके कथन की गवाही नहीं दे सके।

ऐसे में अविनाश कैसे मान ले कि वह ठीक है। ठीक जैसी या जैसी अविनाश ने आज से पहले उसे देखा है, वैसी कोई तो भंगिमा दिखाई दे।

इतनी देर से वह उसके साथ है, माना कि हवाई अड्डे पर तो उसे किसी परिचित द्वारा देख लिए जाने का भय रहा होगा, पर यहाँ हवाई जहाज में, जहाँ वे एक-दूसरे के इतने करीब हैं कि उन्हें जुड़वां भी समझा जा सकता है, जहाँ उन पर किसी की नजर भी नहीं जा सकती। जाएगी भी तो यकीनन वह कोई अनजान नजर होगी। फिर भी वह अपने-आप में सिमटकर ही बैठी है।

बैठी भी अविनाश की छोटी आंख की तरफ है सो वह उसे ठीक से निहार भी नहीं पा रहा।

एक बार भी अविनाश को स्पर्श नहीं किया। खुद अविनाश ने जब-जब उसे छूकर उसके प्रति अपनी चिन्ताओं का अहसास कराना चाहा, नजदीक आने की जगह और भी बाएं खिसक गयी।

जो काम्या अपने घर में तो घर में, प्रगति मैदान के रेस्त्रां में भी उतने लोगों के बीच अपने यौवन का भरपूर और बेधड़क प्रदर्शन कर अविनाश को नयनसुख देती रही थी, वह यहाँ अपने लिबास को इस तरह चांप-चूंपकर बैठी थी कि हथेलियों और चेहरे के अलावा कुछ भी उघड़ा हुआ नहीं रह गया था।

हालांकि इस बीच न तो दिल्ली के मौसम में सर्द हवाओं ने डेरा डाला है, न इस वातानुकूलित हवाई जहाज में ही इतनी ठंडक है। दार्जिलिंग में भी उतनी ठंड से सामना नहीं होना। फिर भी जाने क्यों काम्या ठंड से बचाव के लिए नख-शिख ढकने में समर्थ लिबास पहनकर आयी है।

जब तक इस विरोधाभास की तरफ अविनाश का ध्यान नहीं गया था, तब तक वह यही मानकर चल रहा था कि काम्या को कोई शारीरिक या मानसिक परेशानी है। यह इसकी शराफत या मेरे प्रति आकर्षण ही है जो उस कारण को धता बताती सफर तय किए जा रही है।

अब काम्या के पहरावे पर ध्यान जाते ही फिर उसी धुरी पर सोचने पर विवश हो गया कि हो न हो वह इस मानसिक उलझन में है कि एक गैरमर्द के साथ चली तो आयी हूँ, जाने इसका अंजाम क्या हो?

यकीनन इसने यह कदम सोच-समझकर, अपने विवेक की सहमति से नहीं, भावावेश में उठाया है। अब पछतावा हो रहा हो। डर रही हो। भेद खुल जाने का भय सता रहा हो।

यह दुश्चिंता बेचैन किए हो कि यह संबंध भी 'सुख' देगा या नहीं?

इस आदमी को माध्यम बनाकर जिस अंधकूप में कूद रही हूँ, वह असंतुष्टि, अतृप्ति देकर और भी अधोपतन की ओर तो नहीं ले जाएगा?

इससे भी इच्छित सुख, कल्पित संतुष्टि, प्रतीक्षित सुत नहीं मिला तो?

यह तलाश आगे भी जारी रखनी होगी या यहीं इतिश्री करनी होगी?

क्या ऐसा हो पाएगा? एक बार बहके कदम पीछे लौट पाएंगे?

अविनाश का मन हुआ कि वह काम्या के बिना कुछ कहे ही उसे यह भरोसा दिला दे कि बेफिक्र रहो, तुम्हें निराशा हाथ नहीं लगने जा रही।

मैं तुम्हें मन की, आशक्ति की, समर्पण की, दिल की अतल गहराइयों में डूबकर ही समेटूंगा।

तुम्हारे रोम-रोम को पुलकित कर दूंगा।

अमूल्य निधि की तरह तुम्हारी हिफाजत करूंगा।

कंजूस की तरह तुम्हारा भरपूर उपभोग करूंगा।

कुबेर की तरह तुम पर संतुष्टियां न्यौछावर करूंगा।

गुलाम की तरह तुम्हारी टहल करूंगा।

याचक की तरह तुम्हें ग्रहण करूंगा।

वरुण की तरह तुम्हारे तन-मन को सराबोर कर दूंगा।

हठात् अविनाश ने अपने आप से भी कुछ सवाल किए।

यह मुझे हो क्या रहा है?

मैं यह सब क्यों सोच रहा हूँ?

मैं तो सहजता से, सहमति से, समर्पण भाव से साथ पाने निकला था।

ऐसा संबंध बनाने चला था जिसके बनने में न कोई सौदा हो, न समझौता, न दबाव, न प्रलोभन, न चिन्ता, न शर्त, न विवशता, न अनिच्छा।

यह जो संबंध बनने जा रहा है, यह वह कहाँ रह गया है?

इसमें तो प्रलोभन भी है, सौदा भी, समझौता भी, विवशता भी और अब जैसा लग रहा है उभय पक्ष की ओर से अनिच्छा और मेरी ओर से चिन्ता भी।

यह जो सुंदर स्त्री मेरे करीब बैठी है, भले ही इसने सौदे की शर्त या समझौते

की धारा के रूप में यह न कहा हो, मगर अपनी बातचीत के दौरान कई बार यह संकेत तो दिया ही था कि यह मुझे इस प्रलोभन के तहत भी देहदान क़रने वाली थी कि इसकी पुनरावृत्ति से इसे संतान सुख मिलेगा।

अब लगता है इसमें उस संबंध के प्रति जरा भी इच्छा शेष नहीं है।

सो अब सहजता, सहमति या समर्पण भाव से नहीं, अनैतिक लगने के बावजूद, भय या गोपनीयता बनाए रखने की अपेक्षा से देह प्रस्तुत करेगी।

और मैं! जो इसकी चिन्ता में दुबला हुआ जा रहा हूँ, क्या सिर्फ इसलिए चूंकि यह वह पहली स्त्री है जिसने मेरी दैहिक कुरूपता और अपूर्णता के चलते मुझे उपेक्षा का पात्र नहीं समझा!

जिसके चलते स्त्रियों को मेरे साथ दो कदम चलना तो दूर, मेरी तरफ निहारना भी असह्य हो जाता रहा है।

क्या सचमुच इस भली औरत के प्रति मेरी चिन्ताओं का यही कारण है?

या इसकी चिन्ता में उलझकर इस सचाई को झुठलाने की कोशिश कर रहा हूँ कि तुमने अपने लिए परस्त्रीगमन के जो मापदंड तय किए थे, वे तब तक के लिए ही थे जब तक दूर-दूर तक कोई संभावना नहीं थी।

तुमने भले ही इस संभावना में वे मापदंड खरे उतर रहे हैं, इस विलोम से खुद को बहला लिया हो, वह सपना तब भी सपना ही रह जाने वाला है।

काम्या के प्रति चिन्तातुर और खुद के प्रति शंकालु भावनाओं को विराम देने के लिए या काम्या को बातों में उलझाकर मानसिक तनाव से बाहर लाने के लिए या फिर शायद तभी वह प्रसंग याद आ जाने की वजह से - तीनों ही वजह तब माकूल और मौजूं वजह होने का माद्दा रखती थीं - सो अव्वल वजह जो भी रही हो, परिणाम एक ही रूप में सामने आया।

अविनाश ने यकायक काम्या से पूछ ही तो लिया, "तुम वह इनाम वाला हार तो अपने साथ लाई हो न! दिख नहीं रहा। लगता है दार्जिलिंग में पहनोगी। वह भी तब, जब पहली-पहली बार मुझे नेह-निमंत्रण दोगी।"

"कहाँ ला पाई! उस जौहरी ने उसे ठीक ही नहीं किया था। जब मैंने कहा कि फिर मुझे उसी हाल में लौटा दो तो बोला कि वह जिस कारीगर के पास है, वह दस दिन के लिए अपने गांव चला गया है। सो हार तो जिस हाल में भी मिलेगा, दो हफ्तों के बाद ही मिलेगा।"

काम्या को फिर से पुरानी काम्या में लौटा लाने के लिए छेड़ा गया यह प्रसंग अविनाश को उसकी काम्या नहीं, एक और असंतोष थमा गया।

हार टटोलकर देखने के बहाने काम्या की गर्दन तक पहुंची और तब से वहीं थमी अपनी हथेली से अविनाश ने यकायक काम्या का चेहरा अपनी तरफ मोड़ा।

फिर उसके होठों पर चुंबन जड़ते हुए चुहल की, ''चलो कोई बात नहीं। उस हार को जाने भी दो। तुम क्या किसी हार से कम हो? मेरे लिए तो तुम्हीं मेरा नौलखा हार हो।''

पत्नी के अलावा किसी और नारी देह पर जड़े गए इस पहले चुंबन की अनुभूति अविनाश को इतनी आह्लादित कर गयी कि काम्या के प्रति घनीभूत हो चली तमाम दुश्चिंताएं जाने कहाँ विलीन हो गईं!

उधर अविनाश के अप्रत्याशित व्यवहार ने काम्या को क्षणभर के लिए अवाक ही तो कर दिया।

''तुम भी न, कुएं के मेंढक की तरह वहीं चक्कर काट रहे हो।''

''कल तक तो तुम भी यही कर रही थीं।''

''कल तक बात कुछ और थी, आज कुछ और है।''

''कल और आज में क्या बदल गया, वही तो जानना चाहता हूँ।''

''वह भी पता चल जाएगा, पर अभी नहीं, होटल में पहुंचने पर।''

''अभी क्यों नहीं? यहाँ भी सिर्फ मुझे सुनना है और वहाँ भी।''

''इसलिए नहीं ताकि मेरा न सही, तुम्हारा सफर तो चैन से कटे।''

''तो क्या वाकई तुम वहाँ पहुंचते ही मेरा चैन हर लेने वाली हो! मेरे लिए तो यह अच्छी खबर है। इसमें सफर चैन से न कटने की बात कहाँ है। तुम क्या सोचती हो, अगर तुम पहले दिन जैसा उन्मुक्त बर्ताव करोगी तो मैं इस उड़ते जहाज में भी संयम खो सकता हूं?''

''नहीं, ऐसा नहीं है। अगर मैं ऐसा सोचती तो तुम्हारे साथ यहाँ आती ही क्यों। तुम जो इतनी देर तक एक ही रट लगाए रहे कि चलो उतर लेते हैं, उसे तुरंत मान न लेती।''

''फिर और क्या बात है? तुम और किस सोच में डूबी हो?''

''फिलहाल तो मुझे मेरी सास याद आ रही है। मेरी आजादी उसे जरा भी पसंद नहीं। जब भी उसे पता चलता है कि मैं उसके बेटे की गैरमौजूदगी में कहीं गयी थी, मुझ पर शक करने लगती है। लांछन लगाती है।

''मैंने उससे कई बार कहा कि यदि आपको मुझ पर इतना ही शक है तो जब ये इंडिया में नहीं होते, आप मेरे पास रहा करो। पर नहीं, रहेगी तो जेठ जी के ही पास। जेठानी ने पता नहीं ऐसा क्या जादू किया हुआ है कि वह गोड़ दबाने की शर्त रखे तो उसके गोड़ भी दबाएगी, और वहीं बनी भी रहेगी।

''अपने बेटे को तो यह नसीहत दे नहीं सकती कि तू बाहर मत जाया कर। धंधा जो चौपट हो जाएगा। मगर मुझे धमकी देकर डराती रहती है।

''कहती है मैं पुत्तर को कह दूंगी कि इसके पर निकल आए हैं। तेरे जाते ही

इसके पांव जमीन पर नहीं टिकते। वह सचमुच ऐसा न कर दे इसलिए मुझे हर दूसरे दिन फोन करके उसे पैरीपैणा कहना पड़ता है।

"असल में मैं निपूती हूँ न, इसलिए उसे फूटी आंख भी नहीं सुहाती। वह ता यही चाहती है कि मैं कहीं टलूं तो बेटे के लिए ठोक-बजा कर ऐसी बहू लाए जो आते ही उसकी गोद में पोता रख दे।

"खैर, छोड़ो, सास का जिक्र छिड़ने पर तो मैं इतना बोल सकती हूँ कि पता ही न लगेगा दार्जिलिंग कब आ गया। भीतर से भरी जो बैठी हूँ। हम खुशियों की तलाश में निकले हैं। ऐसे में दुख देने वालों को क्यों याद करें।

"अब मुझे थोड़ा आराम करने दो और तुम भी मुझे घूरना बंद करके आंखें मूंद लो। अब जो भी बातचीत करेंगे, दार्जिलिंग में, होटल में पहुंचकर ही करेंगे।"

काम्या सचमुच आंखें बंद करके आराम की मुद्रा में चली गयी।

इस नाकाफी मगर सुखांत बातचीत ने अविनाश को भी सहज कर दिया, सो वह भी आंखें मूंद मन ही मन उन्मुक्त कुलांचें भरने लगा।

## 17

होटल के कमरे में पहुंचते ही काम्या में फिर वही हवाई अड्डे और हवाई यात्रा जैसे बेचैनी के लक्षण दिखाई देने लगे।

उसने अविनाश से अनुरोध किया, "एडी, देखो इस होटल में कोई मेडिकल शॉप जरूर होगी। वहाँ से मेरे लिए सेनेटरी नेपकिन तो ला दो। केयर फ्री हों तो वही लेना। दिल्ली हवाई अड्डे पर पहुंचते ही मुझे लगने लगा था कि मेरा पीरियड शुरू होने को है। हालांकि मेरे हिसाब से तो यह अगले हफ्ते होना था।"

'ओह, खोदा पहाड़ और निकली ऋतुचर्या।'

केमिस्ट शॉप की तलाश में निकले अविनाश ने अपने-आप को बताया और अब तक जो चिन्ताएं, आशंकाएं यहाँ दार्जिलिंग तक संग-साथ चली आयी थीं, उन्हें नेक सलाह दी कि अब यहाँ से दफा हो लो।

नेपकिन हाथ में आते ही काम्या तेजी से बाथरूम में चली गयी। अब चिन्ता की कोई बात नहीं रह गयी थी, सो अविनाश कमरे में कुछ देर यूं ही चहलकदमी करता रहा, फिर खिड़की के पास खड़े होकर दूर तक फैली प्राकृतिक छटा निहारने में तल्लीन हो गया।

बहुत देर बाद काम्या बाथरूम से निकली। ठीक तभी होटलकर्मी चाय-नाश्ता लिये हाजिर हुआ। जैसे ही वह चाय बनाने को हुआ, काम्या ने उसे ऐसा

करने से रोका और संकेत से बाहर जाने को कहा। फिर खुद ही चाय बनाकर अविनाश को आवाज दी।

चाय पीते न पीते काम्या ने अपनी आगामी योजना बताई, ''एडी, मैं तो बुरी तरह थक गयी हूँ और भीतर ही भीतर मुझे टीस मच रही है। अब इस दर्द की कोई दवाई तो होती नहीं, सो मैं तो चाय पीकर एक लंबी नींद लूंगी। तुम चाहो तो इस बीच कहीं घूम आओ।''

''तुम भी क्या बात करती हो। तुम यहाँ तकलीफ में रहो और मैं कहीं घूमने निकलूं! न, न। तुम बेफिक्र होकर सोओ। मैं यहीं कमरे में रहूंगा और कुछ करना ही होगा तो टीवी देखता रहूंगा।''

इसके बाद तो यथा-प्रस्तावित ही होना था, सो वही हुआ भी।

देर शाम तकरीबन आठ बजे काम्या की नींद टूटी। उठते ही वह फिर बाथरूम की तरफ भागी। अविनाश ने बिस्तर पर पड़ी सलबटें हटाई और वहीं बैठ गया।

बाथरूम से लौटते ही काम्या फिर बिस्तर पर अधलेटी हो गयी। एक हाथ अविनाश की पीठ तक लाई और उसका सिर अपने गुदाज उभारों के करीब रखकर बोली, ''तुम्हारे साथ तो बुरा हुआ न। कहाँ तो तुम ही क्या, मैं भी सोच रही थी कि यहाँ पहुंचते ही दीन-दुनिया को भुलाकर एक-दूसरे में खो जाएंगे और कहाँ हिल स्टेशन में, होटल में, कमरे में, बिस्तर में, एकांत में होकर भी एक-दूसरे को खोया-खोया, बुझा-बुझा देखने को मजबूर हैं।''

''तुम ऐसा क्यों सोचती हो। तुम स्वस्थ तो हो लो। वह सब भी हो जाएगा। आज नहीं तो कल हो जाएगा। एकाध दिन तो मेरी पत्नी की हालत भी शायद कुछ-कुछ ऐसी ही रहती है। दूसरे दिन सब फिर से वैसा का वैसा हो जाता है।''

''पर मेरे साथ नहीं होता न। असल में, जब तक कोई स्त्री एक बार गर्भवती नहीं हो जाती, उसे दो-तीन दिन तक एक जैसी तकलीफ से गुजरना पड़ता है। और हाँ, तुम बाथरूम में रखा डस्टबिन मत छूना। उसमें कुछ फेंकना हो तो मुझे देना, मैं फेंक दूंगी। उसे खाली करने के लिए स्वीपर को भी तब आने दूंगी जब तुम कमरे में नहीं होओगे।''

''ऐसा क्यों?''

''हो सकता है उसमें सेनेटरी नेपकिन देखते ही वह तुम्हारी तरफ ऐसे देखने लगे, जैसे कह रहा हो 'हाय बेचारा!' तब तुम उसका हाल इतना बुरा कर गुजरो जितना प्रगति मैदान में उस गुणानंद का भी नहीं किया था।''

''तुम भी न! खैर, अभी तो तुम अपनी तबियत पर ध्यान दो। हो सकता है कल तक तुम इतनी ठीक हो जाओ कि खुद ही कहने लगो, एडी, मैं तो तैयार हूँ,

तुम भी आ ही जाओ, आगे जो होगा देखा जाएगा।

''आखिर तुम तो यहाँ तक आयी ही उस खास मकसद से थीं। वरना हम जो कल करने जाएंगे, वह तो उस दिन भी किया जा सकता था जिस दिन मैं पहली बार तुमसे मिलने तुम्हारे घर पहुंचा था। मेरा खयाल है तुम भी समझ गयी थीं कि मैं उसके लिए पूरी तरह तैयार हो चुका था।''

''और मैं तो तुम से भी पहले तैयार थी। तभी से तैयार थी जब से तुम्हें आने का न्यौता दिया था। बल्कि सच तो यह है कि यदि मैंने उकसाया न होता तो तुम जरूर उस इरादे के साथ नहीं आए थे।

''फिर उस दिन जाने क्यों मेरे मन ने यह ठान लिया कि हमारे समागम की शुरुआत वहाँ नहीं किसी ऐसी जगह होनी चाहिए जो न तो मेरे पति की बपौती हो, न तुम्हारी। इसलिए इसकी शुरुआत हो किसी देश के, किसी शहर के, किसी उस होटल में, जिसका चुनाव हम दोनों ने किया हो। जो हम दोनों की साझा जगह हो।

''और देखो हुआ क्या! न हम किसी और देश के, किसी शहर के, किसी होटल तक जा पाए, न उस क्षण को करीब ला पाए। हालांकि अपने उस फैसले के चलते अन्त में मुझे मायूसी ही हाथ लगने वाली है, फिर भी मैं कल भी या परसों दिन में भी कोई जोखिम नहीं लेना चाहूंगी। कहीं ऐसा न हो, उत्तेजना में कुछ ऐसा कर गुजरूं जो मुझे कोई स्थायी दर्द या बीमारी दे जाए। वैसे भी मैंने तुम्हारे साथ ऐसी शुरुआत की कल्पना नहीं की थी, जिसमें हम दोनों के अलावा हमारे बीच कोई भय या सावधानी भी हाजिर हो।

''ऐसा न हो अब का उतावलापन हमारे अगले ट्रिप को भी बरबाद कर दे। आखिर तुम्हारा चेक कैश हो जाने पर आइहो वाले हमें एक बार फिर  किसी शहर के किसी होटल में ठहरने का मौका तो देंगे ही देंगे। हो सकता है तब हम इसी महीने फिर इसी होटल में हों, इसी बिस्तर में हों। तब यकीनन हम पूरे तन-मन से अपना मनचाहा आनंद उठाएंगे ही।

''और फिर मेरे अजीज एडी, अभी हमें जो एकांत मिला है, हम जो एक-दूसरे के इतने करीब हैं, ऐसा यह कोई आखिरी मौका थोड़ेई होने जा रहा है। हम तो आगे भी मिलेंगे, बार-बार मिलेंगे। बल्कि हो सकता है कई बार तो रोजाना मिलें। मेरे पति के पांव हिंदुस्तान की जमीन पर साल में टिकते ही कितने दिन को हैं।

''एक बात मैं अभी से साफ-साफ कहे देती हूँ कि यदि तुमने कभी मेरे बुलावे को नकारा या ज्यादा दिन का अन्तराल दिया तो मैं तुम्हारे दफ्तर या घर में आ धमकूंगी।''

इससे पहले कि काम्या के बोल दर बोल से निरंतर बढ़ती उत्तेजना बेकाबू हो जाए और नतीजा यह हो कि जबरन हासिल किया पहला अवसर ही आखिरी

अवसर साबित हो, अविनाश ने प्रसंग बदला, ‘‘वह सब जब होगा तब होगा, फिलहाल यह बताओ कि खाना यहीं खाओगी या डायनिंग हॉल में चलोगी ताकि तुम्हारा थोड़ा मन बदले।’’

‘‘नहीं, मैं यहाँ से कहीं नहीं जा सकती। जाने कब बाथरूम तक भागने की नौबत आ जाए। मेरे लिए तो खाना यहीं मंगवा दो। तुम खुद चाहो तो वहीं जाकर खा आओ। कुछ देर को तो मेरी पहरेदारी से मुक्ति मिलेगी।’’

काम्या की अंतिम इच्छा का पालन अविनाश से हो नहीं सकता था, सो हुआ यह कि दोनों के लिए कमरे में ही खाना आया।

खाना खाने के बाद दोनों ने कुछ देर टीवी रिमोट के कान मरोड़े और फिर एक-दूसरे की तरफ पीठ करके नींद के आगोश में चले गए।

अगली सुबह फिर वही गुजरे कल की पुनरावृत्ति शुरू हुई। काम्या हर घंटे, आध घंटे बाद बाथरूम की दौड़ लगाती रही। अविनाश हर बार बिस्तर ठीक करता रहा।

कभी उसका तकिया ठीक से लगाता रहा, कभी पीठ को सहारा देकर पलंग की पुश्त से टेक लगवाता रहा, कभी बेध्यानी में हट गयी चादर को फिर से उढ़ाता रहा।

इन दायित्वों से बचे समय में खिड़की के रास्ते दिखाई दे रहे दार्जिलिंग के उन्हीं-उन्हीं नजारों को बार-बार निहारता रहा। कमरा अपनी धुरी पर घूमता होता तो यकीनन अविनाश के हिस्से में कुछ और दृश्य आ गए होते।

यह सिलसिला शाम तक चला। इस बीच नाश्ता, दोपहर का खाना कमरे में ही आया।

एक बार अविनाश को बहुत थोड़ी देर के लिए तब कमरे से बाहर रहना पड़ा, जब एक होटल कर्मचारी चादर, तकिए, कंबल बदलने और दूसरा कमरे की, बाथरूम की सफाई करने आया।

शाम को काम्या को थोड़ा सहज पाया कि अविनाश ने सशंक मन से प्रस्ताव रखा, ‘‘क्यों न हम थोड़ी देर के लिए यहीं नीचे हरी घास पर चहलकदमी करने चलें?’’

और ताज्जुब, अविनाश की शंका निर्मूल सिद्ध हुई।

काम्या सचमुच ऐसा करने के लिए सहमत हो गयी।

उसने पांव में स्लीपर डाले और यह भूलते हुए कि वह रजस्वला है, बेहद तकलीफ से गुजर रही है, फुर्ती से उठी और हाथ पकड़, अविनाश को भी उसी फुर्ती से उठाती हुई बोली, ‘‘चलो, चलते हैं।’’

फिर अविनाश की हैरान आंखों से सामना होते ही हैरानी दूर की, ‘‘तुमने

ठीक ही कहा था कि कल तक हालात बदल जाएंगे। अब मैं स्वस्थ महसूस कर रही हूँ। हालांकि इससे पहले तो तीन दिन मेरी एक जैसी हालत रहती थी। लगता है पीरियड समय से पहले शुरू हुआ था इसलिए तकलीफ भी कम समय तक झेलनी पड़ी।''

हरी घास पर टहलते हुए अविनाश यह महसूस करके खुश होता रहा कि उसके करीब फिर से वही काम्या लौट आयी है जिससे वह परिचित था। जिसे इससे पहले दो बार देख चुका था। जिसने उसे अपने आकर्षण में पूरी तरह बांध लिया था।

कल से अभी कुछ देर पहले तक की काम्या सूरज के आगे कुछ देर को घिर आयी घटाओं की तरह विलीन हो चुकी थी। एक बार फिर काम्या अपने उसी उन्मुक्त व्यवहार पर उतर आयी थी जो उसने अपने घर में और फिर प्रगति मैदान में भी दिखाया था।

वही अविनाश से लिपट जाना, कभी उछलकर उसके गाल को चूम लेना, कभी कंधे को सहलाना, कभी उसके हाथ को अपनी पीठ पीछे से घुमाकर अपने कंधे तक लाना और हथेली को अपने उभारों पर ले जाना। हथेली पर थोड़ा सा दबाव बनाकर यह जताना कि वह इसी मुद्रा में बना रहे।

अपनी प्रफुल्लता में वह यह भी भूली हुई थी कि उसके शरीर पर पर्याप्त कपड़े नहीं हैं। उसी पारदर्शी गाउन में चली आयी है जो कल दोपहर बिस्तर में जाने से पहले पहना था। जो सर्द हवाओं को उसके अंगों का स्पर्श करने से तो दूर, देखने वालों को आंखों ही आंखों में उसके अंगों का माप लेने से भी नहीं रोक पा रहा होगा।

काम्या को कपड़ों में होते हुए भी अलफ देखा जा सकता है, यह अविनाश का अंदाजा या कल्पना नहीं थी, दरअसल उसने लक्ष्य किया था कि जब से वे दोनों यहाँ टहलने आए हैं, एक युवा काम्या को घूरे जा रहा है।

उसकी नजरों में न झिझक है, न देख लिए जाने का भय, न सौंदर्यबोध, न प्रशंसा। है तो सिर्फ आदिम भूख, तृष्णा, आंखों ही आंखों में उसे समूचा निगल जाने की आकांक्षा और अविनाश के प्रति ईर्ष्या भी।

यकायक काम्या थमी और उस युवा को अपने पास बुलाया।

''सुनिए मिस्टर, जरा इधर तो आइए।''

जैसे ही वह इनके करीब पहुंचा, काम्या का चेहरा गुस्से से लाल भभूका हो गया, ''यहाँ ठहरने वालों को इस तरह घूरना तुम्हारी ड्यूटी में शामिल है क्या?''

काम्या की डपट से या रंगे हाथों पकड़े जाने से वह रुआंसा हो आया और घुटनों के बल बैठकर माफी मांगने लगा।

"इस बार तो मैं माफ कर रही हूँ। फिर कभी देखा तो नौकरी से निकलवा दूंगी! अब देखते क्या हो! खड़े होओ और दफा हो जाओ!"

डरा, झेंपा, वह युवा उलटे पांव वहाँ से रफूचक्कर हो गया।

"जाने ये होटल वाले कैसे कैसों को नौकरी पर रख लेते हैं। जरूर यह लड़का यहाँ अकेला रहता होगा। मैं बहुत देर से यह महसूस कर रही थी कि वह हमें घूर रहा है। उसे जलाने के लिए ही मैंने तुम्हारे साथ लपड़-झपड़ शुरू की थी। अब अपनी ही करनी पर सिर धुनेगा। मैं दावे के साथ कह सकती हूं कि यह कई रातों तक स्वप्नदोष का शिकार बनेगा या कहीं ऐसी जगह जाएगा जहाँ मजा भले न मिले, एड्स ज़रूर मिलेगी।"

गुस्से से लाल हो आयी काम्या को सहज करने के लिए अविनाश ने हंसकर कहा, "जो हुआ सो हुआ। अब तो गया न। तुम भी भूल जाओ।"

'इससे तो भूल जाने को कह रहे हो, क्या तुम भी इस वाकये को कभी भुला पाओगे?'

काम्या को सलाह देने के क्षणांश बाद ही अविनाश ने मन ही मन खुद से सवाल किया।

फिर बेध्यानी में मन ही मन में जवाब न देकर मुँहजुबानी दे गया, "नहीं, कतई नहीं।"

"अब तुम्हें क्या हुआ?"

अविनाश की 'नहीं, कतई नहीं' सुनते ही काम्या ने टोका।

उसके टोकते ही अविनाश संभला।

"कुछ खास नहीं। दरअसल मन में एक-दो सवाल सिर उठा रहे थे सो खुद ही से पूछा था कि वे तुम्हारे सामने रखूं या न रखूं। फिर खुद ही को यह ताकीद दी थी कि नहीं, कतई नहीं।"

टहलते-टहलते दोनों घास के मैदान के किनारे पहुंच गए थे। इससे पहले कि अविनाश लौटने के लिए कदम बढ़ाए, काम्या वहीं एक बेंच पर लेट गयी और अविनाश को भी अपने करीब बैठने की जगह देते हुए उलाहना दिया, "ओहो, तो जनाब मेरे साथ होते हुए भी मुझे भूलकर अपने-आप में खोने लगे। इतनी बुरी लगने लगी हूँ मैं कि मुझमें न डूबकर खुद में डुबकी लगाने की नौबत आ गयी?"

काम्या क्षणभर को मौन हुई। दोनों हाथों से अविनाश का चेहरा थामकर अपने चेहरे के करीब किया और अपने चेहरे पर मादकता लाते हुए बोली, "तो सुनो जनाब, अब मैं भी उस हालत से उबर चुकी हूँ जिसने अब तक मुझे रोका हुआ था। कहो तो अभी तुरंत कमरे में चलकर अपने में ऐसा डुबा सकती हूँ कि उबरने की सुध भी नहीं रहेगी। और जब उबरने का खयाल आएगा भी तो मुझी से पूछना

पड़ेगा कि मैं कहाँ हूँ, मैं कहाँ हूँ?''

काम्या के बोल ही नहीं, उसकी चित्ताकर्षक भावमुद्रा ने अविनाश को एक पल के लिए अपने हीनताबोध से उबारा, लेकिन अगले ही पल वह फिर उसी अवस्था को प्राप्त हो लिया।

''तो बोलो, चलते हो या रात होने का इंतजार करना चाहते हो, ताकि वह सब जब शुरू हो तो किसी और काम के लिए, यहाँ तक कि पेट की भूख मिटाने के लिए भी विराम न लेना पड़े। जब एक बार वह सब शुरू हो तो अविराम चले, कोई अन्तराल न आए, कोई व्यवधान न आए।''

काम्या ने चुनौती के रूप में फिर अपना निमंत्रण दोहराया।

काम्या के उत्साह से, निमंत्रण से, फिर प्रफुल्ल हो आए अविनाश ने भी उदारता का दामन थामा, ''अरे, तुम तो कहाँ से कहाँ पहुंच गईं। मुझे तो यहाँ टहलना, तुम्हारे साथ होना बहुत सुहावना लग रहा है। अब जब तुम सहमत हो तो वह सब भी होगा, जैसा तुमने कहा, तभी शुरू होगा, जब उसके अलावा और कुछ करना शेष न होगा।''

अविनाश को चुनौती देने के तुरंत बाद काम्या थोड़ी बेचैन हो आयी थी।

मगर अविनाश के सहयोगी भाव ने उसकी बेचैनी दूर कर दी।

सहज होते ही काम्या जिद पर उतर आयी, ''तो फिर वे दोनों सवाल बताओ, जो मुझे बताए जाएं इसकी गवाही तुम्हारा मन नहीं दे रहा है। अब तो तभी मुझे यह यकीन होगा कि तुम अपने मन से भी कहीं ज्यादा मेरा कहा मानते हो।''

''पहला तो यही कि तुम यह क्योंकर जानती हो कि वह लड़का यहाँ अकेला रहता होगा और अब या तो स्वप्नदोष का शिकार होगा या फिर एड्स का शिकार।''

''यह जानने के लिए कौन बड़ा ज्ञानी-ध्यानी होना जरूरी है। मैं जानती हूँ कि मैं बेहद सुंदर हूँ। जिस लिबास में अभी हूँ उसमें तो किसी ऋषि की भी नजर मुझपर पड़े तो वह भी यकीनन अप्सरा को भुलाकर यहीं लंबलेट हो लेगा।

''और जहाँ तक उस लड़के की जो गत होने वाली है उसे अंदाजने की बात है, सो जो कहावत सुनाने जा रही हूँ वह तुमने पहले भी कई बार सुनी होगी कि अपने तेरह दिनी पीएम ने भी शादी नहीं की तो क्या हुआ, कई बारातों में शामिल होने का मौका तो उन कविराज को भी मिला ही होगा।

''अब तो तुम्हारे दिल को ठंडक पड़ गयी होगी, है न? तो हे वत्स, अपने हाथों की तरह अपनी वाणी को भी फिर से हरकत में लाओ।

''अरे, अरे, हाथों को तो अपना काम करते रहने दो। मैंने उन्हें यहाँ से हटा लेने को तो नहीं कहा। बहुत मिठास महसूस करा रहे हैं ये। अब तो हमें कोई घूर

भी नहीं रहा।

"मैं तो सिर्फ इतना कह रही थी कि लगे हाथ अपना दूसरा सवाल भी कह डालो ताकि मैं उसका भी समाधान कर सकूं। मैं यह नहीं चाहती कि आज की रात मैं तुम्हारे साथ जो रिश्ता शुरू करने जा रही हूँ, उसमें मेरा साथ देते समय तुम्हारे मन में मेरे प्रति कोई सवाल हो।"

"तो सुनो, मैं जानना चाहता था कि तुम्हें मेरे साथ होना अटपटा तो नहीं लगता। मेरा खयाल है उस लड़के की आंखों में तुम्हारी सुंदरता के लिए प्यास या प्रशंसा, वह तो थी ही, उसके अलावा मेरे प्रति जलन और तुम्हारे प्रति दया भी थी कि देखो तो बेचारी की किस्मत।"

अविनाश अपने ही खिलाफ इससे ज्यादा कुछ कह न सका।

"वह ऐसा सोच रहा था या नहीं, यह तो पता नहीं, पर हाँ, यह तो मैं भी मानती हूँ कि तुम्हारे साथ होने पर मेरी सुंदरता और भी बढ़ जाती है।"

बात पूरी करते न करते काम्या बेंच से थोड़ी उठी और अविनाश को दोनों बांहों में भरकर चुंबनों की झड़ी लगा दी।

काम्या का यह करतब अविनाश में किसी किस्म की स्फूर्ति या उन्माद का संचार नहीं कर सका, क्योंकि काम्या का आत्मावलोकन पहले ही उस पर घोर वज्रपात कर चुका था! काम्या के बोल पूरे होने से पहले ही वह पूरी तरह बुझ चुका था। इसीलिए उसके हाथों ने ही नहीं, मन ने भी काम्या का साथ देने की भूमिका नहीं निभाई।

उसका मन आत्मग्लानि के अंधकूप में गहरा गोता लगा चुका था।

काम्या अविनाश में आए इस शीर्षासनी बदलाव को महसूस नहीं कर सकी। वह आत्ममुग्धता की उसी मनस्थिति में फिर मुखर हो चली।

"जानते हो एडी, मैंने बहुत सोच-समझकर तुम्हें साथी चुना है। तुमसे पहले कामना ने और दो मर्दों के बारे में बताया था मगर मैं तैयार नहीं हुई थी। फिर उसने तुम्हारे बारे में बताया और यह भी कहा कि तुम शायद अपने-आप को इतना असुंदर समझते हो कि किसी लड़की से मिलने से पहले ही मान लेते हो कि उसे तुमसे मिलना अच्छा नहीं लगेगा।

"तभी मैंने तय कर लिया था कि यदि यह आदमी वाकई मर्दाना हुआ तो मैं इसे अपना साथी बना लूंगी। इसीलिए उससे नंबर लेकर मैंने तुमसे संपर्क किया। जब तुम पहली बार मुझसे मिलने आए और तुम्हारी आंखों में मैंने अपने लिए चाहत देखी तो मेरे मन ने यह गवाही दी कि हाँ, यही है वह मर्द, जिसकी तुझे तलाश थी।

"कुछ देर तुम्हारे साथ बिताने के बाद मैं यह भी जान गयी कि तुम कभी मेरे साथ जोर-जबरदस्ती नहीं करोगे। मेरा हर कहा मानोगे। मैं जब, जितनी आजादी

लेने दूंगी, उतनी से ही संतुष्ट रहोगे। तब तक मेरा साथ दोगे जब तक मैं ही तौबा न कर लूं।

"फिर मेरे-तुम्हारे साथ पर कोई शक भी नहीं करेगा। हम जब तक हमबिस्तर वाली हालत में ही न दिख जाएं, कोई भी हमें कहीं देखकर यह अंदाज नहीं लगाएगा कि हम किसी गलत इरादे से वहाँ आए होंगे। हमारे बारे में कोई अटकलें नहीं लगाएगा।

"हम पर शक करने से पहले, हम पर कोई लांछन लगाने से पहले हजार बार यह सोचेगा कि उसके कहे पर भला कौन यकीन करेगा। कौन आंख का इतना अंधा होगा जो यह मानेगा कि इतनी सुंदर, जवान, धनवान काम्या इतने काले-कलूटे आदमी के पहलू में सो सकती है।

"इसे किसी गैरमर्द के साथ सोने का मन हुआ ही तो ऐसे खूबसूरत, गबरू जवानों की भला कोई कमी है जो इसके बुलावे पर आने से मना कर दें! यकीनन नहीं। एक खोजे हजार मिल जाएंगे। काम सुख भी देंगे और इसे गवारा हुआ तो दाम भी लुटाएंगे।"

काम्या का कहा हर शब्द अविनाश के दिमाग में घन की तरह बजता जा रहा था। सुनना असह्य होने लगा तो अविनाश ने सलाह दी, "अंधेरा होने को है। तुमने ठीक से कपड़े भी नहीं पहने हैं। ऐसा करो, तुम कमरे में चलकर फ्रेश होओ। तब तक मैं बॉर में जाकर दो पैग लगाता हूँ।"

"अरे, तुमने तो मेरे मुँह की बात छीन ली। मैं खुद भी तुमसे यही कहने वाली थी कि पहले जरा टुन्न तो हो आओ। वो क्या है कि मेरा पति जब भी मुझे इस्तेमाल करता है, पीकर ही करता है।

"मुझे पति भले ही अच्छा न लगता हो, उसके मुँह से शराब की जो गंध आती है न, वह मदहोश कर देती है। मेरी तो कई बार यह भी इच्छा हुई कि उससे कहूं, ला एक पैग मुझे भी लगवा दे।

"उससे तो नहीं कह सकी, पर आज मैं भी एक पैग लगाकर यह महसूस करना चाहती हूँ कि किसमें ज्यादा नशा है, मुझमें या उसमें। सो तुम बॉर में पहुंचो, मैं भी चेंज करके वहीं पहुंचती हूँ।"

## 18

बॉर में पहुंचते ही अविनाश जाने कहाँ खो गया। शायद अपनी सुध-बुध ही खो बैठा। काम्या अभी तक नहीं आयी है या सामने गिलास में वही पहला पैग अभी

भी बचा हुआ है, इस तरफ भी ध्यान नहीं गया। यह भी भूला रहा कि यहाँ गम गलत करने आया था, गम बढ़ाने नहीं।

जब होश आया तो गिलास में बची शराब गले के नीचे उतारी और अपने आप को बताया, 'तो यह काम्या भी मुझे...'

और इससे आगे का सच खुद को बताने में भी संकोच कर गया।

'तो क्या काम्या भी, क्या?'

उसके खुदी ने उसका सवाल खुद उसको लौटाया।

और पूरा भी किया।

तुम्हें क्या यह लगता है कि काम्या अंधी है?

उसमें कोई खोट है?

वह बदचलन है?

निराश्रित है?

असमर्थ है?

कुछ कमाने निकली है?

नहीं, अविनाश, नहीं।

सच तो यह है कि वह बेहद सुंदर है।

उसमें यौवन ठांठें मार रहा है।

उसे अपनी सुंदरता और अपनी क्षमताओं का पूरा-पूरा भान है।

किसी भी तपस्वी तक का तप भंग करने की सामर्थ्य रखती है।

हर दिन एक प्रेमी बदल सकती है।

हर दिन एक नया चटोरा छांट सकती है।

फिर भी उसने अपना लक्ष्य पाने के लिए तुम्हें चुना, वह इसलिए नहीं कि इस धराधाम पर तुम इकलौते मर्द बचे थे। बल्कि पूरी होशियारी से, पूरी समझदारी से, ऐसा निष्कंटक विकल्प मानकर चुना था, जो तब तक उसके पास बना रहेगा जब तक उसे उसका पावना मिल नहीं जाता।

जिसे अपने मकसद में कामयाब हो जाने के बाद वह जब तक चाहेगी इसी रूप में बनाए रखेगी और जब चाहेगी दुत्कार देगी।

जो चाहकर भी कभी उसका कोई अहित कर ही नहीं पाएगा।

जो चेहरे का रंग बदल देने वाली प्लास्टिक सर्जरी कराने के बाद भी लाखों बार चीख-चीखकर अपने हिस्से का कोई और सच बयान करेगा तो भी कोई कान न देगा।

और तुम खुद क्या हो?

क्या वाकई तुम्हें अपने बारे में कोई गलतफहमी थी?

या अब भी है?

मेरा खयाल है, तुम जो मेरे सामने अभी सिर झुकाए बैठे हो और यह दिखाने की कोशिश कर रहे हो कि अब तुम्हें अपने बारे में कोई गलतफहमी नहीं है, हो सकता है मेरे मौन होते ही फिर उसी खुशफहमी में जीने लगो जिसमें कुछ देर पहले तक जी रहे थे या शायद अभी भी जी रहे हो।

यदि यही सच न होता तो तुम यहाँ बैठे अपना सिर न धुन रहे होते।

तुम्हें यह इलहाम होता कि तुम पिछले कितने घंटे से यहाँ बैठे हो।

तुम्हें अब तक यह यकीन हो जाना चाहिए था कि वह क्षण कभी नहीं आएगा जब काम्या को अपने कहे पर पछतावा होगा और तुम्हें यहाँ से उठा ले जाने के लिए भागी-भागी आएगी, या किसी को भेजेगी।

सो मेरे प्यारे अविनाश, होश में आओ, उठो, यहाँ से टरको।

अब भी कुछ कहने का मन हो तो अपने आप से कहो –

अरे अविनाश, तो क्या तुम भी...

पहले काम्या की जुबानी और अब खुद की उलाहनी कटूक्तियों से शर्मसार हुए अविनाश को अब जाकर खयाल आया कि रात के तकरीबन बारह बजने को हैं। वह यहाँ और काम्या वहाँ कमरे में भूखी बैठी होगी।

कमरे में पहुंचने पर काम्या के नहीं एक खत के दीदार हुए। खत की पहली पंक्ति पढ़ते ही यह तो पता लग गया कि खत काम्या ने लिखा है।

पर क्यों, यही जानने के लिए अविनाश पूरा खत पढ़ गया।

''मेरे अजीज एडी,

अपनी आदत के मुताबिक सास का हाल जानने के लिए जेठ जी के घर फोन किया तो पता लगा मेरे पति कल रात ही अचानक हिंदुस्तान लौट आए हैं और मुझे घर में न पाकर परेशान हैं। तुम्हारा नशा खराब न हो इसलिए मैं न तो बॉर तक आ रही हूँ, न किसी को भेजकर तुम तक यह खबर पहुंचा रही हूँ। मैं तुरंत यहाँ से निकल रही हूँ ताकि होटल के लोग मुझे दिल्ली की फ्लाइट छूटने से पहले हवाई अड्डे तक पहुंचा सकें। कल रात तक तुम भी दिल्ली पहुंच ही रहे हो, सो अब वहीं फोन पर बातचीत होगी।''

खत पढ़ते ही अविनाश की पहली प्रतिक्रिया रही, चलो बला टली। अन्यथा कल जब मैं यह कहता कि मैं तुम्हारे साथ वापस दिल्ली नहीं लौट रहा हूँ। तब उसे यह शिकायत करने का मौका मिलता कि मेरे मन की मुराद पूरी न हो पाने की वजह से मैं उसे बीच रास्ते में छोड़कर जा रहा हूँ।

यह रात उसे यहीं गुजारनी होती तो यकीनन मेरे साथ शारीरिक संबंध कायम करना चाहती। इसके लिए वह तो मानसिक रूप से तैयार हो चुकी थी और उतावली

भी थी। इधर इन हालात में उस समागम के लिए मैं मानसिक रूप से अपने को असमर्थ पाता। उसके आमंत्रण को स्वीकार न कर पाता।

खैर जो हुआ सो हुआ, अब मैं भी कल शाम नहीं, बल्कि कल सुबह ही यहाँ से निकल लूंगा।

तभी किसी ने कमरे का दरवाजा खटखटाया।

अविनाश को लगा, हो न हो यह काम्या ही होगी। उसके एयरपोर्ट पहुंचने से पहले ही दिल्ली की फ्लाइट जा चुकी होगी, सो लौट आयी है।

अविनाश ने फुर्ती से दरवाजे तक पहुंचकर पट खोल ही तो दिए।

सामने काम्या नहीं एक होटल कर्मचारी खड़ा था।

अविनाश बुझे मन और थके पांवों से मुड़ा और सोफे पर पसर गया।

पीछे-पीछे वह होटलकर्मी भी उसके करीब आया और एक कागज थमाने की कोशिश करने लगा।

''यह क्या है?''

''जी मैडम को एयरपोर्ट पहुंचाने और उसी प्राइवेट टैक्सी में यहाँ तक वापस आने का बिल।''

''यह सुबह भी तो दे सकते थे।''

''जी हाँ, दे तो सकता था, लेकिन मैडम ने कहा था कि यहाँ वापस पहुंचते ही आपको यह खबर जरूर दे दूं कि वे सकुशल पहुंच गयी हैं और उन्हें फ्लाइट भी मिल गयी है। मेरा खयाल है, अब तक तो वे दिल्ली पहुंचने वाली होंगी। दिल्ली की सीधी उड़ान मिल गयी थी न।''

उस कर्मचारी का बयान पूरा होने से पहले ही अविनाश के मन में एक और सवाल उग आया था कि प्राइवेट टैक्सी की जरूरत क्यों पड़ी?

उसने यह सवाल किया नहीं, चूंकि उस कर्मचारी का बयान पूरा होते न होते यह भी याद आया कि होटल की ओर से उन्हें जो सुविधाएं दी जानी हैं, उनमें होटल से हवाई अड्डे तक एक बार पहुंचाना तो शामिल हो सकता है जिसका उन्हें कोई भुगतान नहीं देना होगा, दो-दो बार पहुंचाना नहीं।

सो किसी एक के जाने का भुगतान तो देना ही होगा।

''आपका बहुत-बहुत धन्यवाद। वैसे आपका नाम जान सकता हूँ?''

पर्स से बिल की रकम निकालने के दौरान अविनाश ने उससे बातचीत जारी रखी, ''और हाँ, मैं भी कल शाम को दिल्ली लौटने की बजाय कल सुबह मणिपुर की तरफ निकलना चाहता हूँ। क्या आप मुझे बता सकते हैं कि इसके लिए मुझे जल्दी से जल्दी कब की फ्लाइट मिल सकती है?''

''क्यों नहीं। देखिए यहाँ से सीधी फ्लाइट तो कोई नहीं मिलेगी। हाँ, यदि

आप एकदम भोर में निकल पड़ने को तैयार हों तो मैं आपको होटल की गाड़ी से उतनी दूर तक भिजवा सकता हूँ, जहाँ से आपको एक के बाद एक साधन मिलते चले जाएंगे और आप कम समय में वहाँ जा लगेंगे।''

''मेरे लिए तो यह और भी बेहतर होगा। मैं तैयार हूँ। कहिए तो अभी से सामान पैक कर लूं। सामान है ही क्या, केवल एक सूटकेस।''

''फिलहाल आप तीन घंटे आराम कर लीजिए। ठीक चार बजे मैं आपको जगा दूंगा। मैं चलता हूँ। टैक्सी का बिल भी अभी रहने दीजिए। सुबह होटल के बिल के साथ ही इसका भुगतान भी ले लूंगा।''

''मैं रुपए निकाल ही चुका हूँ, इन्हें तो संभालिए। और हाँ, होटल का कैसा बिल, कैसा भुगतान?''

होटल का बिल शब्द सुनते ही अविनाश के कान खड़े हो चुके थे। यह क्या माजरा है, यह जानना जरूरी हो गया था।

''यहाँ ठहरने और खानपान का।'' कर्मचारी ने खुलासा किया।

''पर हम तो यहाँ आयीहोइएमो के मेहमान हैं। हमारे रहने का खर्चा तो वे पहले ही दे चुके हैं। बल्कि सुबह तो आपको मेरा दस हजार का वह चेक लौटाना होगा जो जमानत के तौर पर यहाँ जमा करवाया गया है।''

''कौन आयीहोइएमो? कैसा चेक? काहे की जमानत?''

कर्मचारी ने प्रतिप्रश्नों की झड़ी लगाई।

''दिल्ली की एक कंपनी, जिसने इनाम के तौर पर हमें यहाँ तीन दिन, दो रातें बिताने के लिए भेजा था। यदि हम किसी वजह से नहीं आए और आपका कमरा खाली रहा तो उस सूरत में कमरे का किराया कंपनी पर नहीं हमारी जेब पर जाए, इसलिए जमानत के तौर पर दिया गया चेक।''

अविनाश की बातों को हैरानी के साथ सुनते रहे कर्मचारी ने साफ किया, ''हमारे होटल को तो ऐसी कोई जानकारी नहीं है। हमारे लिए तो आप भी और ग्राहकों की तरह एक सम्मानित ग्राहक भर हैं। यदि किसी कंपनी ने आपके लिए कमरा बुक करवाया होता तो हमें तो बताया होता। भुगतान भेजा होता। वह मेरी जानकारी में भी होता।

''आपको ठीक-ठीक याद है कि उस कंपनी ने आपको इसी होटल में आने को कहा था? हो सकता है, उसने इंतजाम किसी और होटल में किया हो और आप भूल से यहाँ चले आए हों।

''आपको भेजते समय उन्होंने कोई खत या चालान भी दिया होगा ताकि होटल वाले यह जान सकें कि आप ही वे लोग हैं जिन्हें ठहराना है। ऐसा कोई खत आपने हमें तो दिया नहीं, लाइए अब दे दीजिए। उसी से सब पता चल जाएगा।''

''वह तो मैडम के पास था। लगता है उन्हीं के साथ चला गया।''

''तो कोई बात नहीं। आप कल शाम तक ठहरिए। अभी आधी रात को तो मैडम को परेशान करना ठीक नहीं होगा, कल दिन में किसी समय पूछ लेना। उनके साथ चला गया हो तो फैक्स के जरिए मंगवा लेना।''

अविनाश ने मन ही मन सोचा, 'हाँ यह हो तो सकता था, लेकिन तभी न, जब उसका कोई नंबर मेरे पास रहा होता।'

अविनाश को उदास होते देख कर्मचारी ने उदासी दूर करनी चाही, ''मैडम आपकी दोस्त थीं न! बेहद सुंदर थीं। इतनी सुंदर महिलाएं बहुत कम देखने को मिलती हैं।''

वाणी में जितनी कड़बाहट घोली जा सकती थी, उतनी घोलकर अविनाश ने पूछा, ''आपसे किसने कहा कि वे मेरी मित्र थीं? क्या मैडम ने रास्ते में यह भी बताया था?''

''जी नहीं, दरअसल वे जिस तरह आपको बिना बताए, आनन-फानन में चली गईं, उससे मुझे लगा कि वे आपकी मित्र ही रही होंगी। आपके परिवार से होतीं तो आपको भी जाना पड़ता। अपनों का दुख तो जी साझा होता है न।''

कर्मचारी को लगा था जैसे यह सवाल उसे शब्दबाण से ही धराशायी करने के इरादे से दागा गया है, सो उसने भी पूरी विनम्रता से मगर अविनाश के मुकाबले ज्यादा मारक और जहर बुझे जवाबी व्यंग्यबाण छोड़ना जारी रखा, ''फिर यहाँ आप तफरी करने ही तो आए थे, इसीलिए पिछले दो दिन से इसी कमरे में बंद थे। कारोबार फैलाने तो आए नहीं थे कि उसका हर्जा न हो इसलिए आप यहीं रुके रहे हों और मैडम अकेली चली गयी हों।''

अविनाश ने इस बीच इस पहलू पर गौर किया कि काम्या से यह चूक होनी संभव है कि जाने से पहले कंपनी का कागज यहाँ रखना भूल गयी हो।

आखिर यहाँ से रुखसत होने से एक मिनट पहले तक भी उसे कहाँ खबर थी कि उसे उड़नछू होना है।

जब खबर हुई, तब ऐसी खबर के साथ कि उसके बाद अपना होशोहवाश भी कहाँ रहा होगा।

अविनाश का दिमाग अनंत संभावनाओं की पड़ताल में जुटा रहा।

एक पल को यह मान भी लिया जाए कि काम्या यहाँ कुछ भी लिखा हुआ रखकर नहीं जा सकी तो भी उसकी कॉपी इन लोगों के पास तो पहले से होनी चाहिए थी।

कहीं यही तो सच नहीं है कि कंपनी ने हमारे ठहरने का इंतजाम किसी और होटल में किया हो और हम गलती से इसमें आ गए हों।

हो सकता है यहाँ मिलते-जुलते नाम के दो होटल हों।

अविनाश अपने-आप से उलझा हुआ था और होटलकर्मी विजयीमुद्रा में वहीं डटा हुआ इस इंतजार में था कि अब नहीं तो अब, अविनाश उसके व्यंग्यबाण के जवाब में कोई अस्त्र जरूर चलाएगा।

''बहरहाल, क्या आप मेरे लिए इतना कष्ट उठा सकते हैं कि यहाँ के तमाम बड़े, जो दो-चार ही होंगे, होटलों में यह पता कर लें कि श्रीमती और श्री अविनाश दास के नाम से कोई कमरा बुक हुआ था क्या?

''और हाँ, बेफिक्र रहें, मैं होटल का बिल चुकाकर ही जाऊंगा। यह तो मैं अपनी जानकारी बढ़ाने के लिए आपको परेशान कर रहा हूँ।''

''जी, हमें कैसी फिक्र और कैसी परेशानी। हम जानते हैं कि आप जैसे रईस और इज्जतदार लोग होटल की एक-एक पाई चुकाकर ही जाएंगे, चुपके से खिसक नहीं जाएंगे। होटलों से पड़ताल करके मैं तुरंत आपको सूचित करता हूँ ताकि आप भी कुछ देर चैन की नींद सो सकें।''

अविनाश की ओर से उसी की टक्कर के प्रत्योत्तर की जगह युद्ध बीच हथियार डाल देने जैसी प्रतिक्रिया से कुछ-कुछ निराश हो आया होटलकर्मी नेक सलाह और लंबा सलाम थमाकर रुखसत हो गया।

इधर अविनाश की नींद, जो यों भी पास नहीं आयी थी, जाने कहाँ पक्की तौर पर जा छुपी!

पांच मिनट बाद ही उस कर्मचारी ने यह खबर देकर कि वह पता लगा चुका है, इन नामों से यहाँ के किसी भी होटल में, किसी भी दिन के लिए कोई कमरा बुक नहीं था, अविनाश को इस लायक भी नहीं रहने दिया कि वह टॉर्च लेकर अंधेरे में गुम हो चुकी नींद को खोजने निकले।

अगले चार घटे अविनाश ने उस कंपनी को और फिर इतनी लापरवाही के लिए काम्या को कोसने में खर्च किए। मन ही मन कई गुंताड़े लगाए।

कंपनी को इस अक्षम्य और शर्मनाक भूल के लिए ऐसा सबक सिखाने की योजना बनाई कि भविष्य में जो भी व्यक्ति वहाँ मुलाजिम होकर आए, उसे आते ही यह ताकीद कर दी जाए कि वह और कोई भूल करने के लिए भले ही स्वतंत्र हो, इस किस्म की भूल भूलकर भी न करे।

कहना न होगा, भोर में उस कर्मचारी के नमूदार होते ही अविनाश ने उसके हाथों में होटल बिल का भुगतान रखा। सहयोग के लिए उसका धन्यवाद किया और ताकीद की कि दिल्ली की आइहोइएमो कंपनी फोन करके या खत लिखकर यह जानना चाहे कि अविनाश होटल में कितने दिन रुका था? तो बताया जाए आठ दिन, न कि दो दिन।

वह कर्मचारी अविनाश की योजना के मुताबिक ही बयानबाजी करे इसके लिए उपहार के तौर पर उसे दार्जिलिंग से दिल्ली वापसी का अपना टिकट यह कहते हुए थमाया कि अब इसे लौटाने का समय मेरे पास तो है नहीं, यह काम तुम्हीं अपने करकमलों से करना और जो रकम हाथ लगे, उसे भी तुम ही रख लेना।

मणिपुर पहुंचते ही अविनाश ने पहला काम पत्नी को फोन करने का किया। उसे बताया कि मैं जानता हूँ तुम्हें वहाँ मेरी बेहद चिन्ता हो रही होगी। मगर क्या करूं, यहाँ की तमाम एसटीडी लाइनें खराब थीं, सो पिछले तीन दिन से अपनी खैरखबर ही नहीं दे सका।

बहरहाल, मैं यहाँ तक ठीक से पहुंच गया था। देवराज से मुलाकात हो गयी थी और उसे साथ लिए-लिए दर-दर भटक रहा हूँ। अब रोजाना तुमसे एक बार बात करने की कोशिश करूंगा। दिल्ली लौटने से पहले यदि कहीं लगातार दो दिन रुकना हुआ तो वहाँ का कोई फोन नंबर दे दूंगा ताकि जरूरत पड़ने पर तुम भी फोन कर सको।

और हाँ, अपने श्रीमान चपरासी महोदय यदि काम पर लौट भी आए हों तो उनसे कहना कि जब तक मैं दिल्ली न पहुंचूं, वे छुट्टियां ही मनाते रहें।

## 19

यात्रा के पहले पड़ाव में लुटे-पिटे और अंतिम पड़ाव में उम्मीद से कहीं अधिक उपलब्धियों से लदे-फदे अविनाश ने अभी घर के दरवाजे पर दस्तक भी नहीं दी थी कि यकायक दरवाजा खुला और उसे देखते ही बिटिया चहकी, ''ओ पापा! तुसी तो ग्रेट ही ग्रेट हो।''

''अब ऐसा क्या कर दिया मैंने?'' अविनाश ने सशंक स्वर में पूछा।

बिटिया के पास शंका निवारण के लिए वक्त नहीं था। वह तो स्कूल के लिए निकल ही रही थी कि दरवाजे पर पिता से अनपेक्षित भेंट हो गयी।

पापा को एक प्यारी-सी पप्पी देती बिटिया बस पकड़ने के लिए दौड़ी और अभी-अभी गहरी शंका में डूब चुके पिता ने घर के भीतर कदम रखा।

अविनाश को यह सोचकर डर लगा कि कहीं बिटिया को, पत्नी को खबर तो नहीं लग गयी है कि वह यहाँ से सीधे मणिपुर के लिए नहीं निकला था, पहले दार्जिलिंग गया था। वह भी अकेला नहीं, कॉलगर्ल के साथ।

नहीं, नहीं, काम्या शुरू में जरूर कॉलगर्ल की परिधि में आती रही हो, चूंकि

काम्या से पहला परिचय फोन पर ही हुआ था।

अधिकांश महिलाओं से केवल फोन पर ही मधुर वार्ता का अवसर पाता रहा अविनाश ऐसी सभी महिलाओं को कॉलगर्ल विशेषण से विभूषित करने का आदी रहा है।

कॉल यानी फोन और गर्ल यानी लड़की, सो हुई न कॉलगर्ल!

अविनाश की ऐसी सूची में जो भद्र महिलाएं शामिल हैं, उन्हें उस रूप में कॉलगर्ल नहीं कहा जा सकता, जिनके लिए यह शब्द कुख्यात है यानी देह व्यापार करने वाली लड़कियां।

हालांकि अविनाश काम्या को भी केलि-सखि ही बनाना चाहता था। फिर भी वह कॉलगर्ल नहीं होती, चूंकि इस सखीत्व में अवदान के रूप में सुख अपेक्षित था न कि अर्थ।

कहीं उस चेक में कोई और भी कमी रह गयी हो और आयीहो वालों ने घर फोन टनटना दिया हो। हालांकि मुझे अभी भी यकीन नहीं होता कि मैंने चेक पर गलत तारीख भरी होगी।

बहरहाल, उस भूल के लिए तो काम्या ने उन्हें जैसे-तैसे मना लिया था। फिर वे ऐसा क्यों करने लगे?

उन्हें तो खबर थी कि मैं सपत्नीक दार्जिलिंग गया हूँ।

पर हाँ, उन्हें यह भी तो खबर थी कि बिटिया घर में ही है।

जब फोन किया हो और पत्नी को भी घर में ही पाया हो, तब पूरा किस्सा ही उजागर कर दिया हो!

ऐसा गजब न ढाया हो!

शायद ढाया भी नहीं है वरना बिटिया की आवाज में नाराजी होती और वह ग्रेट नहीं चीटर होने का तमगा देती।

फिर पत्नी भी तो नाराज, परेशान, शिकायती मुद्रा में नहीं दिख रहीं। उनके चेहरे पर भी खुशी, तसल्ली झलक रही है।

यदि वे जरा भी खफा होतीं या उनके मन में कोई शंका, कोई शल्य होती या उनके साथ किए गए छलात्कार की भनक मिल गयी होती तो मुझे यों सफर की थकान उतारने के लिए अकेला छोड़कर खुद रसोई में नहीं चली गयी होतीं।

अब तक तो मेरी वह खबर ले चुकी होतीं कि मुझे अपना यह काला मुँह छुपाने के लिए खोजने पर भी कोई अंधेरी गुफा या कंदरा न मिलती।

कहीं काम्या ने तो यह उलाहना देने के लिए फोन नहीं खड़खड़ा दिया कि मैंने दिल्ली पहुंचने के बाद भी उसे फोन क्यों नहीं किया।

और अपनी आदत से लाचार बिटिया ने उससे ढेर सारी बातें की हों। यह

पड़ताल की हो कि आप मेरे पापा को कैसे जानती हैं ? कब से जानती हैं ? पापा की मित्र हैं या कारोबारी ताल्लुकात हैं ?

और काम्या ने अपने इस एडी की तारीफ के पुल बांध दिए हों।

तब बिटिया ने हैरानी जताई हो कि मैंने तो पापा के मुँह से कभी आपका नाम नहीं सुना।

और तब उसने बताया हो कि हमारी पहचान अभी बमुश्किल दस दिन पहले ही हुई है।

और दस ही दिन में आप पापा की मुरीद हो गईं! सचमुच मेरे पापा जो हैं न, वे ग्रेट हैं।

बिटिया ने काम्या को भी यह कहा हो।

तभी से यही वाक्य पापा से कहने को लालायित हो।

हाँ, यही हुआ होगा।

उसने दार्जिलिंग से चलते वक्त जो सूचना मेरे लिए लिखकर छोड़ी थी, उसमें लिखा था कि दिल्ली में तुमसे फोन पर बात करने की कोशिश करूंगी।

जिस रात वह दिल्ली पहुंची थी, उसकी जानकारी के मुताबिक उससे अगली रात मुझे भी दिल्ली पहुंच जाना था न।

उसने अगले दिन मेरे दफ्तर में कई बार फोन किया होगा और जब एक बार भी मुझसे बात नहीं हो पाई होगी, तब घर पर फोन मिलाया होगा।

लेकिन उसके पास तो मेरे घर का फोन नंबर होगा ही नहीं!

उससे तो जितनी भी बार बात हुई दफ्तर में ही हुई, उसी नंबर पर हुई।

हो सकता है उसने कामना से घर का नंबर भी ले लिया हो, यह सोचकर कि हो न हो, मेरे दफ्तर का फोन खराब है।

उसे पता है न कि मेरे पास उसका कोई नंबर नहीं है।

मैंने तो कई बार मांगा पर उसने दिया ही नहीं।

तब फिर जरूर उसी ने घर के नंबर पर फोन किया होगा।

हो सकता है कई बार किया हो।

पहले दफ्तर में और वहाँ बात न हो पाने पर घर में भी किया हो।

अविनाश को यकीन था कि काम्या बेहद उद्विग्न होगी। उसके मन में कई आशंकाएं होंगी। हमारे संबंधों को लेकर अनिश्चय की स्थिति में होगी।

ऐसा होना स्वाभाविक है। हमारे संबंधों पर विराम तो नहीं लग चुका है, यह दुखद संभावना उसे विचलित कर रही होगी।

यह कुशंका निर्मूल है या सच, यह तय करने के लिए अविनाश के दो बोल पर्याप्त होते। इसीलिए वह फोन पर बतियाने को उतावली रही होगी।

हो सकता है इसी उतावलेपन में घर पर फोन करने की भूल की हो।

अविनाश जानता है कि अपने तईं तो काम्या यही समझ रही होगी कि वह मन में जो मंसूबे बनाकर दार्जिलिंग के लिए रवाना हुई थी, वे धरे के धरे रह गए थे। प्रवास में वे अजनबी ही बने रहे।

आत्मीय, प्रिय या सुखकर बातें तक नहीं हुईं, ऐसे में देह संबंध की कल्पना तो कल्पना ही रही आयी।

अविनाश को काम्या जिस इकलौती वजह से लुभावनी लगी थी, उसकी जिस निष्कलुष नजर पर वह मर मिटा था, वह तो उसी क्षण विलुप्त हो चुकी थी, जिस क्षण काम्या ने कहा था कि वह इतना काला-कलूटा है कि उन दोनों की मौजूदगी में सुंदर-असुंदर की मुकम्मल मिसाल दी जा सकती है।

भले ही उसने चेहरे पर वितृष्णा का, तिरस्कार का, पश्चाताप का, वमन का, दुर्भाग्य का या कुछ वैसा भाव जो कोई लिजलिजी चीज छू जाने, गंदगी में पांव पड़ जाने पर आ जाता है, लाकर यह एहसास न कराया हो कि वह इतना कालिया है कि कालिख भी उससे जलती होगी।

फिर भी प्रकारांतर से कहा तो यही था कि देखने वाले जब उसे और अविनाश को साथ-साथ देखते हैं तब गोरेपन की पराकाष्ठा उसमें देखते हैं और गोरेपन का जो सर्वाधिक विलोम कालापन हो सकता है वह अविनाश में देख पाते हैं।

काम्या के मन में उसकी छवि ऐसी है, यह किसी और से नहीं, खुद काम्या से सुनते ही अविनाश के लिए तो काम्या का वजूद ही लोप हो चुका है, इस वर्तमान से बेखबर होने के चलते संपर्क करना चाहती होगी। ताकि दार्जिलिंग प्रवास में जो संभव नहीं हुआ उसकी शुरुआत देर से ही सही, अब यहीं की जा सके।

यह बताना चाहती होगी कि उसे अविनाश की जरूरत कल भी थी, आज भी है और आगे भी रहने वाली है। न सही कोई देशी-विदेशी हिल स्टेशन, न सही किसी होटल का कमरा, अपना घर और उसका एकांत, अपनी इच्छा और अपना लक्ष्य तो अभी भी वही है।

यों भी प्रवास की समाप्ति के साथ ही अपने इरादों को किसी और दिन तक टालने का विकल्प भी लोप हो ही चुका है।

संभव है इस बीच मेरा वह चेक कैश हो चुका हो और काम्या ने आयीहो वालों से संपर्क करके अगले ट्रिप की योजना बना ली हो।

उसे यह खबर तो नहीं ही होगी कि आयीहो की तरफ तो अभी हमारा पहला ट्रिप भी बकाया है चूंकि इस ट्रिप का भुगतान तो हमें ही देना पड़ा है।

काम्या तो यही मानती होगी कि इस बीच हमारे बीच आपसी समझदारी बढ़ी थी, भरोसा बढ़ा था, आकर्षण बढ़ा था।

ऐसे में स्वाभाविक है कि इस अन्तराल ने एक-दूसरे को पाने की चाहत और उत्तेजना भी बढ़ाई होगी। दूरियों को हमेशा के लिए मिटा देने का संकल्प भी दृढ़ किया होगा।

यकीनन काम्या की मान्यताएं यही होंगी।

यदि वह खुद भी काम्या की तरह अब भी उसकी नजर में अपनी छवि से अनजान होता तो अपनी सोच को इसी पटरी पर दौड़ा रहा होता।

काम्या का दुर्भाग्य कि अविनाश अब ज्ञानवान हो चुका है।

उसने अपने-आपसे प्रण किया कि अब मैं यह भूलने जा रहा हूँ कि कोई काम्या भी है, जिसे लेकर मुझमें कभी चाहत जागी थी।

अपने इस प्रण पर कायम रह सके इसके लिए अपने ही मन से गुजारिश की कि वह उसे ऐसी शक्ति दे, इस प्रण में उसका साथ दे।

मगर अगले ही पल अविनाश को भौचक रह जाना पड़ा चूंकि उसके शुभचिन्तक मन ने इस प्रण पर 'तथास्तु' कहने में असमर्थता जाहिर कर दी!

फिर धैर्य के साथ समझाना शुरू किया।

कि हे अविनाश, इस तरह काम्या की उपेक्षा करना, काम्या को अंधेरे में रखना तुम्हारे हित में न होगा।

कहीं ऐसा न हो, काम्या तुम्हारी उपेक्षा को अपनी हतक इज्जत समझे और तब तुम्हारी पत्नी को सारा कच्चा-चिट्ठा बताकर जीना दूभर कर दे।

कोई भी रूपगर्विता, अभिमानिनी, स्वेच्छा से भले ही सैकड़ों पुरुषों को ठुकरा दे, मगर उसकी आतुरता की कोई पुरुष उपेक्षा करे, यह कतई गवारा नहीं करेगी।

जो सजला सहर्ष देहदान कर सकती है, वह सखेद देहदाह को विवश भी कर सकती है!

जो काम्या अपने मोहजाल में उलझाकर तुम्हारा चैन हर सकती है वह तुम्हारा चैन नागफांस में उलझाकर भी हर सकती है!

और भयभीत अविनाश ने नहीं, मन के आज्ञाकारी अविनाश ने मन से पलटी मारी।

मैं यकायक नाता तोड़कर उसे कुपित नहीं करना चाहता, बल्कि एक बार मिलकर यह अहसास कराना चाहता हूँ कि उससे मेरा कोई मेल नहीं। मैं उसके योग्य नहीं।

मैं सचमुच उससे प्यार करने लगा हूँ इसलिए नहीं चाहता कि मेरी वजह से उसका घर उजड़े। उस पर लांछन लगे। जो नादानी हालात के चलते अभी होने से रह गयी, उसे अंजाम देकर शेष जीवन खुद को चरित्रहीन मानकर शर्मिंदा होती रहे।

अविनाश को अपना शरणागत हुआ देख, मन ने प्रतिपक्षी आशंकाओं की झड़ी लगाई।

और अगर वह तुम्हारी इन्हीं बातों से आहत हो गयी तो!

अगर उसने तुम्हारी सारी दलीलों को सिरे से खारिज कर दिया तो!

यदि उसने कहा कि यह सब वह पहले से जानती है।

इन पर खूब सोच-विचार करने के बाद ही इस नतीजे पर पहुंची है कि आत्मतृप्ति ही सबसे बड़ी उपलब्धि है।

अपने मन के मीत को समर्पित होना ही सच्चरित्रता है।

उसके बाद जो भी होगा, उसे वह सह लेगी।

यदि यह सब पाप भी है तो, एक बार जो पाप मन से कर चुकी है, उसे तन से भी करना चाहती है।

इसके लिए तुम्हें कभी दोषी नहीं ठहराएगी, न कभी दोबारा तुमसे यह अपेक्षा रखेगी।

सोचो, सोचो, तब तुम क्या करोगे?

'तब... तो फिर वही होगा जो काम्या चाहेगी।'

मन ही मन यह स्वीकार करने के साथ ही अविनाश का यह मन एक नई संभावना पर विचार करने लगा।

-कि फिर क्यों न इस बार अपने ही देश के किसी हिल स्टेशन की जगह किसी विदेशी होटल में ऐश की जाए? आखिर अब तक तो मेरा चेक भी कैश हो चुका होगा, सो मैं दो लाख से ज्यादा का हिस्सेदार हो चुका हूँ।

तभी मन का दूसरा पहलू फिर वाचाल हुआ।

फिर तुम्हारी उस मान्यता का क्या होगा - सहज, समर्पित संबंध।

'वही तो हुआ। न सौदा, न दबाव, न लालच, न मजबूरी।'

तुम्हें सचमुच इस संभाव्य परिणति में वे सारे लक्षण नजर आ रहे हैं या अब तक अपूर्ण अभिलाषा यानी परस्त्रीगमन का अवसर फिर मिलता दिखाई देने लगा सो शीर्षासनी मुद्रा में यह कह रहे हो कि यह सीधा ही तो है!

मन ने जो सचाई बयान की वह शर्मसार होने के लिए पर्याप्त थी, लेकिन हुआ यह कि इसके बाद अविनाश का चेहरा और काला नहीं, लाल हो आया। शर्म से नहीं, उत्तेजना, सुखद कल्पना, अपूर्व संभावना से।

"क्या बात है, अकेले-अकेले मुस्कराए जा रहे हो?"

हाथ में चाय का कप लिये करीब आ चुकी पत्नी ने सवाल किया।

"खास कुछ नहीं। तुम तो साथ देने या दाद देने के लिए पास में थी नहीं, सो यात्रा की उपलब्धियों पर खुद ही मन ही मन खुश हो रहा था।"

''अब तो आ गयी हूँ। लो चाय लो और बताओ कैसी रही यात्रा। कुछ ऑर्डर भी मिले या सिर्फ जान-पहचान ही हो पाई। जैसा तुम सोच रहे थे वैसा भविष्य नजर आया या नहीं?''

''अचला, तुम सुनोगी तो हैरान रह जाओगी। यात्रा उससे कहीं ज्यादा सुखद और लाभप्रद रही, जितनी मैंने उम्मीद लगाई थी। देवराज सचमुच बहुत भला आदमी है। वहाँ उसका बहुत सम्मान है। उसका कहा कोई टालता नहीं और जो मैंने महसूस किया वह सच भी कहूंगा कि उसे मैंने किसी से कुछ भी ऐसा कहते देखा भी नहीं जो टाला जा सके। वह हर किसी से उसी के मन की, उसी के हित की बात कहता है।''

''तुम्हारी तरह या उसका अपना कोई और तरीका है?''

''क्या मतलब है तुम्हारा?''

''मेरा मतलब है, तुम भी तो सबके मन की, सबके हित की ही बात कहते हो, लेकिन तुम्हारा जो तरीका है, वह सुनने वाले को नहीं सुहाता। नतीजा यह होता है कि उस बात में छिपे अपने हित पर भी उसका ध्यान नहीं जा पाता।''

''सो तो है। देवराज का तरीका वह नहीं है। इसका यह अर्थ मत निकालना कि मैं अपना तरीका बदलने जा रहा हूँ।''

''अब बीस साल तुम्हारे साथ गुजार लेने के बाद भी यह गुंजाइश बचती है कि मैं यह सपने में भी सोचूं कि तुम अपना तरीका बदलोगे?''

''तुम न अचला, बहुत शातिर हो। ऐसी मीठी मार मारती हो कि चोट तो पहुंचती है मगर दर्द कहाँ हो रहा है यह पता नहीं लगता।

''बहरहाल, उसने मुझे बहुत से लोगों से मिलवाया। कई संस्थानों से किताबों के ऑर्डर दिलवाए। कइयों से अग्रिम भुगतान भी दिलवाया। हमारे बीच यह समझौता हुआ कि वे लोग अपनी रचनाएं मुझे भेजेंगे। मैं उन्हें यहाँ दिल्ली से छपने का मौका दूंगा।

''चूंकि मैंने और मुझसे कहीं पहले देवराज ने उन सबको यह स्पष्ट कर दिया कि मेरा प्रकाशन सदेच्छा से चलने वाला प्रकाशन है, न कि बड़ी पूंजी से। सो वे पांडुलिपि के साथ ही उसे प्रकाशित रूप में देखने के लिए जो भी संभव हुआ, आर्थिक मदद भी देंगे। वह कम से कम इतनी तो जरूर होगी जिससे कागज, छपाई और जिल्दसाजी हो सके।

''डिजाइनिंग वगैरह का खर्च मैं उठा लूंगा। रहा संपादन, प्रूफ रीडिंग और दौड़-भाग, सो उतनी क्षमता मैं रखता ही हूँ। यों समझ लो कि पांडुलिपि के पुस्तक रूप लेने में वह मेरा सश्रम योगदान हुआ।''

अविनाश ने अल्पविराम लिया और देखा कि यह सब सुनते-सुनते अचला

सचमुच यथा नाम तथा रूप हो गयी है।

''अरे हाँ, याद आया, मुझे देखते ही बिटिया इतनी खुश क्यों हो गयी थी? और वह क्यों कह रही थी कि पापा तुसी तो ग्रेट ही ग्रेट हो?''

''अब क्या बताऊं। तुम जो इनाम लेने नहीं गए थे, जिसे लेने से ही मना कर दिया था, जानती हूँ मेरी वजह से किया था। दरअसल वह इनाम था नहीं, विशुद्ध ठगी थी। कोई हम जैसे बहुतेरों को बेवकूफ तो बना ही रहा था, हमारी जेबों पर बाकायदा डाका भी डाल रहा था।

''पिछले दिनों दो अखबारों में उनकी ठगी के कच्चे चिट्ठे-छपे हैं। एक पत्रकार ने तो दो दिन तक आपबीती और जगबीती दोनों लिखकर इन तथाकथित इनामों की पूरी कलई खोल दी।

''बिटिया ने दोनों अखबारों की कतरन संभालकर रख ली थी ताकि जब तुम लौटो तो तुम्हें पढ़वाकर अपना वही तकिया कलाम दोहरा सके कि पापा, तुसी तो ग्रेट हो।

''वे कतरनें यहीं मेज की दराज में रखी हैं। जब तक तुम उन्हें पढ़ो तब तक मैं तुम्हारे लिए नाश्ता तैयार करती हूँ।''

पत्नी की बात पूरी होने से पहले ही दराज में से दो अखबारों की तीन कतरनें निकालकर अविनाश इस पड़ताल में जुट चुका था कि धारावाहिक खबर का पहला भाग किस कतरन में है।

'सबकी खबर' अखबार में दो किस्तों छपी खबर का शीर्षक था :

'प्रगति मैदान में बुलाते हैं जेब खाली करवाते हैं।'

शीर्षक पढ़ते ही अविनाश की उत्सुकता बढ़ी। उसने झटपट खबर के इंट्रो पर नजर डाली।

'किसी भी क्षण आपका फोन बज सकता है। आपको इनाम जीतने की बधाई दी जाएगी। इनाम भी एक नहीं, तीन-तीन। एक लाख का बीमा। विदेश यात्रा। पंचतारा होटल में रहना और गिफ्ट बाउचर।'

इस आधे इंट्रो को पढ़ते न पढ़ते मन कसैला हो गया। वजह यह थी कि खासे बड़े टाइप में छपे इतने से शब्दों में ही उसे एक गलती नजर आ गयी। होटल को 'होटला' छापा गया था। इस असावधानी के लिए उसने मन ही मन अखबार कर्मियों को डपट लगाई और फिर आगे पढ़ने लगा।

'बस, आपको करना यह होगा कि अपनी पत्नी को (या किसी भी महिला मित्र को) लेकर प्रगति मैदान में यूपी पैवेलियन के पास पहुंचिए। सुबह या दोपहर। लंच खाइए। दो घंटे बिताइए और...'

इंट्रो का अंतिम वाक्य अधूरा छोड़ दिया गया था। पाठकों में उत्सुकता जगाना

ही इंट्रो का जिम्मा ठहरा, जिसे बखूबी अंजाम दे चुका था।

शनिवार : तेरह सितंबर

हलो। आप... से बोल रहे हैं?

हाँ।

आपको बधाई हो। आपको तीन पुरस्कार मिले हैं।

कहाँ से? कैसे?

एक लाख रुपए का बीमा, जिसका प्रीमियम हमारी कंपनी भरेगी। किसी देश के, किसी शहर के, किसी फाइव स्टार होटल में मुफ्त में तीन दिन और दो रातें अपने जोड़ीदार के साथ बिताने का मौका और एक आकर्षक गिफ्ट बाउचर। आपसे हमारी गुजारिश है कि आप परसों सुबह ठीक पौने ग्यारह बजे अपनी पत्नी के साथ प्रगति मैदान में यूपी पैवेलियन के पास पहुंच जाएं। दो घंटे हमारे साथ बिताएं। लंच करें और इनाम लेकर घर चले आएं। फिर अपनी सुविधा से विदेश यात्रा पर रवाना हो जाएं।

इससे पहले कि मैं यानी पत्रकार कुछ कहूं, उसका नाम पूछूं, उस कंपनी का नाम पता करूं, जिसने मुझ पर यह इनायत की थी, दूसरे छोर से फोन कट गया।

सोमवार : पंद्रह सितंबर

सुबह-सबेरे फिर वही फोन आया। यह याद दिलाने के लिए आया कि आज मुझे सपत्नीक वहाँ पहुंचना है। फिर वही बधाई दोहराई गयी। फिर प्रगति मैदान में पहुंचने का न्यौता दिया गया। उसी शर्त के साथ कि आना जोड़े से होगा। यदि नहीं आ सकते तो बेटे-बहू को भेज दें या अपनी किसी महिला मित्र के साथ चले आएं। अकेली महिला या अकेला पुरुष नहीं आ सकता। यदि आए तो उन्हें कार्यक्रम में शामिल नहीं किया जाएगा। यह नई सूचना जोड़ी गयी कि गेट नंबर वन-ए पर पहुंचें और सीधे यूपी पैवेलियन तक चले आएं। वहाँ हमारी कंपनी मोल्ड क्रस्ट का प्रतिनिधि मिलेगा। वह आपको हमारे पास तक ले आएगा।

मैने जानना चाहा कि मैंने तो आज तक आपकी किसी कंपनी की पेंसिल तक नहीं खरीदी, फिर मेरा इनाम, वह भी एक नहीं तीन-तीन, कैसे निकाल दिए आपने?

जवाब मिला, सर हमारे प्रतिनिधि ने दो साल पहले आपसे फोन पर कुछ सवाल किए थे न। उनके जवाब रोचक दिए आपने सो...

पर दो साल पहले तो हमारे घर फोन ही नहीं था।

ओह नो सर, आपका मामला यह नहीं है सर। मैं किसी और का विवरण देख गयी। आपने तो सर प्रगति मैदान में मेले के दौरान जो खरीदारी की थी, उसका कैशमीमो नंबर लकी ड्रॉ में अव्वल रहा था सर। लड़की ने इनाम की वजह दुरुस्त

की।

फिर भी मैं नहीं आ सकूंगा। मेरी पत्नी अस्वस्थ हैं।

नहीं सर, आपको जरूर आना है। मैं निमंत्रण को आज की जगह कल का कर देती हूँ। आप आज मैडम को किसी डॉक्टर को दिखा लीजिए सर। कल तक... दो घंटे की तो बात है सर। या सर अपने किसी मित्र की पत्नी को... उनकी भी आउटिंग हो जाएगी। लड़की चहकी।

अब इतनी जल्दी किसकी पत्नी खोजूं।

मैं याद दिलाने के लिए फिर फोन करूंगी सर। बधाई सर बधाई!

और फोन कट गया।

मैंने सारा किस्सा जस का तस पत्नी और बच्चों को सुना दिया।

शाम को फोन बजा। फोन बेटे ने उठाया। वही मधुर आवाज। बेटे ने फोन का स्पीकर ऑन कर दिया ताकि उस छोर की आवाज हम सबको भी सुनाई दे। यह जानते हुए कि हमारा जाने का मन नहीं है, नानुकुर की।

दूसरे छोर की आवाज में घबराहट आ मिली। देखिए, हमने आपके मम्मी-पापा के नाम से टेबल बुक करवा दी है। उनके न आने से हमारा बहुत नुकसान हो जाएगा। मेरी नौकरी तक...

बेटे को तरस आ गया।

आप बेफिक्र रहिए, मेरे मम्मी-पापा एक सौ दस परसेंट पहुंचेंगे।

ओह। धन्यवाद। वैसे आपके पापा करते क्या हैं?

पत्रकार हैं।

ओः!

और फोन कट गया।

मंगलवार : सोलह सितंबर

मैं सपत्नीक प्रगति मैदान पहुंचा। फोन पर निर्देश दिया गया था कि गेट नंबर वन-ए से आइएगा। उस गेट के आसपास कोई टिकट खिड़की नहीं थी। संभवत: वह गेट स्टाफ के आने जाने के लिए है। दरबान ने भी टिकट के बारे में कुछ नहीं पूछा। हालांकि मेरे पास आयीटीपीओ द्वारा जारी पास है जिसके आधार पर मैं कभी भी बिना टिकट लिए भीतर जा सकता था, लेकिन मेरा चेहरा देखकर तो दरबान को यह इलहाम होने से रहा कि मेरे पास एंट्री पास है। फिर पत्नी के पास तो ऐसा कोई पास नहीं था।

यूपी पैवेलियन में मरम्मत का काम चल रहा है। वहाँ मजदूरों के अलावा कोई नहीं दिखा। हाँ, पड़ोस में रुचिका रेस्टोरेंट के पास कई जोड़े खड़े थे। सीढ़ियों पर कुर्सी डाले एक महिला बैठी थी। वह नाम पुकारती। जोड़े सीढ़ियों पर पहुंचते।

वहाँ उन्हें एक फॉर्म थमाया जाता। जोड़ा उसमें कुछ खानापूर्ति करता। तभी लड़की और तीन सीढ़ियां चढ़कर एक दरवाजा खोल भीतर जाती। भीतर से एक युवक बाहर आता। वह भी उस जोड़े का नाम पुकारता। उससे हाथ मिलाता और उन्हें भीतर ले जाता।

काफी देर तक हमारे नाम की आवाज न लगने पर मुझे ऊब होने लगी। मैं कुछ जोड़ों को लांघकर उस सीढ़ी पर पहुंचा जिस पर वह लड़की फॉर्म लिये बैठी थी। वहाँ का नजारा देखने लगा। लड़की ने दो जोड़ों को एक साथ अपने पास बुलाया। दोनों को फॉर्म थमाया। फॉर्म देखते ही एक जोड़े ने बताया कि हमें अंग्रेजी नहीं आती।

लड़की उनकी मदद करने को आतुर हुई।

इसमें लिखा है कि आप यहाँ किसी के दबाव में नहीं आए हैं।

तो बताइए, हाँ पर निशान लगाऊं या न पर?

आप दो घंटे का कार्यक्रम अटेंड करने को तैयार हैं। हाँ या न?

आप अपना पहचान पत्र लाए हैं। हाँ या न?

चेक बुक, क्रेडिट कार्ड, पासपोर्ट लाना था, लाए हैं? हाँ या न?

जी हमारे पास इनमें से कोई चीज होती ही नहीं है। पुरुष ने मासूम सा जबाव दिया।

लड़की ने फॉर्म पर जोड़े का नाम, टेलीफोन नंबर दर्ज किया और दस्तखत करवा लिए।

इस बीच दूसरा जोड़ा फॉर्म भरकर लड़की को सौंप चुका था।

लड़की दोनों फार्म लेकर फिर भीतर गयी। जब वापस आयी तो उसके साथ दो युवक थे।

एक ने उस जोड़े का स्वागत किया, जिसने खुद फॉर्म भरा था।

दूसरा युवक अंग्रेजी न जानने वाले जोड़े से हाथ जोड़कर बोला, क्षमा कीजिएगा। अब जगह भर चुकी है। आप देर से आए। अगली बार फोन आने पर जरा जल्दी आना।

मैं हैरान। इसने भी तो वही सब बताया था जो पहले वाले जोड़े ने अपने आप लिखा था। हाँ, चेकबुक, क्रेडिट कार्ड या पासपोर्ट नहीं लाया था। और जगह कैसे भर गयी होगी। अभी तो हमें भी बुलाया जाना है।

वह जोड़ा लड़की से उलझ गया। आपके पास जगह नहीं थी तो आपने हमें बुलाया क्यों?

हाथ में मौजूद खाली फार्म कुर्सी पर रख, लड़की उन्हें मनाने, समझाने, टरकाने में व्यस्त हुई कि मैंने एक खाली फॉर्म जेब में डाल लिया।

तभी वह लड़की उन्हें उनके हाल पर छोड़ मुझसे मुखातिब हुई।

हाँ जी। आपको किसने फोन किया था?

किसी मोनिका ने।

लड़की ने अपने पास मौजूद लिस्ट देखी।

क्षमा कीजिए आपका नाम तो लिस्ट में है नहीं।

मैं समझ गया। बेटे ने आखिर में यह जो बता दिया था कि मैं पेशे से पत्रकार हूँ। फिर भला नाम कैसे हो सकता था।

मैं भी उससे उलझ गया। मैंने कहा कि मैं यहाँ से तभी हटूंगा जब किसी जिम्मेदार आदमी से बात कर लूंगा।

बमुश्किल-तमाम एक कोई आहूजा बात करने आए। बात तो क्या की, क्षमा मांगी और जहाँ से अवतरित हुए थे वहीं गायब होने को आतुर हो आए। ठीक तभी वह जोड़ा अब आहूजा से उलझ गया जिसे फॉर्म भरवा लेने के बाद भी भीतर नहीं ले गए थे।

आहूजा ने उसे धमकाया, धीमी आवाज में बात कीजिए। याद रखिए आप प्रगति मैदान के भीतर हैं और बिना टिकट घुसकर आए हैं!

वह जोड़ा सकपका गया। स्वाभाविक भी था। उसके पास कोई न्यौता तो आया नहीं था। जो भी बात हुई, मौखिक और वह भी फोन पर। जिस गेट से आने को कहा गया वहाँ न तो टिकट मिलता है, न मांगा जाता है। यहाँ जो फॉर्म भरवाया गया, वह भी इन्हीं के कब्जे में है। रुचिका रेस्टोरेंट इनके कब्जे में है। यह भी संभव नहीं कि वहाँ कुछ खाने-पीने से बिल ही हाथ में आ जाए ताकि यहाँ आने, मूर्ख बनाए जाने का कोई सबूत दे सकें। शिकायत भी मैदान से बाहर निकलने पर की जा सकती है।

बुधवार : सत्रह सितंबर

अखबार का ताजा संस्करण छोड़ते ही मैंने आयीटीपीओ यानी मेला स्थल की संरक्षक संस्था के दफ्तर में फोन किया। जानना चाहा कि क्या प्रगति मैदान में किसी भी समय, किसी भी दिन, बिना टिकट लिए आम आदमी का जाना-आना हो सकता है? क्या इन दिनों यूपी पैवेलियन किसी को किराए पर दिया गया है?

मुझे बताया गया, आप स्वागतकक्ष में फोन करें। वहाँ आपके सवालों के जवाब मिलेंगे।

इस फोन पर स्वागत अधिकारी भद्र महिला ने कहा, मेरे पास अक्सर लोग यूपी पैवेलियन, मोल्ड क्रस्ट पूछते हुए आते हैं। मैं तो उन्हें वापस लौटा देती हूँ। शेष सवालों के जवाब हमारे डायरेक्टर या चीफ सिक्युरिटी ऑफिसर से मिल सकते हैं।

उन्होंने दोनों अधिकारियों के नंबर लिखा दिए।

दोनों ही अधिकारी फोन पर उपलब्ध नहीं हो सके। दूसरी बार फोन करने पर डायरेक्टर के पीए ने जानना चाहा, आपको क्या बात करनी है? बताने पर वह बोले, इसमें हमारे डायरेक्टर आपकी कोई मदद नहीं कर सकते। ये छोटे-मोटे काम हैं। आप सिक्युरिटी चीफ से ही संपर्क कीजिए या फिर जनरल मैनेजर से।

दूसरी बार में चीफ फोन पर उपलब्ध हो गए। उन्होंने कहा, बिना टिकट आने की अनुमति नहीं है। मेरी जानकारी में यह पहली बार आया है। वैसे किन्हीं एक साहब ने कुछ दिन पहले ऐसी शिकायत की थी। फुलवारी में यह सब होता था। वह बंद हो गया। ठगों की पकड़-धकड़ हमारा नहीं पुलिस का काम है। हमने पुलिस में भी शिकायत की है कि कुछ लोग यहाँ ठगी करते हैं।

मैंने उन्हें टोका, बिना टिकट व्यक्ति को तो आपके सिक्युरिटी वालों को रोकना चाहिए। या यह भी पुलिस का काम है?

बिना टिकट कोई कैसे आ सकता है? मैं अभी जांच करवाता हूँ।

मैं खुद कल गया हूँ। आज भी, इस समय भी वहाँ पंद्रह जोड़े बैठे होंगे। दस-बारह लोग इस कंपनी के भी होंगे। आप जाकर देख सकते हैं। उनमें से किसी के पास टिकट नहीं होगा। समझने की कोशिश कीजिए। प्रगति मैदान, यूपी पैवेलियन, बिना टिकट आने वाले गेट से आने की सलाह, यही सब तो है जो एक आम आदमी में इस कंपनी के प्रति भरोसा पैदा कर देता है।

चीफ बोले, हो सकता है कोई लिखत-पढ़त हुई हो। आप हमारे जनरल मैनेजर से पता कर लें, उनका नंबर...

मैंने कहा, उनका नंबर मुझे आपके डायरेक्टर से मिल चुका है।

वह तुरंत बोले, आप यकीन रखिए, मैं अभी सब पता लगवाता हूँ।

मैंने जनरल मैनेजर को फोन लगाया, यही सब बयान किया।

वह बोले, ऐसा फोन तो आज सुबह मेरे घर भी आया था। पर इससे पहले कि वे मुझे कहाँ पहुंचना है, यह बताते, मैंने फोन काट दिया था।

मैंने बताया, मुझे बुलाया था। मेरे जैसे दर्जनों को रोज सुबह पौने ग्यारह और दोपहर पौने एक बजे बुलाया जा रहा है। लोग आ रहे हैं। बिना टिकट आ रहे हैं। प्रगति मैदान में बुलाते हैं सो भरोसे के साथ आ रहे हैं।

जनरल मैनेजर ने आश्वस्त किया, मैं अभी पता लगवाता हूँ। वैसे आप हमारे सीनियर मैनेजर पीआर से पता कर लें, कहीं उन्होंने तो पास जारी नहीं किए।

पीआर के फोन पर बताया गया कि वे अभी मीटिंग में व्यस्त हैं। आप मैनेजर से बात कर लें। वैसे भी आप प्रेस से हैं इसलिए मैनेजर से ही बात करें। प्रेस वही डील करते हैं।

मैनेजर ने कहा, हमने कोई पास जारी नहीं किए। बिना टिकट आने का तो सवाल ही नहीं उठता।

प्रगति मैदान में मौजूद जिम्मेदार अधिकारियों से यह तमाम बातचीत दिन के ग्यारह से बारह बजे के बीच हुई।

डेढ़ बजे हम अपने फोटोग्रॉफर को साथ लिए प्रगति मैदान पहुंचे। हम जानते थे कि कंपनी वालों को डेरा उठाते हुए ही देख पाएंगे लेकिन...

चौकिए नहीं। वहाँ कल वाला नजारा बदस्तूर कायम था। यानी एक भी अधिकारी को अपने दफ्तर से निकल कर यूपी पैवेलियन तक आने का वक्त नहीं मिला था। गेट से कंपनी द्वारा लुभाए गए कुछ और जोड़े बेरोकटोक आ रहे थे। सुबह का शो समाप्त हो रहा था। लौट रहे जोड़ों और उस जगह का हमारे फोटोग्रॉफर ने फोटो लिया।

तभी कंपनी के दो मुलाजिम कूदते हुए हमारे करीब आकर बोले, आप 'सबकी खबर' से आए हैं न। आप हमारी अनुमति के बिना फोटो कैसे ले रहे हैं? यानी वे डरे हुए नहीं थे। उन्हें हटना है या हटना होगा या हटना चाहिए या हटाया जा सकता है, इस बारे में उन्हें कोई खबर नहीं थी। सबकी खबर वाले आ सकते हैं, सबकी खबर ने शिकायत की है, यह खबर थी।

शो से लौट रहे एक दंपति से बातचीत का मौका मिला। टेलीफोन निगम में कार्यरत श्रीमती दिव्या माथुर ने सुनाया, हमें यहाँ आने के निमंत्रण मिलने से लेकर दो घंटे के कार्यक्रम में शामिल होने तक का हाल-हवाल।

बकौल दिव्या जी : हमें फोन पर इनाम मिलने की बधाई दी गयी। बताया गया कि फोन नंबर से ड्रॉ निकाला है। हम खुशकिस्मत इंसान हैं इसलिए हमारा पहला इनाम आया। तीन इनाम मिलेंगे। चेकबुक साथ लाने को कहा गया। सूचना देने वाली लड़की ने अपना नाम मिनी बताया।

कुछ और जोड़ों से मिलने पर पता लगा किसी को मोनिका, किसी को गीतिका, किसी को रुचि, किसी को अल्पना, किसी को शालिनी नाम की लड़की ने यह खबर दी थी।

सभी जोड़ों से कई सवाल पूछने के बाद भीतर भेजा गया। वहाँ दो अलग-अलग केबिनों में बैठाया गया।

बहरहाल, फिर श्रीमती माथुर से मुखातिब होते हैं : जब हम भीतर पहुंचे तो तेज संगीत बज रहा था। कई मेजों पर कई जोड़े बैठे थे। हमें भी बिठाया गया। एक युवक हमारे पास आ बैठा। वह हमसे बतियाने लगा। पांचेक मिनट बाद वह उठा और पानी लेकर आया। हमने पूछा, यहाँ के चार्जेज क्या हैं? उसने कहा, दो घंटे तो बिताओ। चार्जेज मैनेजर बता देगा।

उस लड़के ने हमसे जानना चाहा, हमारी रुचियां क्या हैं?

हम कहाँ-कहाँ घूमना पसंद करते हैं?

हमने कुछ जगहों के नाम बताए।

उसने कुछ जोड़-घटा किया। फिर बोला, आप सामान्य भ्रमण पर अंदाजन दस हजार खर्च करते हैं। आपको हम इतना भ्रमण पांच हजार में करवा सकते हैं। आप ऐसा कीजिए, अपनी पसंद की जगह बताइए और पांच हजार का चेक दे दीजिए, हम सब इंतजाम कर देंगे।

हमने कहा, सोचेंगे।

उसने पूछा, हम विदेश में घूमने जाना चाहेंगे? सब इंतजाम करना उनकी जिम्मेदारी रहेगी। लग्जरी होटलों में ठहराएंगे या शानदार रिसॉर्ट में।

हमने कहा, सोचेंगे।

फिर उसने कहा, क्यों न आप एक रिसॉर्ट में अपना वन रूम सेट बुक करवा लें। आराम से ताजिंदगी जब चाहे उसमें आकर रहें। फिर आपके बच्चे, फिर उनके बच्चे। एक सेट एक लाख चौवन हजार का पड़ेगा। आप हमें दस हजार का चेक अभी दे दें। शेष बारह किस्तों में।

हमने कहा, हमारे बैंक में इतना बैलेंस नहीं है।

वह बोला, कोई बात नहीं। आप चेक दे दें। जब आप कहेंगे हम तभी चेक बैंक में डालेंगे।

बातचीत पूरी होते ही उन्होंने एक वीडियो फिल्म दिखाई। उसमें दिखाया गया कि उनके होटल, रिसॉर्ट, स्वीमिंग पूल वगैरह कहाँ-कहाँ हैं।

फिल्म पूरी होने पर उसने कहा, आप दस मिनट में सोचकर हमें जवाब दीजिए, हाँ या न। हम चुपचाप बैठे रहे। दस मिनट बाद मेरे पति ने कहा, अभी कुछ तय नहीं कर पा रहे हैं। बाद में आपको बता देंगे।

तभी उस लड़के ने एक और लड़के को कुछ इशारा किया। अचानक घोषणा हुई कि इन दो जोड़ों ने हमारे साथ एग्रीमेंट कर लिया है।

तालियां बजीं, फिर कागज, चेक लिए-दिए गए। उनके नाम ऐलान किए गए। फिर तालियां। श्रीमती माथुर ने रहस्यमय अंदाज में कहा, हमें तो लगता है वे उन्हीं के बंदे रहे होंगे।

खैर, हमें फिर सोचने को कहा गया। हमने फिर मना किया। तब वह लड़का रुआंसा होकर बोला, 'देखिए सर, देखिए मैडम, मान जाइए। मेरी नौकरी का सवाल है। मैं रोजाना सात में से यदि दो जोड़ों को राजी नहीं कर पाया तो मुझे ये नौकरी से निकाल देंगे।'

पर हम फिर भी नहीं पसीजे। हम उठे। वह हमारे साथ सीढ़ियों तक आया।

आपके फोटोग्रॉफर से बात करने पर हमें मना करने लगा।

आप तो इनके बारे में जरूर छापिएगा। हम तो बन गए, कम से कम और लोग तो वक्त जाया करने से बचेंगे। इनकी चिकनी-चुपड़ी बातों या रोने-कलपने में आकर जाने कौन क्या दे बैठे। फिर टापता रह जाए।

और खाना? मैंने पूछा।

पानी तक को दुबारा नहीं पूछा। श्रीमती माथुर ने रोष जताया।

और एक लाख का बीमा?

वह तो उनके ग्राहक बनने पर करते।

बीमे से जुड़ी बची-खुची सचाई उजागर की श्री माथुर ने, बीमा भी एक साल का दुर्घटना बीमा और वह भी ग्रुप बीमा, न कि अकेले हम दोनों का। ऐसे बीमे का प्रीमियम बमुश्किल दस रुपए प्रति बीमाधारक आता है।

और गिफ्ट?

एक कूपन दिया तो है ढाई सौ रुपए का। साउथ एक्स की किसी दुकान का। उस पर लिखा है एक हजार की चीज खरीदने पर ढाई सौ की छूट मिलेगी। कूपन पर फोन नंबर तक नहीं लिखा कि फोन करके पता करते ऐसा सचमुच होगा या नहीं। अब मान लो किसी तरह दुकान खोजखाज कर हम तो वहाँ पहुंच जाएं और वहाँ यह सुनने को मिले कि कूपन तो नकली है, झूठा है या उसकी मियाद तो कब की खत्म हो चुकी है।

जिस महिला ने इस पत्रकार यानी मेरे घर फोन किया था, आयीडी कॉलर में उसका नंबर देखकर उससे संपर्क कर जब मैंने बताया कि आप लोगों ने धोखाधड़ी की है, झूठ बोला, हमें जलील किया तो वह लगभग रोते हुए बोली, सर मुझे कुछ मालूम नहीं। मैं तो यहाँ जनकपुरी में बैठती हूँ। यहाँ हमारे दो दफ्तर हैं। हमें कुछ नंबर दिए जाते हैं। उन नंबरों पर फोन करके हम लोगों को वहाँ आने के लिए सहमत करते हैं। हमारे दो मैनेजर वहीं प्रगति मैदान में बैठते हैं। आप उन्हीं से पता लगाइए कि आपको बुलाने के बाद भी एंटरटेन क्यों नहीं किया गया। आप चाहें तो उनका प्रगति मैदान वाला पीपी नंबर ले लीजिए।

मैंने तुरंत प्रगति मैदान के अधिकारियों से जानना चाहा कि आप लोग इस प्रसंग से नावाकिफ होने की बात करते हैं जबकि आपका फोन तक ये ठग इस्तेमाल कर रहे हैं?

अधिकारियों ने वह नंबर लिखकर आश्वासन दिया कि हम मालूम करते हैं यह नंबर कहाँ का है।

जो तथ्य हाथोहाथ फोन मिलाकर पता लगाया जा सकता है, उसे वे कब तक पता लगा पाएंगे कुछ कहा नहीं जा सकता। शायद तब, जब उन्हें आम जनता के

नजरिए से इस नेक और अपनी साख बचाने के लिए जरूरी काम को अंजाम देने के लिए फोन में उंगलियां फंसाने की फुरसत मिलेगी। ऐसे में यह तो अंदाजा लगाना और भी कठिन है कि इस ठगी को खुद अपनी आंखों देखने के लिए वे कब अपनी कुर्सी से हिलेंगे।

वह कहावत तो आप पाठकों ने भी जरूर सुनी होगी, फिर भी मेरा मन कह रहा है कि एक बार और सुना ही दो कि सोते हुए को जगाना तो मुमकिन है, जागा हुआ होने पर भी सोए हुए होने का अभिनय करने वाले को जगाना नामुमकिन है।

दो दिन लगातार छपी इस रपट में और भी अनंत अशुद्धियां थीं, जिन पर अविनाश कुपित हुआ, मगर यहाँ पाठ की निरंतरता बनाए रखने के लिए उनकी प्रतिक्रिया को हर बार रेखांकित नहीं किया गया।

'सांध्य प्रहरी' में ऐसी ही खबर को शीर्षक दिया गया था :

राजधानी में इनाम देने का झांसा देकर लूटने का नायाब धंधा जोरों पर।

इसके शीर्षक ने भी अविनाश को नाक+भौं सिकोड़ने पर मजबूर कर दिया। बहत्तर प्वाइंट साइज में छपे इस शीर्षक में नायाब को 'नायाबा' छापा गया था। अविनाश ने यह मानकर खुद को पूरी खबर पढ़ने के लिए राजी किया कि खबरों में यहाँ तक कि शीर्षकों या इंट्रो में भी कोई न कोई अशुद्धि छोड़ देना हो सकता है राजधानी के सभी अखबारों का टोटका हो।

बहरहाल, अविनाश ने इस खबर को भी पढ़ जाना जरूरी समझा।

सावधान! कहीं आपके पास भी एक लाख रुपए का इनाम और आकर्षक उपहार देने के लिए फोन तो नहीं आया। आया है तो सचेत हो जाएं।

इन दिनों एक लिमिटेड कंपनी द्वारा फोन पर आकर्षक उपहार और एक लाख रुपए नकद इनाम देने के नाम पर आमंत्रण देकर किसी नामी रेस्टोरेंट में पति-पत्नी को बुलाकर दस से तीस हजार ठग लेने का धंधा जोरों पर है।

रेस्तरां में एक खास कोड का इस्तेमाल करने पर ही प्रवेश दिया जाता है। एक पीड़ित दंपति ने तिलक मार्ग थाने में शिकायत दर्ज कराई है।

इस दंपति को फोन करने वाली लड़की ने अपना नाम रीना बताया था। कहा था कि वह गोल्डक्रस्ट हॉलीडे रिसॉर्ट प्राइवेट लिमिटेड से बोल रही है। आपका एक लाख रुपए का इनाम निकला है और इसके साथ मुफ्त में विदेश यात्रा की चार हवाई टिकटें भी मिलेंगी।

दंपति को हैरानी हुई कि यह सब कैसे हुआ। उन्होंने तो कभी किसी लॉटरी का टिकट खरीदा नहीं।

तब लड़की ने बताया कि ये इनाम हमारी कंपनी के डायरेक्टरों ने टेलीफोन नंबरों के लकी ड्रॉ के जरिए निकाले हैं। आप कल बारह बजे प्रगति मैदान में

फुलवारी रेस्टोरेंट में जोड़े से आ जाएं। वहीं इनाम दिया जाएगा।

जब वे रेस्टोरेंट में पहुंचे तो वहाँ पहले से ही कई जोड़े पहुंचे हुए थे। एक लड़की शालिनी उन्हें भीतर ले गयी, जहाँ बहुत तेज आवाज में संगीत बज रहा था। सामने वीडियो स्क्रीन पर कोई अश्लील फिल्म चल रही थी।

दक्षिण भारत और विदेश यात्रा पर ले जाने के नाम पर उनसे कुछ कागजों पर दस्तखत करवा लिए गए। दो स्टांप पेपर पर भी दस्तखत करवाए गए। फिर वही शालिनी बोली कि अब तीस हजार रुपए जमा करवा दीजिए।

जब हमने बताया कि हमारे पास इतनी रकम नहीं है तो कहा गया कि कोई क्रेडिट कार्ड तो होगा। हमने बताया कि हाँ है तो, हमें लाने को कहा गया था। हमारे पास तो था नहीं, सो हम अपने भतीजे से मांग कर लाए हैं।

शालिनी ने कहा कि कुछ देर के लिए यह कार्ड मुझे दे दो। मैं भीतर दिखा आती हूँ ताकि हमारे डायरेक्टर साहब को यकीन हो जाए कि आप ही वे लोग हैं जिनका बड़ा वाला इनाम निकला है।

फिर कुछ देर बाद कुछ कागजात और एक पैकेट थमाते हुए कहा कि अब आप घर जाओ। डायरेक्टर साहब को अचानक कहीं जाना पड़ा है, सो इनाम आपके घर पहुंच जाएगा। अभी यह सुंदर सा गिफ्ट ले जाइए।

हम खुशी-खुशी घर लौट आए।

शाम को हमारा भतीजा घर आया। हमने सोचा अपना कार्ड लेने आया होगा, पर नहीं जी, वह तो यह शिकायत करने आया था कि हमने उसे बिना बताए उसके कार्ड पर तीस हजार रुपए निकाल लिए।

गनीमत हुई कि उसे बैंक वालों ने खबर कर दी, वरना उसे तो पता भी न चलता और उधर ब्याज पर ब्याज बढ़ता रहता।

हम हैरान। हमने उसे सारा किस्सा सुना दिया। वे कागज भी दिखाए जो हमें वहाँ से चलते समय थमाए गए थे।

उसने उन्हें पढ़कर हमें बताया कि इन कागजों में तो साफ-साफ लिखा है कि आप उस कंपनी के एक लाख चालीस हजार रुपए के कर्जदार हो। यही नहीं, इन पर आप दोनों के दस्तखत भी हैं।

दोनों खबरें पढ़ते ही अविनाश के होश फाख्ता हो गए। फोन करने वाली लड़कियां, तीन इनाम, इनाम देने की अलग-अलग वजह, प्रगति मैदान, उन्हीं गेटों से भीतर आने का न्यौता जिन पर टिकट नहीं दिखाना पड़ता। वही जोड़े से आने की शर्त।

रेस्टोरेंट के भीतर का माहौल और रेस्टोरेंट भले ही और हों, बहुत कुछ गतिविधियां भी वैसी ही।

कंपनी का नाम भी भले ही अलग हो, उसकी योजनाएं भी बहुत कुछ वैसी ही, जैसी उसे बताई गयी थीं। वह एक में खुशी-खुशी और दो में बेमन से शामिल भी हो चुका था।

यह तुम क्या कर गुजरे अविनाश!

इन समानताओं पर गौर करने के बाद बुरी तरह हिल चुके अविनाश ने अपने-आपसे सवाल किया।

तुम्हारे पास न तो योजनाओं का अभाव है, न समझ का। न ऊर्जा का अभाव है, न संबंधों का।

ले-देकर जो एकमात्र अभाव है, वह है पूंजी का।

और पहले से ही नाकाफी, वही पूंजी तुमने स्वाहा कर दी!

तुम बहुत अच्छी तरह जानते हो कि हिंदी प्रकाशन उद्योग की इन दिनों हालत यह है कि यहाँ बिना पूंजी के केवल उधारी पर किताबें छापी तो जा सकती हैं बशर्ते आपके लेखकों, प्रेस वालों, बाइंडरों से घनिष्ठ संबंध हों, वे आप पर भरोसा करते हों या आप नित-नए संबंध बनाने को तैयार हों, तकाजा करने वालों को टरकाने में पारंगत हों, लेकिन अंटी में घूस देने को रकम न हो तो थोक में बेची नहीं जा सकतीं।

जहाँ किताब बेचने पर भुगतान भी जरूर मिल जाएगा, वे तमाम खोहें-कंदराएं तो सरकारी हैं। और सरकारी खरीदों में बिना घूस दिए किताब खरीद के लिए मंजूर करवाना टेढ़ी खीर है। यह तभी संभव है जब आपके पास ऐसी किताबें हों जिनका खरीदा जाना लाजिमी हो। ऐसे लोगों से कारोबारी संबंध हों जो खरीद को प्रभावित करके आपकी किताबें शामिल करवा दें।

अगर इन दोनों मुहिम पर खरे नहीं उतरते हों तो खरीद घूसखोरी पर ही निर्भर है। घूस भी एकमुश्त या एक ही ठिए पर नहीं, कदम दर कदम, ठीक वैसे, जैसे किसी मंदिर में हर मूर्ति के आगे चढ़ावा चढ़ाना होता है। यानी आदेश पाने से लेकर भुगतान पाने तक।

घूस नकदी के रूप में ही देनी होती है। चाहे खुद संपर्क करके सौदा करो और दो या उतनी दौड़-भाग करने की गुंजाइश न हो तो किसी दलाल से जुड़ो। भले ही यह मन में आशंका बराबर बनी रहे कि जाने उधर से मांग कितनी थी, दलाल ने आगे कितना पहुंचाया, कितना डकार गया! इसीलिए प्रकाशक को हमेशा कुछ रकम अपने पास बनाए रखनी होती है। जाने कब, कहाँ से, किताबें खरीदने की योजना घोषित हो जाए।

अब कोई योजना इसलिए तो आगे टलती नहीं रहेगी कि आपकी रकम जो है वह अभी कहीं और फंसी हुई है। यदि घूस देने की रकम हाथ में नहीं है तो परे

हटिए। देने वाले और भी इंतजार में हैं। न हो उनके पास काम की किताबें, न हो उनके लेखकों की कोई पहचान, न हो उनकी किताबों में शुद्धता, उनकी अंटी में हमारा मुँह बंद करने लायक कलदार तो हैं। हमारे लिए इतना ही बहुत है। बेकार किताब के साथ अपना ही माथा फोड़ने को विवश होने वाले हम नहीं, कोई और होंगे। वे होंगे जो इस दर्शकयुग में भी पाठक बने रहने में गौरव महसूस करते हैं।

और अविनाश दास, यह सब जानते हुए भी तुम...

एक बात सच बताओगे दासजी!

क्या वाकई तुम उन योजनाओं में या प्रलोभनों में इसलिए शामिल हुए क्योंकि वे लाभकारी लगीं?

या काम्या की मौजूदगी, काम्या की इच्छा, काम्या की चाहत... और इसलिए शामिल हुए कि वे ठौर तुम्हें काम्या के साथ निरंतर प्रिय-प्रवास के पल गुजारने के लिए उपयुक्त लगे?

उन योजनाओं में अपनी साझीदारी के लिए मंजूरी देते समय तुम शरीर से भले ही वहीं थे, लेकिन मन से तो उन ठिकानों पर पहुंच भी चुके थे।

हो सकता है कल्पना में काम्या के साथ रमणरत भी हो चुके होओ।

यह सब क्या बकवास कर रहे हो तुम?

अविनाश ने अपने-आप को डपट लगाई।

मैंने तुम्हें धोखाधड़ी की जरा-सी आशंका का अहसास क्या कराया, तुम तो मुझे मेरी ही नजरों में नंगा करने पर उतर आए।

तुम भूल रहे हो कि मैंने दार्जिलिंग में ही तय कर लिया था कि दिल्ली पहुंचते ही आयीहो वालों की जमकर खबर लूंगा। आज भी मैं उस फैसले पर अटल हूँ। हो सकता है आइहो इन कंपनियों जैसी न हो, फिर भी यह सब पढ़ने के बाद और यात्रा पर जाने से पहले या दार्जिलिंग में जो भी कुछ हुआ उससे तो लगता है कि मेरी शंका निर्मूल भी नहीं है।

अब तुम देखना, मैं कैसे इस कंपनी की ईंट से ईंट बजाता हूँ। किस चतुराई से अपनी रकम ब्याज सहित वापस लाता हूँ और उन्हें ऐसा सबक सिखाता हूँ जो वे जिंदगी भर भुलाए न भुला पाएंगे।

## 20

वाया उत्तर-पूर्वी भारत, दार्जिलिंग से जले-भुने लौटे और लौटते ही अखबारों में

आयीहो जैसी धोखेबाज कंपनियों के बारे में पढ़ चुके अविनाश को अब एक पल के लिए भी घर में रुकना गवारा नहीं था।

डर था कि कहीं पत्नी को यह भनक न लग जाए कि वह बेचैन है।

वह अभी-अभी पूरी उमंग से पत्नी को बता चुका है कि उसकी यात्रा कितनी सुखद और सफल रही।

तब से अब तक कहीं से कोई दुखद समाचार भी नहीं आया।

खुद पत्नी ने भी कोई बेजा खर्च वाली मांग नहीं रखी।

तब से पतिदेव ने कुल जमा यही किया है कि दो अखबारों में एक ही किस्म की खबरें पढ़ी हैं। पत्नी के लेखे इन खबरों में ऐसा तो कुछ नहीं था जो अविनाश को बेचैन करे।

वह सब जो हुआ, वह तो औरों के साथ हुआ।

चूंकि अविनाश ठगा जाने से बच गया था इसलिए वह और बिटिया तो इन खबरों में औरों के प्रति अफसोस के अलावा अपने लिए खुशी भी तलाश चुकी थीं।

कहीं मेरी बेचैनी देखकर पत्नी सवालों की झड़ी न लगा दे।

'तो क्या तुम भी इनके झांसे में आए थे?'

'किसी को अपना जोड़ीदार बनाकर इनसे मिलने गए थे?'

'मणिपुर नहीं इनकी तरफ से दार्जिलिंग गए थे?'

'तो फिर कुल कितने की चपत लगी?'

'वह कौन थी जो मैं बनी थी?'

अविनाश को जितनी जल्दी हो घर से निकलना ही श्रेयस्कर जान पड़ा।

पत्नी जानती है कि कई दिन बाद लौटा हूँ, चिट्ठियां, आर्डर इंतजार में होंगे ही, सो न तो रुकने को कहेगी, न कुछ और देर ठहरकर जाने को।

दफ्तर पहुंचकर अविनाश ने पहला काम किया कल्पना को फोन करने का, जिसने उसे यह खबर दी थी और अपना नंबर भी लिखवाया था।

यों भी आयीहो से संपर्क के लिए उसके पास यही सूत्र या स्रोत था।

दूसरी स्रोत काम्या हो सकती थी जिसका नंबर भले ही नहीं था, पर उसके घर पहुंचकर कामना का नंबर लिया जा सकता था। मगर अविनाश अभी ऐसी मनस्थिति में नहीं था कि इस उलझन के बीच एक और उलझन शामिल कर गुजरे।

अलबत्ता इससे निकलने के बाद भी काम्या से संपर्क न करने के अपने पुराने इरादे पर कायम रहना है या नहीं, इस पर एक बार फिर विचार करने का मन यकीनन बना चुका था।

कल्पना पहले की तरह सहजता से पेश आयी।

उसने बताया कि आयीहो का मुख्यालय दिल्ली में नहीं नोएडा में है।

पता लिखवाने के बाद आगाह किया कि आज वहाँ साप्ताहिक अवकाश होगा, सो आज न जाएं।

"फिर आप इस फोन पर कैसे सुलभ हैं? जहाँ तक मुझे जानकारी है, जो जाहिर है आपने ही दी थी, यह भी उन्हीं का दफ्तर है न?"

"जी नहीं, यह आयीहो का दफ्तर नहीं है और यह दिल्ली में है।"

"फिर किसका है?"

"यह कॉल सेंटर है। अमूमन हम बैंकों और मल्टी नेशनल कंपनियों के ग्राहकों या संभावित ग्राहकों से फोन पर संपर्क करने का काम करते हैं। हमें जो टेलीफोन नंबर दिए जाते हैं, उन पर कभी किसी योजना के बारे में बताना होता है, कभी कोई निमंत्रण देना होता है, कभी किसी चीज का प्रचार करना होता है। कभी लोगों से उनकी रुचियों, उनकी आर्थिक स्थितियों के बारे में जानकारी लेनी होती है।

"हम यही सब करते हैं। ग्राहकों या भावी ग्राहकों से जो बातचीत होती है वह कंपनी तक पहुंचा देते हैं। ग्राहक ने कोई सुझाव दिया हो तो वह भी। यहीं हमारी जिम्मेदारी पूरी हो जाती है।"

"इसका मतलब जिन कंपनियों के बारे में लोगों को बताती हैं, उनके बारे में भी काफी कुछ जानती भी होंगी।"

"जी नहीं, कई बार तो कंपनी का नाम तक पहले कभी नहीं सुना होता। कंपनी का जो नाम या जो काम हमें बताया जाता है, उसके अलावा वह और क्या करती है या उसके मालिक कौन हैं, यह सब न हमें बताया जाता है और न हम जानना चाहते हैं।"

"कोई ग्राहक कुछ विस्तार से जानना चाहे तब?"

"अव्वल तो ऐसे लोग बहुत कम टकराते हैं। जब टकराते हैं तब हम उन्हें कह देते हैं कि बहुत जल्द हमारे सहयोगी आपसे संपर्क करके विस्तार से बताएंगे। फिलहाल इतना जानना ही काफी है।

"वैसे हमें कोई एक ही बात, एक ही तरीके से बोलने के लिए नहीं रटाई जाती। मसलन पिछले दिनों हम जिस सूचना को लोगों तक पहुंचा रहे थे और आप तक भी पहुंचाई थी, उनके साथ हमें कुछ विकल्प भी दिए जाते हैं। हम एक के बाद एक विकल्प बयान करते जाते हैं। उनमें से सामने वाले का जिस पर भरोसा जमता है वह उसी को सच मान लेता है।

"बस, हमारा काम पूरा। इसके बाद कंपनी ने उसके साथ संपर्क आगे बढ़ाया या नहीं, उसका फिर क्या होता है, यह वही जानता होगा या कंपनी वाले। हमें कुछ पता नहीं होता।"

''तो क्या आप आयीहो वालों को यह सूचना भी पहुंचाएंगी कि मैंने आपसे उनका पता पूछा है?''

''जी नहीं, यह मेरा काम नहीं है। मेरे लिए अब आप आयीहो के ग्राहक नहीं हैं। वह तो आपसे पहली बार बात करना बहुत अच्छा लगा था। बहुत कम लोग होते हैं जो फोन पर हमसे इतनी सहजता से पेश आते हैं, बात करते हैं, इसलिए मैंने आपका फोन सुना और आपको इतनी सारी बातें बताईं। यदि मैं आपको आयीहो का ग्राहक मानती तो यकीनन मेरा एक ही जबाव होता कि नंबर गलत मिला लिया है। यह न तो आयीहो का नंबर है, न दफ्तर।''

''तो मैं आपको याद रहा।''

''याद रहे और रहेंगे भी, पर लगता है आप कुछ भूल चुके हैं?''

''क्या भला? और क्या वह आपसे संबंधित है?''

''जी हाँ, मुझे वही तो पता होगा जो मुझसे संबंधित हो। आप और किससे, कब और क्या वायदा करते हैं, यह मैं कैसे जान सकती हूँ।''

कल्पना के स्वर में उलाहना भी था, इसलिए अविनाश को कहना पड़ा, ''कल्पना जी, मैं पहले ही तहेदिल से माफी मांग लेता हूँ। बराय मेहरबानी अब तो बता दीजिए कि क्या कुछ भूलने की गुस्ताखी हो गयी है।''

''आपने कॉफी पर बुलाने का न्यौता दिया था, जो भूल चुके हैं।''

''ओ हाँ। मैं आपसे झूठ नहीं बोलूंगा। मैं इधर ऐसी उलझन में फंस गया हूँ जिसने मेरा दिलोदिमाग सब अपने कब्जे में कर लिया है।''

''कहीं आपकी उलझन उन इनामों से तो ताल्लुक नहीं रखती, जिनके बारे में सबसे पहले मैंने आपको खबर दी थी?''

''हाँ, कुछ-कुछ रखती तो है। आपको ऐसा क्यों लगा?''

''पिछले दिनों अखबारों में ऐसी कई खबरें छपी हैं न कि कुछ कंपनियां लोगों को ठगने के लिए फोन पर इनाम का लालच देकर ललचा रही हैं। हो सकता है आयीहो भी उन्हीं में शामिल हो। इसलिए हमारे मालिक ने तो उनका काम बंद करवा दिया है।

''हालांकि यह वैसी कंपनी है या नहीं, कह नहीं सकती, फिर भी आपके साथ अपनापन महसूस करती हूँ, इसलिए मेरी सलाह है कि आप उनसे अब कोई भी संपर्क न ही रखें तो बेहतर है।''

''कहीं ऐसा तो नहीं है कि आप जिस कंपनी के लिए काम करती रही हैं या अब भी जिसमें काम कर रही हैं, उसकी पोल खुल चुकी है इसलिए मुझे या तो झूठी सूचना देकर एक बार फिर गुमराह कर रही हों या यह यकीन दिलाने की कोशिश कर रही हों कि आपका उस कंपनी से कोई ताल्लुक नहीं। यानी आप

आयीहो से जुड़ी नहीं हैं और अगर मुझे या किसी और को भी उनसे कोई शिकायत है तो हम आपको तो बख्श ही दें।''

''आप ऐसा क्यों सोच रहे हैं?''

''कहते हैं न दूध का जला छाछ को भी फूंक-फूंककर पीता है।''

''तो आपके साथ भी कोई ठगी हो चुकी है क्या?''

''नहीं, यह तो मुहावरा है। बहरहाल, आप मेरे बारे में इतना सोचती हैं, मेरे लिए फिक्रमंद हैं, यह जानकर मुझे सचमुच बेहद खुशी हो रही है। पर आप बेफिक्र रहें। मैं तो आपको बता ही चुका था कि मेरी उस इनाम में कोई रुचि नहीं है सो आज तक नहीं है।

''अब रहा आपको कॉफी पर न्यौतने का सवाल, सो यकीन जानिए वह दिन जरूर आएगा और बहुत जल्द आएगा। आपके साथ कॉफी पीने का आनंद मैं अकेला ही नहीं, बल्कि मेरे कुछ अभिन्न मित्र भी उठाना चाहेंगे। मैं शर्मिंदा हूँ कि आपकी इच्छा जान लेने के बाद भी तुरंत निमंत्रित नहीं कर पा रहा हूँ। उम्मीद है इसी से आपको मेरी परेशानी का अंदाजा हो गया होगा।''

''अरे आप तो भावुक हो गए। मैं समझ रही हूँ और मुझे भी ऐसी कोई जल्दी नहीं है। पर हाँ, मैं आपकी और आपके मित्रों की संगत में कुछ पल बिताने का मौका गंवाना नहीं चाहती। जब आप अपनी इस उलझन से उबर लें, तब सही।''

''आपसे बातचीत करके फिर मुझे बेहद खुशी हुई, कल्पना जी। इससे भी ज्यादा इस बात की खुशी हुई कि आपने मेरी भावनाओं को समझा और उन्हें मान दिया।''

''मुझे भी खुशी हुई अविनाश जी, और अब मैं इजाजत चाहूंगी।''

कल्पना ने कहा और फोन रख दिया।

यदि न रखा होता तो दूध का जला छाछ को भी फूंककर पीने की मिसाल दे चुका यह अविनाश गरमागरम घी भी मुँह से लगाने से खुद को रोक पाता, कोई और तो क्या, अविनाश भी अपने-आप से यकीन के साथ यह दावा कर पाता, कहा नहीं जा सकता।

## 21

अगली सुबह बिना पूर्व सूचना दिए अविनाश ने आयीहोइएमो के मुख्यालय का रुख किया और एमडी के केबिन में पहुंचकर ही दम लिया।

किसी से फोनवार्ता में व्यस्त एमडी ने केबिन में घुसे चले आ रहे अविनाश को हैरानी से देखा। फिर उसकी हड़बड़ाहट को देखते हुए हाथ के संकेत से आग्रह

किया कि वह सामने की कुर्सी पर विराजमान हो जाए।

जब अविनाश उसके निर्देश का पालन कर चुका, तब एमडी ने उसी हाथ से अगला संकेत दिया जिसका आशय था, बेचैनी को काबू में कीजिए। फोनवार्ता पूरी होते ही आपसे मुखातिब होने को मैं हाजिर हूँ न!

''हाँ, हाँ। मैंने तुम्हारी बात सुन ली है। देखो, इसमें डरने, सकुचाने या लज्जित होने वाली कोई बात ही नहीं है। अरे भई, क्या तुम्हारे परिवार में तरह-तरह के लोग नहीं हैं?

''तुम्हारे तमाम परिचित क्या एक जैसा व्यवहार करते हैं? एक जैसी बातें करते हैं? एक जैसी राय रखते हैं? नहीं न!

''फिर भी तुम सबसे बोलती-बतियाती हो कि नहीं? जिससे भी कोई काम पड़ता है उसी से सलटवाती हो कि नहीं?

''बस, इसी तरह जो तुम्हारे परिचित नहीं हैं, उनमें भी कई किस्म के लोग हो सकते हैं। जब अपने परिचित लोगों से कुछ भी कहने में संकोच नहीं होता तो जिनसे परिचय भी नहीं है, जिनसे कभी आमना-सामना भी नहीं होना, उनसे कैसी शर्म, कैसा संकोच।

''फिर फोन पर तुम जिनसे बतिया रही होती हो, वे तो तुम्हारे सामने भी नहीं होते। न कभी जीवन में सामने आने वाले हैं। उन्हें तो तुम्हारा नाम तक पता नहीं। जिस नाम से तुम उनसे बात कर रही होती हो, वह तो तुम्हारा नाम है नहीं। फिर कैसा संकोच? कैसी शर्म? कैसी झिझक? कैसा भय?

''देखो संध्या, यह तो तुम्हारा असल नाम ही है न! मैंने राकेश जी के कहने पर तुम्हें काम पर रखा था। इसका यह मतलब नहीं है कि मैंने तुम पर कोई एहसान किया था।

''तुम्हारी आवाज मीठी है। तुम हाजिरजवाब हो। इसीलिए मैंने तुम्हें रखा था और यह काम सौंपा था। मुझे तुम्हारे काम से कोई शिकायत भी नहीं है। तुम्हें यह काम पसंद नहीं आ रहा, यह भी मैं पहली बार तुम्हारे मुँह से सुन रहा हूँ। मेरे पास तो आज तक कोई यह शिकायत लेकर नहीं आया कि तुम मन लगाकर काम नहीं कर रही हो या तुम्हें यह काम पसंद नहीं आ रहा।

''सो मेरी तो यही सलाह है कि तुम इस बारे में एक बार फिर सोच लो। फिर भी तुम्हारा यही फैसला होगा तो मैं तुम्हारा काम बदल दूंगा। और हाँ, तुम्हें अड़चन क्या है, यह भी तो बताओ। हो सकता है मैं तुम्हारी अड़चन दूर ही कर दूं।''

एमडी मौन होकर दूसरे छोर से कही जा रही बात सुनने लगे। इस बीच उन्होंने शायद चपरासी को बुलाने के लिए घंटी दबा दी होगी, सो वह आ हाजिर हुआ।

उसके आते ही एमडी ने संकेत से उसे आदेश दिया कि मेरे सामने विराजमान इन साहब के लिए पानी लाओ।

''जो लोग फोन पर तुम्हारी आवाज सुनते ही लार टपकाने लगते हैं उनसे तो तुम्हें कोई शिकायत नहीं है न...

''अरे भई अभी-अभी तो मैंने तुम्हें तुम्हारे अपने लोगों की मिसाल देकर यह समझाया है कि किसिम-किसिम के लोग होते ही हैं। मैं भी जानता हूँ और तुम भी जानती हो कि सब लोग एक से नहीं होते। अगर हमारा काम केवल तुम्हारी आवाज पर लार टपकाने वालों से चलता होता तो मैं तुम्हें यही कहता कि जो लोग रूखेपन से पेश आते हैं या जो बदतमीजी से जवाब देते हैं, उनसे बात आगे बढ़ाओ ही नहीं।

''मगर एक सचाई यह भी तो है कि जो लार टपकाने वाले लोग होते हैं उनमें से कइयों के पास बस लार ही लार होती है। उनमें से ज्यादातर मुफ्तखोर भी होते हैं। अगर उनसे यह कह दिया जाए कि लार टपकाने का हर्जा-खर्चा देना होगा तो वे तुरंत उसे गटक जाएंगे, एक बूंद भी बाहर नहीं आने देंगे।

''अब रहा सवाल उन लोगों का जो रूखेपन से पेश आते हैं और तुम्हारी मीठी बोली सुनकर भी जवाब में कड़वाहट पहुंचाते हैं। दरअसल उन्हें साधना ही तो तुम्हारी परीक्षा है, कामयाबी है। उन्हीं के मामले में तो तुम्हारी काबिलियत का इम्तिहान है।

''अगर तुम उनके बारे में गलत धारणा बनाकर उनसे किनारा करती रही हो तो इस आदत को तुरंत बदलो। उनके साथ रूखेपन से पेश आने की कसम अभी, इसी वक्त तोड़ दो।

''तुमने अखरोट देखा होगा। वह ऊपर से कितना गठीला, कठोर होता है। होता है न! लेकिन जब हम उसे पूरी सावधानी से, मन से, थोड़े परिश्रम से तोड़ने में कामयाब हो जाते हैं तो कितना मीठा फल खाने को मिलता है। मिलता है न!

''कुछ मर्द भी अखरोट की तरह होते हैं। उन्हें सख्त, कठोर, गठीला समझकर फेंकने का मतलब है हाथ में आए मीठे फल को भी फेंकना।''

एमडी फिर मौन हो गए।

फोनवार्ता के दौरान वे कभी आसमान की ओर निहारते थे, कभी अविनाश की ओर। कभी सामने मेज पर रखी किसी चीज को सहलाते थे, कभी टेलीफोन के तार को बटने लगते थे।

जब मौन हुए तो अविनाश के पार किसी को निहारने में और फोन के दूसरे छोर पर मौजूद अपनी कर्मचारी की हैरानियों, परेशानियों का नया अध्याय सुनने में मशगूल हो गए।

फिर जो शख्स अविनाश के पार मौजूद था, उसे हाथ के संकेत से यह सलाह

दी कि पानी का गिलास मेहमान के सामने रखे और यहाँ से रुखसत हो।

''नहीं, नहीं। तुम्हें तो केवल फोन पर बातचीत करनी है। इसके अलावा अभी हम तुमसे और कोई काम लेने नहीं जा रहे। बल्कि जब तक तुम खुद नहीं कहोगी, तब तक हम तुमसे कोई और काम नहीं लेंगे। तुम तो केवल फोन पर बातचीत करती रहो। अपनी बातचीत से लोगों को हम तक आने के लिए राजी करना तुम्हारी जिम्मेदारी है। जो लोग तैयार होते हैं उनके बारे में श्वेता, यशस्विनी, राधिका को बताती रहो।''

दूसरे छोर को सुनने के लिए फिर अपनी वाणी को विराम दे चुके एमडी ने हाथ के इशारे से ही अविनाश से आग्रह किया, जल ग्रहण करो।

''हाँ, वही तीनों। वे नाम हमारे-तुम्हारे लिए नहीं हमारे आदरणीय वित्त पोषकों के लिए हैं। अगली जिम्मेदारी उनकी है। तुम्हारी जिम्मेदारी यहीं पूरी हो जाती है।

''मैं जानता हूँ और दावे के साथ कह सकता हूँ कि आज भले ही तुम इतनी सी जिम्मेदारी से पल्ला झाड़कर भागने की सोच रही हो, एक दिन आएगा जब तुम्हें इसमें इतना मजा आने लगेगा कि तुम्हीं कहोगी कि अब ज्यादा जिम्मेदारी वाला काम करना चाहती हो। पहले लेवल का नहीं, बल्कि टॉप लेवल का, अनिता और सविता वाला काम। जब उनके जितना ही समय, उनके जितनी ही एनर्जी, बुद्धि खपानी है तो फिर उनके जितनी ही कमाई भी क्यों न हो! है कि नहीं।

''मुझे लगता है तुमने फोन करने का जो तरीका अपनाया हुआ है वही तुम्हें मनहूसों से भिड़ा रहा है। अब मैं तुम्हें जो तरीका बताने जा रहा हूँ उस पर अमल करोगी तो यकीनन निराश होने से बची रहोगी।

''तो सुनो, टेलीफोन डायरेक्टरी में से रोजाना कम से कम सौ नंबर छांटकर उन्हें इनाम पाने की सूचना जरूर दो। उनमें से ज्यादा नहीं तो दस तो तुमसे मिली खबर सुनकर जरूर खुश होंगे और हमसे मिलना चाहेंगे।

''नंबरों की छंटाई में यह ध्यान रखो कि नंबर एक ही इलाके के न हों। डायरेक्टरी में नंबर भले ही अक्षर क्रम से होते हैं लेकिन नंबरों की शुरुआती संख्याओं से पता लग जाता है कि कौन-सा नंबर किस इलाके का है। जिन इलाकों में अपर मिडिल क्लास के लोग रहते हैं उन्हीं के नंबर नोट करो।

''नंबरों की जो सूची बनाओ उसमें फोन नंबर के आगे उस नंबर का पता भी लिख लो। सूची बनाते समय इस बात का भी ध्यान रखो कि किन्हीं दो पड़ोसियों को एक ही दिन फोन या एक ही हफ्ते में फोन न किया जाए। हो सकता है वे आपस में चर्चा कर गुजरें और केवल इसलिए हमारे पास तक न आएं कि कहीं मुझे इससे कमतर इनाम मिले तो यह तो घर लौटते ही इसका ढिंढोरा पीट देगा।

"जो बंदा हमारे पास आ चुका हो, इससे पहले कि वह हमसे खफा हो, उसके किसी पड़ोसी को फोन जरूर करो। इस बीच यह बंदा अपनी कामयाबी का ढिंढोरा पीट चुका होगा इसलिए इसके पड़ोसी न सिर्फ इससे ईर्ष्या कर रहे होंगे बल्कि वे खुद भी ऐसा मौका पाने को लालायित होंगे।

"यकीनन वे तुम्हारी सूचना पर फूलकर कुप्पा तो होंगे ही, अगले ही दिन हमसे मिलने चले आएंगे। आखिर पड़ोसी की बराबरी पर आने का, उसके जितना ही भाग्यशाली होने का मामला जो ठहरा।"

यकायक एमडी ने फिर मौन धारण कर लिया।

दूसरे छोर पर उनके प्रवचन का माकूल असर पड़ा है इसकी चुगली एमडी का चेहरा करने लगा था।

उस छोर को सुनते हुए खुशी से झूम-झूम जा रहे एमडी ने मौन संकेत के जरिए ही अविनाश से पूछा, चाय पीना चाहेंगे?

"तो ठीक है, अब और मन लगाकर काम करना। आगे भी कोई परेशानी हो या कोई उलझन हो तो बेझिझक मुझसे कहना। इस तरफ से बिल्कुल बेफिक्र रहना कि कोई तुम तक पहुंच सकता है या तुम्हारा पता लगा सकता है। हमारे इंतजाम लीक प्रूफ हैं। फिर भी कुछ झमेला खड़ा हो गया तो उससे पार पाने के उपाय भी मौजूद हैं।

"अब तुमने बात छेड़ ही दी है तो राज की एक और बात बताता हूँ। दरअसल तुम जब पहली बार मेरे सामने आयी थीं, मैंने तभी यह जान लिया था कि यह लड़की दूर तक जाएगी। बहुत काम आएगी।

"मैंने तो तभी से तुम्हारे लिए दो नाम भी सोच लिए थे सुगंधा और लावण्या। अभी तुम्हें सपना नाम दिया हुआ है न।

"तो हे सपना देवी, तन और मन लगाकर काम अंजाम दो और धन लेती रहो। जब तुम्हारा मन कुछ और करने को हो जाए, तब मुझे बताना और तभी यह भी बताना कि इन दोनों में से तुम्हें कौन सा नाम पसंद है। मेरी तरफ से यह वादा रहा कि मैं इनमें से कोई एक नाम किसी और को तभी दूंगा जब एक तुम अपने लिए पसंद कर चुकोगी।

"हाँ, कभी-कभार कोई बेहद अड़ियल या शकीला आदमी टकरा ही जाए तो यह कह सकती हो कि मैं किसी कंपनी से नहीं कॉल-सेंटर से बोल रही हूँ। मुझे जितना पता था बता चुकी हूँ। इससे ज्यादा जानना हो तो कंपनी में फोन कर लीजिए।

"ऐसे आदमी को बेशक हमारा नंबर दे सकती हो, वरना तुम जानती हो हम खुद ही लोगों से संपर्क करते हैं, उन्हें यह जहमत नहीं उठाने देते।

''बहरहाल, लगता है कोई और भी मुझसे बात करना चाहता है। बार-बार फोन मिला रहा है। इसलिए मैं फोन काट रहा हूँ।''

एमडी के फोन रखते ही अविनाश ने खखारकर खुद को सब कुछ कहने को तैयार किया ही था कि फोन की घंटी घनघनाने लगी।

एमडी ने अविनाश की तरफ एक मधुर मुस्कान फेंकी, एक हाथ से अपने ही माथे को थपकी दी और दूसरे हाथ से फोन का चोगा कान से लगाकर दूसरे छोर को सुनते हुए इशारे से यह संकेत और हिदायत दी कि यह ससुरा फोन फिर बजने लगा, इसलिए यदि आपकी खखार का मकसद बलगम साफ करना नहीं, अलापने से पहले रियाज करना रहा हो तो कृपया अभी शुरू न हों। मुझे हम दोनों के बीच टपक पड़े व्यवधान से फारिग होने की मोहलत दें।

''अरे नहीं भई, अभी नहीं। एक सज्जन बड़ी देर से मेरे सामने बैठे हैं। उस सपना के फोन के चलते मैं अभी तो इनसे इनका नाम तक नहीं पूछ पाया। तुम्हें जो कहना है फोन पर ही कहो और मेरा पीछा छोड़ो।''

दूसरे छोर को सुनने के अवकाश के क्षणों का सदुपयोग करने के इरादे से एमडी ने फिर अविनाश की ओर संकेत किया - कुछ ठंडा?

''तो फिर ठहरो। मैं इनसे पूछकर बताता हूँ।''

फिर अविनाश से मुखातिब हुए, ''यदि बुरा न मानें तो मैं दो मिनट एक बेसब्रे से बातचीत कर लूं? फिर पूरी फुरसत से आपसे बातें करूंगा?''

मरता क्या न करता, यानी अविनाश के सामने चारा ही क्या था।

''ठीक है, फिर उन्हें झटपट लाओ ताकि वे झटपट दफा भी हों।''

फोन रखकर अविनाश से अनुनय की, ''कमाल है, आप न चाय ले रहे हैं न ठंडा लेने के लिए हाँ भर रहे हैं। ऐसा कैसे चलेगा! आपको कुछ तो ग्रहण करना ही होगा। अतिथि सत्कार का एक मौका तो देना ही होगा। कहिए क्या मंगवा दूं?''

अविनाश ने उनके आग्रह को फिर नकारा, ''रहने भी दीजिए। मुझे कुछ भी पीने की जरूरत महसूस नहीं हो रही।''

तभी एक बुजुर्गवार और एक युवक केबिन में आ पहुंचे।

एमडी के ऐन सामने रखी तीन कुर्सियों में से अविनाश बीच की कुर्सी पर पहले से विराजमान था इसलिए दोनों उसी के अगल-बगल बैठ गए। बैठने से पहले युवक एमडी के सामने एक खुली हुई फाइल रख चुका था।

एमडी ने उसे सरसरी तौर पर देखा, फिर उन बुजुर्गवार की ओर मुखातिब हुए, ''तो आप ही बताइए, अब आप हमसे क्या चाहते हैं?''

''देखिए, मैं एक रिटायर टीचर हूँ। आप लोगों ने मुझे यह सब्जबाग दिखाया था कि आपकी ऐशगाह जिसे आप रिसॉर्ट कहते हैं, उसमें हिस्सेदारी लेने से मुझे हर

महीने घर बैठे खासी आमदनी हुआ करेगी और मेरा बुढ़ापा चैन से कटेगा।

''आपकी बात पर यकीन करके ही मैंने रिटायरमेंट पर मिली सारी रकम आपके हवाले कर दी थी। वह रिसॉर्ट तो जाने कब बनेगा, कब आय होनी शुरू होगी, आज की तारीख में तो हकीकत यह है कि आए दिन मेरे घर कोई न कोई सम्मन चला आता है। कभी जमीन घोटाले का, कभी सामान में मिलावट का, कभी मजदूरों की मजदूरी हड़पने का।

''अब आप ही सोचिए, जो कभी उस दिशा से गुजरा भी न हो जिसमें कोर्ट-कचहरी हो, उसे आए दिन वहाँ उसी तरह हाजिरी बजाने जाना पड़े जैसे कभी विद्यालय में जाता था तो उसकी क्या दशा होगी? और ताज्जुब की बात यह है कि वहाँ भी मुझे कोई जिम्मेदार आदमी नहीं टकरता। मेरे हाथ में सम्मन देखते ही कोई इधर टरका देता है, कोई उधर।''

''तो इसमें हम क्या कर सकते हैं? आप रिसॉर्ट के मालिकों में से एक हैं। हम तो बनाने वाले ठहरे। हाँ, यह यकीन जरूर दिला सकते हैं कि सभी आरोप झूठे हैं। मनगढ़ंत हैं। हमारी तरक्की से जलने वाले लगा रहे हैं। जो नहीं चाहते कि रिसॉर्ट बने और आप जैसे सैकड़ों के दूध-मक्खन का जरिया खुले। वे मामले एक न एक दिन कोर्ट में खारिज होंगे। अब आप ठहरे उसके मालिक, सो आपके नाम सम्मन भेजकर कोर्ट तो जवाब-तलब करेगा ही।

''पर इसमें डरने या घबराने की बात ही कहाँ है। आप चक्कर क्यों लगाते हैं? जब भी नोटिस आए, हमारे पास भेज दें। आपकी तरफ से हम उसे रफा-दफा करवा दिया करेंगे।

''जहाँ तक रिसॉर्ट से आमदनी का सवाल है, सो मैं आपको फिर यकीन दिलाता हूँ कि उसे एक बार बन तो जाने दीजिए, आमदनी तो इतनी होगी कि आपसे गिनते न बनेगी। उसी आमदनी की वजह से तो कुछ लोगों के सीने पर सांप लोटने लगे हैं। इसीलिए काम रुकवाने पर तुले हैं।''

''वह आमदनी जब होगी तब होगी, मगर मैंने तो उस आमदनी का मोह अब पूरी तरह छोड़ दिया है। आप मेरी जगह किसी और को मालिकाना हक देकर मेरी रकम वापस दे दीजिए, ताकि नोटिस आने तो बंद हों।

''मुझे कचहरी के फेरे लगाने का शौक चर्राया हो सो बात नहीं है। पहले मैं ऐसे नोटिस आपके लोगों को दे जाता था मगर जब यह बताया गया कि उस भागदौड़ में जो खर्चा होता है वह मेरी जमा रकम में से कम होता रहेगा, तब मैंने खुद जाना शुरू किया था।

''जिस गति से मुझे सम्मन मिल रहे हैं वही बनी रही और इन्हें रफा-दफा करने का जिम्मा मैं आप लोगों को सौंपता रहा तो वह दिन भी जल्दी आ जाएगा,

जब जमा के खाते में मेरी फूटी कौड़ी भी नहीं बचेगी। फिर आपकी भागदौड़ का भुगतान कैसे करूंगा?''

मास्टर जी की बेचारगी, लाचारी ने एमडी पर जरा भी असर नहीं डाला। वह उतने ही लापरवाह अंदाज में बोले, ''मैं फिर भी आपको यही सलाह दूंगा कि इन छोटी-मोटी अड़चनों के चलते हाथ पीछे न खींचें। अपने भविष्य का खयाल करें।

''और हाँ, इस सलाह का अर्थ यह न निकालें कि हम किसी मजबूरी के चलते आपको यह सलाह दे रहे हैं। हमारी पहुंच में ऐसे कई लोग हैं जो आपसे भी ज्यादा रकम देकर उस योजना में शामिल होना चाहते हैं। इस बीच उस रिसॉर्ट की जरूरत और भी बढ़ चुकी है।

''इसके बावजूद अगर इससे बाहर आना ही आपका आखिरी फैसला है तो आप इनके साथ ही जाइए। अगले आधे घंटे में आपको आपकी बची हुई रकम का चेक इन्हीं से मिल जाएगा।

मास्टर जी का चेहरा यकायक खिलने को हो आया।

एमडी ने उनकी खुशी और बढ़ाई, ''कायदे से तो हमें चार साल तक आपकी रकम का हिसाब रखने के एवज में कुछ कटौती करनी चाहिए, पर हम आपकी उम्र का लिहाज करके कटौती नहीं करेंगे। उम्मीद है आप इस उदारता का आभार मानेंगे। वैसे आपने कुल कितनी रकम दी थी?''

''वह तो इस फाइल में दर्ज होगी ही।''

''इसमें रकम का एक आंकड़ा लिखा तो है, लेकिन जरूरी तो नहीं कि आपने उतनी ही रकम दी हो।

''दरअसल हमें रकम मुहैया कराने वाले अधिकांश लोग दो तरह की रकम देते हैं। कुछ वैसी जो कागजों में दर्ज की जा सके और उससे कहीं ज्यादा वैसी जिसका आंकड़ा किताब में दर्ज नहीं होता, केवल याद रखना होता है।

''जिसे कहते हैं न काला धन, यह वही होता है। उस रकम की कोई सीमा नहीं होती, वह कागजी रकम से दोगुनी, चार गुनी, दस गुनी भी हो सकती है।''

''जी नहीं, मेरे पास कभी कोई काला धन नहीं रहा। मैंने जो रकम आपको सौंपी थी वह सब की सब सफेद थी। मेरी मेहनत की कमाई थी। जिंदगी भर की जमा-पूंजी थी।''

''खैर होगी। आपको कहीं सैर-सपाटे के लिए भेजा गया था?''

''यह किसलिए जानना चाहते हैं?''

''दरअसल हम जो सैर-सपाटा कराते हैं, वह कहा तो जाता है मुफ्त का, लेकिन उसी सूरत में जब कोई हमारे साथ बना रहे। जो हमसे नाता तोड़ रहा हो उसे सैर-सपाटा मुफ्त में क्यों पड़े? तब सैर-सपाटे का खर्च उसकी जमा पूंजी में से कम

करना लाजिमी हो जाता है। हम यहाँ लंगर तो चला नहीं रहे हैं। यहाँ तो जो कुछ है भागीदारों का, भागीदारों से, भागीदारों के लिए है। भगोड़ों का या भगोड़ों के लिए नहीं।''

''तो सुनिए, मैं कहीं सैर-सपाटे को नहीं गया था। हालांकि सैर-सपाटे का प्रस्ताव मेरे सामने भी रखा गया था। आपके पहले से बने रिसार्ट में कैसी खातिर होती है, कैसी-कैसी सेवा-टहल की जाती है, उस सबकी झलकियां दिखाई गयी थीं। बताया गया था कि मैं जब चाहूं इनमें से किसी में भी आराम फरमाने, तरोताजा होने जा सकता हूँ। उसके लिए मुझसे नाममात्र का भुगतान लिया जाएगा। अब सोचता हूँ, गनीमत रही जो मैंने वहाँ की सैर नहीं की।''

''तो ठीक है। आपका मामला तो सीधा-सादा है। हालांकि हमारी अब भी यही तमन्ना है कि आप हमारे साथ बने रहें। अफसोस, अपनी लागत पर लाभ कमाने के दिन आते ही आप हाथ खींच रहे हैं। हम तो अभी भी यही गुजारिश करते हैं कि आप इस बारे में फिर ठंडे दिमाग से सोचें। आती हुई लक्ष्मी को ठुकराना ठीक नहीं है। आगे आपकी मर्जी है।

''और हाँ, एक बात और साफ-साफ बता दूं। आज आप अपनी मर्जी से हमें छोड़कर जा रहे हैं। कल को फिर जुड़ना चाहेंगे तो इसी रकम से संभव नहीं होगा। अब हमें इतनी छोटी रकम के हिस्सेदार नहीं चाहिए। अब निर्माण लागत बढ़ चुकी है। हाँ, साथ बने रहे तो आपसे और रकम की डिमांड नहीं की जाएगी। यही पर्याप्त है।''

एमडी के वक्तव्य के बाद बुजुर्गवार ने एक शब्द भी बोलना गवारा नहीं किया। उनके मौन का आशय समझ चुके युवक ने फुर्ती से कुर्सी पीछे सरकाई, एमडी के सामने से फाइल उठाकर अपनी बगल में चांपी और बुजुर्गवार से 'तो फिर आइए' कहता हुआ कमरे से बाहर जाने लगा।

उसके मुड़ते ही बुजुर्ग ने भी कुर्सी का मोह त्याग दिया।

एमडी भी अपने आसन से हिले और केबिन से बाहर जाते बुजुर्ग को दरवाजे तक विदा करने चले गए।

वे तो अविनाश को अकेला छोड़ गए पर उनके जाते ही केबिन का सूनापन अविनाश के भीतर भी पांव पसारने लगा। उसे लगा, यहाँ तक आना निरर्थक होने को है।

एमडी की अविनाश से भले ही अभी कोई बातचीत नहीं हुई थी, मगर इस बीच उनकी जो भी बातचीत, जिस किसी से भी हुई, उसमें उन लोगों की शंका, उलझन, दुविधा का समाधान भले ही न रहा हो, अविनाश की शंकाओं, उलझनों, दुविधाओं और अपेक्षाओं का एक संभावित उत्तर तो समाहित था ही था।

अपनी ही उधेड़बुन में उलझे अविनाश को खबर ही नहीं हुई कि इस बीच एमडी कब वापस केबिन में आकर अपने आसन पर विराजमान हो चुके हैं। वे आए भी अकेले नहीं हैं, एक युवक को भी लेते आए हैं।

''हाँ तो भारत कुमार, लगता है जबसे नौकरी मिली है, तुमने टीवी देखना और अखबार पढ़ना बंद कर दिया है।''

युवक सकपकाया, ''जी, नहीं तो।''

''जी नहीं तो क्या! फिर बताओ कल रात टीवी पर और आज के अखबारों में सबसे अहम और हमारे काम की खबर क्या थी?''

युवक की वही दशा, ''जी, कल तो एक फैमिली फंक्शन में जाना पड़ा था, सो टीवी नहीं देखा। लौटना देर रात हुआ सो सुबह अखबार भी...''

''झूठ, सरासर झूठ! सच यह है कि कल दफ्तर से घर पहुंचने के बाद आप घर में टिके ही नहीं। पहले खरीदारी फिर मटरगश्ती करने गए थे। बीबी के साथ आखिरी शो देखा और अखबार मंगाते ही नहीं हैं। है न!''

''जी! जब से घर बदला है, अखबार वाले को खोजने का वक्त ही नहीं मिला। अब इसी संडे को अखबार दे जाने के लिए जरूर कह दूंगा।''

''यह काम तो इतवार से पहले भी किया जा सकता है। अखबार मंगाने के लिए वक्त नहीं, मंशा चाहिए, मंशा। मगर जब बिना अखबार पढ़े, बिना टीवी पर समाचार सुने नौकरी चल रही है, मोटी सेलरी मिल रही है, तब इन पर फिजूलखर्ची क्यों की जाए, है न!

''यही रवैया रहा तो बहुत दिन यह नौकरी नहीं चल पाएगी। इसलिए कुछ वक्त और रुपया इन जरूरतों पर भी खर्च करना सीख लो। जब सब तरफ मुझे ही ध्यान रखना होगा, मुझे ही याद दिलाना होगा तो मैं भी तुम्हारे हिस्से का खर्च बचा सकता हूँ।''

''मैं माफी चाहता हूँ सर, आगे से ऐसा नहीं होगा।''

''चलो इस बार माफ किया। अब सुनो। छत्तीसगढ़ के कई इलाकों में पेड़ लगाने के लिए हमें हजारों लोगों ने रुपया दिया हुआ है। हमने उनसे वायदा किया है कि अगले तीन साल में वे पेड़ उनकी आमदनी का जरिया बन जाएंगे।

''कल टीवी पर यह खबर थी और आज अखबारों में भी है कि छत्तीसगढ़ में भयंकर बाढ़ आ गयी है। पता लगाओ कि किन इलाकों में बाढ़ आयी है। फिर यह देखो कि क्या हमने उन इलाकों में पेड़ लगाने के लिए लोगों से रकम ली हुई है?

''यदि ली हुई हो तो उन्हें तुरंत सूचना दो कि हमने फलां इलाके में आपके पैसों से आपके हिस्से के पेड़ों की पौद रोप दी थी, उनकी हिफाजत का काम भी बखूबी कर रहे थे। कल को जब वे कटकर बिकने लायक हो जाते तब उन्हें बेचकर

जो रकम मिलती, उसमें से अपना मेहनताना निकालकर शेष रकम भी आप तक भेजते।

"हमें अफसोस के साथ सूचित करना पड़ रहा है कि अब वह सब नहीं हो सकेगा। छत्तीसगढ़ में आयी बाढ़ आपके नौनिहालों को लील गयी। प्राकृतिक आपदाओं पर हमारा या किसी का कोई जोर नहीं चलता, इसलिए हम उनकी रक्षा नहीं कर पाए। लिहाजा उन पेड़ों के प्रति हमारी कोई जवाबदेही नहीं रही। अब हम आपके देनदार रहे न लेनदार। इस सूचना के साथ ही हमारे बीच हुआ करार निरस्त हुआ समझा जाए। प्रकृति के प्रकोप से आपको जो आर्थिक क्षति हुई है उसके लिए हमें भी खेद है।"

एमडी मौन हो गए गोया सचमुच उनके भीतर कहीं खेदभाव उपजा हो और वे उसमें गोता लगाने निकल पड़े हों।

एमडी को मौन और गमगीन हुआ पाया कि मुलाजिम की आंखों में भी तरलता आ गयी।

उसने जेब से रुमाल निकाला और अपनी आंखों पर फिराने लगा।

"अब मेरा मुँह क्या देखते हो! जाओ और इससे पहले कि कोई यह दावा करने लगे कि हमने कहीं कोई पौद लगाई ही नहीं, यह खत सबको भिजवा दो। याद रहे, बाढ़ का प्रकोप कम होने से पहले-पहले यह खत सब तक पहुंच जाना चाहिए।"

## 22

उस युवा के चले जाने पर एमडी के एकांत का लाभ उठाते हुए अविनाश ने कहा, "जी मुझे अविनाश दास कहते हैं। कल मैं आपके प्रगति मैदान वाले ठिकाने पर गया था..."

"और वहाँ कोई भी नहीं मिला होगा, है न!"

एमडी ने अविनाश के मुँह से बोल छीने, "पर आप वहाँ गए ही क्यों? क्या आपको टेलीफोन करने वाली ने फिर से फोन करके यह नहीं बताया था कि अब वहाँ न जाएं, बल्कि होटल हयात में आएं?

"मैं अभी उसकी खबर लेता हूँ। मेहरबानी करके मुझे उसका नाम तो बताइए। मेहमान को हैरान करना कहाँ की शराफत हुई।"

अविनाश भौचक। उसने एमडी को यह बताना चाहा कि वह किसी के फोन करने पर नहीं गया था, मगर एमडी ने इतना अवकाश ही नहीं दिया।

"वैसे जब तक आप उसका नाम याद करें, मैं आपको वह वजह बताना

चाहता हूँ जिसके चलते आपको हमारा एक भी आदमी प्रगति मैदान में नहीं मिला।

''आप अभी-अभी यह सचाई तो जान ही चुके हैं कि हम तो एवेंई किसी भी नंबर पर फोन करके यह खबर देते रहते हैं कि आपके तीन इनाम निकले हैं। पर हमारी नीयत में कोई खोट नहीं है जी। जो लोग हमारे फोन पर मिले निमंत्रण को सही मानकर हमारे पास आते हैं उन्हें हम वाकई तीन इनाम देते भी हैं।

''सो इसी रुटीन में हमारी किसी लड़की ने एक पत्रकार को भी फोन पर यह सूचना दे दी।

''अब टेलीफोन डायरेक्टरी में तो जी यह लिखा नहीं होता कि कौन क्या है? पत्रकार या उसके घरवालों ने बता दिया होता कि जिसे फोन पर खुशखबरी दी जा रही है वह पत्रकार है तो शायद उसे निमंत्रण नहीं देते।

''अब यह कौन नहीं जानता जी कि पत्रकार जो होते हैं वे खुड़पेंचिए होते हैं। खामखां बाल की खाल निकालते हैं। इन्हें सब कुछ चाहिए भी होता है, अमूमन मुफ्त में ही चाहिए होता है, फिर भी सवाल ऐसे करते हैं जैसे बिना परखे तो सांस भी न लेते हों। हर मामले में शक करना तो इनकी फितरत ठहरी। कहीं घर में खाना खाने से पहले पत्नी की नीयत पर भी शक न करते हों! हो सकता है और मामलों में भी यही करते हों।''

एमडी मौन हुए। अविनाश की तरफ इस भंगिमा के साथ देखा कि पत्रकारों पर क्या बढ़िया जुमला कसा है। पर जब देखा कि अविनाश तो दाद देने के मूड में ही नहीं है तो किस्सा आगे बढ़ाने को मजबूर हो गए।

''सो जी, उसने पहले तो हमारी लड़की पर सवालों की झड़ी लगा दी। वह ठहरी अव्वल दर्जे की चतुर। उसने पत्रकार को ऐसा शीशे में उतारा कि पूछिए मत।

''खैर जी, उसने हमारा निमंत्रण कुबूल कर लिया।

''फिर हुआ यह कि जब हमारी लड़की ने इसके लिए दोबारा फोन किया कि आपको याद है न आज हमारे साथ लंच लेना है, तब उसकी पत्नी के मुँह से निकल गया कि वे तो घर से जा चुके हैं। उन्हें किसी मंत्री का इंटरव्यू लेना था।

''बस जी, लड़की ने उधर फोन रखा और इधर मुझे बताया कि फलां मेहमान तो पत्रकार है।

''मैंने तुरंत हिदायत दे दी कि वह किसी भी सूरत में रेस्टोरेंट में घुसने न पाए।

''अब जी, यहाँ का एमडी तो मैं ही हूँ न, सो वही होना ही हुआ।

''जब वह पत्रकार वहाँ पहुंचा, और अकेला नहीं, अपनी जनाना दोस्त के साथ पहुंचा तो उसे बता दिया गया कि आज के मेहमानों में आपका नाम नहीं है।

''जाहिर है उसे बुरा लगा, खूब लगा। एक तो पत्रकार, तिस पर जवान

जनाना दोस्त के साथ।

''उसने जी वहाँ बड़ा तूफान मचाने की कोशिश की मगर उसकी दाल फिर भी नहीं गली। तब वह इस जिद पर अड़ गया कि रेस्टोरेंट में जाने से तो उसे कोई माई का लाल नहीं रोक सकता।

''तब जी, हमारे आदमी तो पीछे हट गए और मोर्चा रेस्टोरेंट वालों ने संभाल लिया। उन्होंने कहा कि रेस्टोरेंट एक पार्टी ने बुक कर लिया है सो आप अंदर नहीं जा सकते।

''तब पत्रकार ने मेले के अफसरान को जा घेरा। उन्होंने पत्रकार को नेक सलाह दी कि बखेड़ा खड़ा करने से बाज आइए और चुपचाप यहाँ से चले जाइए। यह ठीक है कि आप पत्रकार हैं और आपके पास एंट्री पास होगा, लेकिन आपकी इन महबूबा को इस आरोप में पुलिस के हवाले किया जा सकता है कि यह बिना टिकट प्रगति मैदान में घुस आयी हैं।

''बस जी, वहाँ से तो वह डर के मारे खिसक लिया, पर अगले ही दिन अपने अखबार में हमारे खिलाफ मार आंय-बांय लिख मारा।

''अब हंमारा तो जी सारा काम लिखत-पढ़त वाला, पूरी ईमानादारी वाला ठहरा। सो हमें तो कोई फर्क नहीं पड़ना था, हालांकि उसने दावा किया था कि हम ठगी कर रहे हैं, लोगों को झूठे सपने दिखा रहे हैं।

''अब आप ही बताओ, सपने हम दिखा रहे हैं या ये टीवी सीरियल दिखा रहे हैं? फिल्में दिखा रही हैं? खुद सारे के सारे न्यूज चैनल दिखा रहे हैं? हम तो जी, उन सपनों को पूरा करने का सपना दिखा रहे हैं। इतना ही नहीं, अपने दिखाए सपनों को हकीकत में भी बदल रहे हैं। इसलिए हम सुखफ़रोश तो कहे जा सकते हैं मगर ठग नहीं ठहराए जा सकते।

''फिर भी जी, मेले वालों ने हमें सलाह दी कि ये अखबार वाले अब आपकी आड़ में रोजाना हमें भी बदनाम करेंगे, सो आप लोग यहाँ से अपना ठीया उठा ही लो।

''बस जी, हमने उसी दिन वहाँ का ठिकाना छोड़ दिया और अपने सभी मेहमानों को खबर दे दी कि अब वे वहाँ नहीं होटल हयात में आएं।

''पता नहीं वह लड़की आपको यह खबर देना कैसे भूल गयी? मैं उसकी तरफ से आपसे माफी चाहता हूँ। बस आप मुझे उसका नाम भर बता दीजिए, फिर देखिए मैं अभी उसकी कैसी खबर लेता हूँ।''

''जी, मेरा नाम अविनाश दास है। मैं...''

''अजी होगा, अभी मुझे आपके नाम से कोई लेना-देना नहीं है। आप तो मुझे उस लड़की का नाम बताइए जिससे ऐसी भारी चूक हुई है। मैं अभी उसकी खबर

लेता हूँ।" एमडी ने अपना आग्रह दोहराया।

एमडी को एक ही रट लगाते देख अविनाश की सहनशक्ति जवाब देने लगी। उसके मुँह से बेसाख्ता निकल ही तो गया, "लड़की को मारिए गोली और मैं जो कहना चाहता हूँ उसे सुनिए।"

"अजी उसे कैसे गोली मार दूं? ये लड़कियां ही तो मेरा मूल धन हैं। दिनभर गला फाड़ मेहनत करके मेहमान जुटाती हैं मेरे लिए। मैं आपके कहने भर से इन्हें भला क्यों गोली मार दूं!

"आपको एक बार प्रगति मैदान तक जाना पड़ गया तो क्या हुआ? आपके गोढ़ दुख गए क्या? दुख गए हों तो लाइए मैं दबा देता हूँ। यह कोई इतना बड़ा कुसूर तो है नहीं। प्रगति मैदान जंगल में भी नहीं है जो वहाँ पहुंचकर आपकी जान पर बन आयी हो।

"आप भी खूब हैं, कहते हैं उसे गोली मारो! आप जैसे दो-चार और टकर जाएं और मैं उन सबका कहना मानने लगा तो मेरा तो धंधा ही चौपट हो जाए। कितने ही जनम तक जेल की हवा खानी पड़ेगी सो अलग।

"मुझे नहीं पता आप क्या कहने जा रहे हैं। और जो भी कहने क्यों न जा रहे हों, एक बात मैं पहले से साफ-साफ बता दूं। देखिए मैं जालिम इंसान नहीं हूँ। वैसा होने की उम्मीद न रखें। मैं सीधा, सरल, नेक आदमी हूँ।

"मेरे पास ढेरों ढेर योजनाएं हैं। एक से एक आला दर्जे की योजना। यह अलग बात है कि उन्हें साकार करने के लिए पूंजी नहीं है, सो मैं इसकी टोपी उसके सिर रखने का खेल करता रहता हूँ। फिर भी न तो जालिम कहा जा सकता हूँ, न बेईमान और न वादाफरामोश। अलबत्ता आप मुझे सुखफ़रोश कह सकते हैं।

"मैं किसी के सीने पर चाकू रखकर रकम नहीं निकलवाता। वे लोग जो सपने देखते हैं, जो सपने पूरे करना चाहते हैं, उन्हें उनके सपनों और उनकी औकात के मुताबिक योजना सुझाता हूँ। जो उसमें खुशी से शामिल होना चाहते हैं उन्हें शामिल करता हूँ।

"जो बेसब्रे बीच में ही हमारा साथ छोड़ जाना चाहते हैं उनका हाथ पकड़कर रोकने नहीं जाता। जो सब्र करते हैं, मुझ पर यकीन करते हैं, उनके सपने एक न एक दिन मैं यकीनन पूरे करवाता हूँ। अलबत्ता हर किसी को अपने मापदंडों पर परखता जरूर हूँ। आखिर हमें भी तो यह पता होना चाहिए कि जिनके लिए हम दिन-रात उधेड़बुन में लगे रहते हैं वे अपनी बात के कितने पक्के हैं, हम पर कितना यकीन रखते हैं।

"खैर, अब कहिए आप क्या कहना चाहते हैं, लेकिन भूलकर भी फिर यह सलाह न दीजिएगा कि मैं किसी लड़की को गोली मार दूं।"

"मेरा मतलब यह नहीं था कि आप सचमुच किसी को गोली मार दें। वह तो मैं कहावत में कह गया।

"बहरहाल, मैं कहना यह चाहता हूँ कि मुझे किसी लड़की ने गुमराह नहीं किया। कल किसी के बुलावे पर वहाँ नहीं गया था। आपके बुलावे पर कई दिन पहले ही जा चुका था। आपकी कई योजनाओं में हिस्सेदार बना था। उसके बाद हालांकि जाना तो नेपाल था मगर मुझे दार्जिलिंग भेजा गया था। कल वहीं से लौटा हूँ।"

"तो कैसी रही दार्जिलिंग यात्रा? खूब मजे किए होंगे। कम से कम उस मास्टर की तरह आप तो यह नहीं कह सकते कि हम झूठे सपने दिखाते हैं। आपका पहला सपना तो हमने सच कर दिखाया न?

"मुझे नहीं मालूम कि आप हमारी किस योजना में शामिल हुए हैं लेकिन जिस में भी हुए हों, आप देखिएगा, बहुत जल्द हम आपका दूसरा सपना, घर बैठे कमाई का सपना भी पूरा कर दिखाएंगे।

"अब आप तो हमारे साझीदार ही हुए। आपसे क्या छिपाना। कई बार ऐसा हो जाता है कि पूरी कोशिशों के बावजूद कोई योजना अधर में लटक जाती है। कोई अड़चन आ जाती है। कोई हमारी परेशानी को बहानेबाजी समझे या हम पर शक करने लगे तो उससे पल्ला झाड़ लेना ही ठीक रहता है।

"है कि नहीं? आप क्या सोचते हैं?

"अरे हाँ, आप यह तो बताइए कि फिर कल आप दोबारा प्रगति मैदान किसलिए गए थे?"

"इसलिए गया था क्योंकि मुझे आपकी आयीहो की तरफ से दार्जिलिंग भेजा गया था तीन दिन और दो रातों के लिए, लेकिन मुझे वहाँ से वापस आने में लगे पूरे आठ दिन और सात रातें?"

"लगता है आपको दार्जिलिंग कुछ ज्यादा ही भा गया। तो अब आप हमसे क्या चाहते हैं? कहीं पूरे प्रवास का खर्चा हम पर तो नहीं डालना चाहते?

"न, न, हम इसके लिए तैयार नहीं हैं। हम तो उतना ही खर्च उठाएंगे जितने का हमने वायदा किया था। इसके बाद तो आप अपनी मर्जी से ही रुके, इसलिए उन दिनों का खर्च तो आप ही को उठाना पड़ेगा।"

"जी नहीं, मैं वहाँ अपनी मर्जी से नहीं आपकी वजह से रुका। आपने मेरे प्रवास के एक भी पल का खर्चा नहीं उठाया। वह सब भी मुझे उठाना पड़ा और जलील भी होना पड़ा।"

"आपके कहे पर यकीन करने का मन तो नहीं हो रहा, पर जब आप कह रहे हैं तो करना ही पड़ेगा। ऐसा क्यों हुआ जरा खुलकर बताएंगे?"

"जी हाँ, मैं वही बताने आया हूँ।"

"एक मिनट ठहरिए। हाँ, आपने अपना नाम अविनाश दास बताया था न! मैं जरा आपकी फाइल मंगवा लूं।"

एमडी ने फोन पर किसी को निर्देश दिया, "श्रीमान अविनाश दास की फाइल तो लाना, जो पिछले हफ्ते दार्जिलिंग भेजे गए थे।

"और हाँ, खबरदार, अब उस मास्टर के पते पर कोई सम्मन मत भेजना। इसमें कोई चूक न हो। वह अपनी रकम वापस ले गया है। अब उसे डराने की कोई जरूरत नहीं है।

"और हाँ, वो अविनाश दास वाली फाइल जरा जल्दी लाना।"

फिर अविनाश की ओर मुखातिब हुए, "हाँ तो अब कहिए।"

"आपके बुलावे पर मैं अपनी महिला मित्र के साथ प्रगति मैदान आया था। वहाँ लंच लिया था। वहीं पहली बार मैंने आपको देखा था। आपसे हाथ मिलाया था। दिल्ली-जयपुर हाइवे पर आपका जो एक और रिसॉर्ट पूरा होने को है, उसमें मुझे साझीदार बनाया गया था। उसकी साज-सज्जा के लिए मुझसे एक लाख रुपए का चेक लिया गया था।

"उत्तराखंड में देवदार और अशोक के पेड़ लगाने की जो योजना है, उसमें मुझे भी शामिल करते हुए दो सौ पेड़ों के लिए बीस हजार रुपए मेरे क्रेडिट कार्ड के जरिए निकलवाए थे।

"भरतपुर के पास जिस तीर्थस्थान पर आप विश्रामघर बना रहे हैं उसमें भी मुझे शामिल किया गया था। उसमें हिस्सेदारी के एवज में मुझे जो एक लाख रुपए देने थे, फिलहाल उसका इंतजाम आप लोग करने वाले थे। वह रकम मुझे बाद में किस्तों में चुकानी थी। जब तक मुझ पर उधारी रहनी थी, तब तक मेरे लाभ में से आधा हिस्सा उसे जाना था जो मुझे रकम उधार देने वाला था। इसके एवज में मेरी कई चीजें रेहन रखी हुई मान ली गयी थीं।

"वहीं हमें यह बताया गया था कि आपकी इन तीन योजनाओं में शामिल होने के इनाम के तौर पर हमें नेपाल के होटल में तीन दिन और दो रातें बिताने के लिए भेजा जाएगा। यदि किसी वजह से हमारी यात्रा टली, उस सूरत में होटल को कोई घाटा न हो, इसलिए जमानत के तौर पर मुझसे दस हजार रुपए का एक और चेक लिया गया था। यह भरोसा दिलाया गया था कि यात्रा की मियाद पूरी होने पर जब हम होटल से रुखसत हो रहे होंगे तब वह चेक हमें वहीं वापस कर दिया जाएगा।"

यकायक अविनाश को मौन हो जाना पड़ा, चूंकि उसकी बातों को पूरे मनोयोग से सुन रहे एमडी का ध्यान केबिन के दरवाजे की ओर जा चुका था।

वे अपनी नजरों पर बिठाकर किसी को केबिन के भीतर लाने में व्यस्त हो चुके थे।

अविनाश भी यह मानकर कि उसकी पीठ पीछे कोई आ रहा है, मौन बना रहा।

नवागंतुक ने एमडी के आगे फाइल रखी और उलटे पांव लौट गया।

एमडी ने उस फाइल को खोला और अविनाश को हिदायत दी, ''हाँ, आप जारी रहिए।''

''जैसा कि मैं बता चुका हूँ। हमें नेपाल भेजा जाना तय हुआ था। अगले दिन जब मेरी मित्र आपसे टिकट वगैरह लेने आईं तो उन्हें बताया गया कि मैंने चेक पर गलत तारीख डाल दी है। पता नहीं वह चेक कैश हो या न हो, सो हमें फिलहाल एक लाख बीस हजार का हिस्सेदार ही माना जाएगा। और उस सूरत में अभी देश के किसी हिल स्टेशन पर भेजा जाएगा।

''हालांकि मुझे अभी भी यकीन नहीं है कि मैंने चेक पर गलत तारीख भरी होगी। यदि वैसा हुआ भी था तो आप लोग मुझसे तारीख बदलने को कह सकते थे। पर आप लोगों ने जाने क्यों वह सरल रास्ता तो अपनाया नहीं, मेरी मित्र को दार्जिलिंग की यात्रा के लिए राजी करके वहीं के टिकट थमा दिए। बाद में उनकी इच्छा देखकर मैंने भी कोई बदलाव नहीं करवाया।

''बहरहाल, हम दार्जिलिंग ही गए। वहाँ एक तथाकथित फाइव स्टार होटल में ठहरे भी। दूसरी रात ही मेरी मित्र को किसी जरूरी काम की वजह से दिल्ली वापस लौटना पड़ा। हमें चूंकि ओपन टिकट दिए गए थे सो हम दोनों तभी साथ-साथ वापस आ सकते थे। हम आना भी चाहते थे लेकिन दिल्ली की फ्लाइट में कुल एक सीट मिली, सो वे चली आईं और मुझे मन मारकर वहीं रुके रहना पड़ा।

''अगली शाम जब मैं होटल से विदा होने लगा तो होटल वालों ने मेरे सामने कई हजार का बिल रख दिया और कहा कि इसका भुगतान करने के बाद ही मैं होटल छोड़ सकता हूँ। उस बिल में खाने-पीने की मद में ही नहीं, वहाँ ठहरने के एवज में भी किराया दर्शाया गया था।

''मैंने उन्हें समझाया कि हम तो यहाँ आयीहो के मेहमान हैं। हमारे ठहरने का खर्च आयीहो ने उठाया है। इस पर उनका कहना था कि वे किसी आयीहो को नहीं जानते। हमारे लिए वहाँ किसी ने न कोई कमरा बुक कराया है, न एडवांस में पेमेंट किया है, न जमानत के तौर पर हमारा कोई चेक ही जमा है।

''लिहाजा मुझे उनके सामने बेहद जलील होना पड़ा और वहाँ ठहरने और खाने-पीने का पूरा भुगतान भी देना पड़ा।''

अविनाश पल भर को मौन हुआ।

चेहरे पर चू आया पसीना पोंछा और फिर जारी हो लिया, ''होटल वालों की इस मांग ने मुझे दुविधा में डाल दिया। दरअसल मैं जो रकम ले गया था, उसमें से ज्यादातर तो मेरी मित्र की खरीदारी पर खर्च हो चुकी थी। मेरी जेब में उतनी रकम थी ही नहीं और क्रेडिट कार्ड की जो अधिकतम सीमा थी, उतनी रकम आप लोग पहले ही निकलवा चुके थे। ऐसे में मुझे दार्जिलिंग में तब तक रुकना पड़ा, जब तक मेरे एक मित्र यहाँ से उस बिल से तीन गुनी रकम लेकर दार्जिलिंग नहीं पहुंच गए।

''इस बीच मुझे जिन शर्मनाक हालात से गुजरना पड़ा उसके लिए आप लोग जिम्मेदार हैं। उस शर्मनाक मंजर की भरपाई तो हो नहीं सकती। आपके हजार बार क्षमा मांगने पर भी वह संभव नहीं, मगर यह जरूर हो सकता है कि अब आप मुझे अपनी तीनों योजनाओं से बाहर करके मेरी रकम लौटा दें और दार्जिलिंग प्रवास के दौरान मुझे जो आर्थिक क्षति हुई है उसकी भरपाई कर दें।''

अविनाश को सुनते हुए उसी से संदर्भित फाइल को पलटते रहे एमडी ने अविनाश के मौन होते ही मुँह खोला, ''पर एक बात मेरी समझ में नहीं आयी कि आपके मित्र को दार्जिलिंग पहुंचने में इतने दिन कैसे लग गए। होटल के बिल की रकम इतनी ज्यादा तो होगी नहीं कि उसके इंतजाम में कई दिन लगे हों। फिर दार्जिलिंग भी ऐसा कोई खास दूर नहीं है।''

'जी हाँ, यह मुझे भी पता है। पर शुरू के दो दिन तो मैं यही तय नहीं कर पाया कि इस मुसीबत में साथ देने के लिए कहूं तो कहूं किससे। आखिर यह कोई बहादुरी की बात तो थी नहीं। एक शर्मनाक हादसा था, जिसका किसी के सामने जिक्र तक करना शर्म से डूब मरने से कम नहीं। फिर वे हवाई जहाज से नहीं, सड़क मार्ग से मुझ तक पहुंचे थे और हम दोनों यहाँ तक वापस भी सड़क मार्ग से आए हैं।''

''तो यह बात है! तब तो वाकई आप लोगों को बहुत कष्ट उठाने पड़े होंगे। सड़क मार्ग से तो दरियागंज से नोएडा तक आना भी खिझा देता है, आप लोगों को तो दार्जिलिंग से दिल्ली तक आना पड़ा।

''मगर एक बात मेरी समझ में नहीं आयी। आपने नाहक ही अपने मित्र को काहे को कष्ट दिया? मेरा खयाल है जिस शाम आपकी सहेली दार्जिलिंग से रवाना हुई थीं उसी रात तक वे दिल्ली पहुंच गयी होंगी। आप उन्हें फोन कर सकते थे। उन्हें तो उस होटल का पता याद रहा ही होगा। वे आपको टेलीग्रॉफिक मनीऑर्डर से रकम भिजवा सकती थीं।''

''मैंने आपको बताया न कि मुझे इस घटना की सूचना किसी को भी देने में शर्म आयी। जो मित्र यह सोचे बैठी हो कि मुफ्त की यात्रा की, उसे जब यह पता लगता कि हम ठगे गए हैं, तब उस पर क्या बीतती?''

"तो अपनी पत्नी को खबर करते। पर हाँ, उन्हें कैसे करते, उन्हें बताकर थोड़ी गए होंगे। है न!" एमडी मजाहिया लहजे में बोले।

"वह बात नहीं थी। पत्नी को पता था कि मैं यात्रा पर जा रहा हूँ। लेकिन उनके पास इतनी रकम कहाँ से आती! आपको लाख रुपए का चेक देकर मैं अपना बैंक बैलेंस तो पहले ही निल कर चुका था।"

अविनाश ने एमडी को मायूसी दी।

"पर जब आप तय समय से नहीं लौटे होंगे, तब तो उन्हें आपकी फिक्र हुई होगी। तब आपने उन्हें क्या समझाकर ढाढस बंधाया?"

"कह दिया कि कारोबारी काम से मणिपुर की तरफ निकल गया था, सो बिना काम निबटाए इतनी दूर से कैसे लौट सकता था। पर आपको इस सबसे क्या लेना-देना? आपका सरोकार तो वहीं तक है जहाँ तक आपसे चूक हुई है और उस चूक के चलते मुझे परेशानी हुई थी।"

"तो अब आप हमसे क्या उम्मीद करते हैं?"

"बता तो चुका हूँ। मुझे आपकी किसी योजना पर भरोसा नहीं रह गया है। आपके छल-छद्म को कुछ-कुछ तो मैं दार्जिलिंग यात्रा वाले इस वाकिये से ही समझ गया था, जो शेष था वह जब से मैं यहाँ आकर बैठा हूँ, तब से अब तक आपने जो औरों से वार्तालाप किया है उसे सुनकर समझ चुका हूँ।

"इसलिए मैं चाहता हूँ कि हमारे बीच अंतिम रूप से संबंध-विच्छेद हो जाना चाहिए। वह भी आज और अभी। मैंने आपको जो रकम दी है वह मुझे वापस मिल जानी चाहिए। मुझे जो आर्थिक क्षति हुई है उसकी भरपाई होनी चाहिए और यदि आपमें जरा भी नैतिकता है तो मुझसे क्षमा मांगनी चाहिए। हालांकि मैं यकीनी तौर पर यह दावा भी नहीं करता कि मैं आप लोगों को क्षमा कर ही दूंगा।"

अपनी बात पूरी करते ही अविनाश ने एमडी की तरफ से अपनी नजरें हटाकर गर्दन झुका-सी ली, चूंकि फाइल को उलटना-पलटना बंद कर देने के बाद से वे जिस मुद्रा में अविनाश को निहारने लगे थे, उसमें हैरानी या शर्मिंदगी के नहीं, उपहास के लक्षण झलक रहे थे।

"और श्रीमान अविनाश दास जी, अगर ठीक यही तीनों अपेक्षाएं हम आपसे रखें तो क्या यह उम्मीद कर सकते हैं कि आप उन्हें पूरी करेंगे? और हाँ, उस सूरत में यकीनी तौर पर यह दावा कर सकता हूँ कि मैं तहेदिल से आपको क्षमा कर दूंगा।"

एमडी के प्रतिप्रश्न ने अविनाश का झुका सिर फिर उठा दिया, वह भी अबूझ हैरानगी के साथ।

"जी हाँ। आपको जो कहना था मेरा खयाल है आप सब कुछ कह चुके हैं।

अफ़सोस कि आपने कुछ भी सच नहीं कहा, सब कुछ मनगढ़ंत कहा।

''आपकी फाइल मेरे सामने है। मैं इसे देख चुका हूँ। इसमें लिखा है कि आपको लिखने-लिखाने का भी शौक है। वैसे ही लोगों के बीच आपका उठना-बैठना है। आप प्रकाशक हैं सो यों भी किताबें पढ़ना और किताबों को सराहना आपका पेशा है। इसीलिए आप इतनी बेजोड़ काल्पनिक कथा एक ही सांस में कह गए। मगर सिर्फ काल्पनिक, न कि वास्तविक।

''जिसे यह खबर न हो कि आप जो बयान कर रहे हैं सब कपोल-कल्पना है, वह तो इसे सुनकर आपकी हालत पर जार-जार रो ही दे। हो सकता है वह इतने आवेश में आ जाए कि हमें सचमुच गोली मारने चला आए।

''आपने जो अभी कुछ देर पहले मुझे कहा था न कि उस लड़की को तो गोली मारो, वैसी कहावत वाली गोली मारने नहीं, सचमुच की गोली, रिवाल्वर से निकली गोली।

''अब मैं कुछ सचाइयां बयान करता हूँ जो हैं तो आपसे संबंधित, इसलिए आपके मुँह से ज्यादा शोभा देतीं। जब आपको मौका दिया तब आपने वे बयान नहीं कीं, इसलिए मुझे वह जहमत उठानी पड़ रही है। जरा दिल थाम कर सुनिएगा।

''दरअसल हमने नहीं आपने हमें जबरदस्त धोखा दिया। इतना घातक कि मुझ पर अपहरण, बलात्कार और जिस्मफरोशी! यानी एक साथ तीन जघन्य और घिनौने अपराध कायम हो सकते थे। यदि हमने समय रहते सही कदम नहीं उठाया होता तो आज मैं आपके सामने नहीं होता बल्कि सलाखों के पीछे होता।

''ऐसे तीन शर्मनाक अपराधों के लिए जो मैंने किए ही नहीं। सपने में भी जिन्हें करने का इरादा नहीं बनाया। जो दरअसल किए तो आपने लेकिन हमें भी शामिल करते हुए। वह भी इस चतुराई के साथ कि हमें आपके बदनेक इरादों की भनक तक नहीं लग पाई।

''सच तो यह है कि आपने हमारे साथ कदम-कदम पर धोखाधड़ी की। अपनी कामपिपासा मिटाने के लिए हमें अंधेरे में रखा। हमारे कंधे पर बंदूक रखकर अपना शिकार मारते रहे। अपनी वासना को खुलकर खेलने का मौका दिया।

''हम तो ईमानदारी से आपको नगद-नारायण दिलाने की फिराक में थे मगर आपकी दिलचस्पी केवल नगन-नारायणी में थी, सो उसी के जुगाड़ में लगे रहे।

''यह सही है कि हमने एक नेक इरादे से, आप ही के लाभ के लिए, आपको प्रगति मैदान में लंच पर बुलाया था। जब आप हमारी योजना में शामिल हो गए, तब आपको नेपाल की सैर पर भी भेजना चाहा था। आपका चेक कैश न होने की वजह से आपको दार्जिलिंग भेजना पड़ा।

''बहरहाल, हमने कभी आपसे यह नहीं कहा था कि आप अपनी पत्नी के

साथ ही पधारें। किसी महिला मित्र को साथ लाने की भी छूट दी थी। हमारे निमंत्रण पर आने वाले कई पुरुष अपनी महिला मित्र को और कई महिलाएं अपने पुरुष मित्र को साथ लेकर आती ही रहती हैं। आप भी आ सकते थे। आए भी थे, लेकिन आपने हमें नहीं बताया कि आपके साथ जो हैं वे आपकी पत्नी नहीं, महिला मित्र हैं।

''हमने आपके कहे पर यकीन किया और मिस्टर और मिसेज एडी यानी श्री अविनाश दास और श्रीमती काम्या दास के नाम से दार्जिलिंग के एक होटल में कमरा बुक करवा दिया। चूंकि हमारा इरादा न तो आपसे किसी किस्म की ठगी करने का था, न आपको किसी उलझन में डालने का। हम व्यापारी लोग हैं, ठग या लुटेरे नहीं हैं।

''अब आप वही होते जो आपने हमें बताया था तो कोई परेशानी पेश नहीं आनी थी। आपका भेद न खुला होता तो भी किसी को कानोकान यह भनक नहीं मिलनी थी। यकीनन हमें भी नहीं मिलनी थी कि आपने क्या गुल खिलाया है और किस-किस को, किस-किस तरीके से और किस किस्म का धोखा दिया है।

''मगर अफसोस, इससे पहले कि आप कामयाब हो पाते, आपका भेद खुल गया। हमें यह पता लग गया कि आप हमें गुमराह कर रहे हैं। खुद तो मजे उड़ा रहे हैं और हमारे लिए भारी मुसीबत खड़ी कर रहे हैं।

''जब आप मेरे सामने आकर विराजमान हुए थे, तब मैंने आपको पहचाना नहीं था। उस दिन रेस्त्रां के नीम अंधेरे में मैं ठीक से आपका चेहरा नहीं देख पाया था, वरना आपका चेहरा एक बार देखने के बाद याद न रहे, यह हो नहीं सकता।

''आपका नाम सुनकर भी मुझे यह याद नहीं आया कि आप वही शख्स हैं जो तकरीबन दस दिन पहले मुझे घोर संकट में डाल चुके हैं। मेरी सामाजिक प्रतिष्ठा को, मेरी कारोबारी साख को धूल में मिलाने की कोशिश कर चुके हैं।

''अब जब मैंने आपकी फाइल देखी, तब पता लगा। तब भी मैं यह सोचकर आपको धैर्यपूर्वक सुनता रहा कि आप सच उगलेंगे। वह सब जो अब मुझे कहना पड़ रहा है, नहीं कहना पड़ेगा। लेकिन अफसोस, आप मेरी इस अपेक्षा पर भी खरे नहीं उतरे।''

एमडी ने दो पल अविनाश के चेहरे पर आ रहे और विदा ले रहे परेशानी, उलझन, शर्म के भावों का आनंद उठाया और फिर शुरू हो लिए।

''आप दार्जिलिंग के लिए एक ऐसी महिला मित्र के साथ रवाना हुए थे, जिससे आपका परिचय जुम्मा-जुम्मा दस दिन पुराना भी नहीं था।

''आपकी महिला मित्र होने से पहले वह भी हमारे संभावित मेहमानों में से एक थी। हमने आपकी तरह उससे भी संपर्क किया था। चूंकि उसका पति देश से

बाहर था और उसके पास कोई पुरुष मित्र नहीं था इसलिए हमने उसे लंच पर बुलाने से इनकार कर दिया था।

''जाने कैसे, उसने आपसे संपर्क साधा या आपने उससे संपर्क साधा। यह पड़ताल मेरे लिए बेमानी है, सो मैं यह नहीं जानना चाहता कि आप दोनों एक-दूसरे के करीब कैसे आए। हमारे लिए तो आपके दार्जिलिंग प्रवास के दो दिन और दो रातों तक वह आपकी पत्नी ही थी।

''जब आप दार्जिलिंग प्रवास की दूसरी रात को भी उसके पहलू से चिपटे रहकर पिछली रात जैसे ही मजे मारने की तमन्ना लिए अपनी नींद को रातभर के लिए कहीं भगा देने की फिराक में रहे होंगे, एक भला आदमी यहाँ मेरी नींद उड़ा चुका था।

''जानते हैं वह आदमी कौन था? वह था भोगराज भाटिया, आपकी तथाकथित पत्नी काम्या भाटिया का परिणयबद्ध और वैधानिक पति।

''वह पिछली शाम विदेश यात्रा से लौटा था। लौटने पर जब उसे पत्नी घर में नहीं मिली, उसके घर से बाहर जाने का कोई संदेश भी रखा नहीं मिला, तब उसे लगा कि हो न हो उसकी पत्नी या तो किसी दुर्घटना का शिकार हो गयी है या फिर उसका अपहरण हो गया है।

''उसने पत्नी की खोजबीन शुरू कर दी। इस फेर में आयीडी कॉलर में दर्ज टेलीफोन नंबरों पर संपर्क किया। संयोग से उसमें हमारे भी कई नंबर, कई बार दर्ज मिले, सो उसने हमें फोन लगाए।

''मेरी खुशकिस्मती कि हमारी जिस लड़की ने उसकी पत्नी से एक बार फोन पर बात की थी, वही भोगराज से भी फोन पर टकरा गयी। उस लड़की ने उसे बता दिया कि हमने पिछले दिनों उसकी बीवी से किसलिए बात की थी। यह भी साफ कर दिया कि उन्हें अपनी योजना में शामिल नहीं किया था इसलिए कम से कम हमने तो कहीं नहीं भेजा।

''उस लड़की ने तुरंत मुझे सारी घटना बताई। यह भी बताया कि भोगराज की पत्नी का जो नाम है, ठीक वही नाम अविनाश दास की पत्नी का भी है जिन्हें हमने दार्जिलिंग भेजा है।

''यह भी बताया कि पहले दास ने यही कहा था कि उनकी पत्नी लंच पर नहीं आ सकतीं इसलिए उनका नाम हटा दिया जाए। फिर अगले दिन यह सूचना दी थी कि पत्नी अब साथ आने को मान गयी हैं। तब हमने उन्हें अगले दिन लंच पर आने का न्यौता दे दिया था।

''बस जी, मुझे लगा कि हो न हो, आपके साथ आपकी पत्नी नहीं बल्कि

भोगराज भाटिया की पत्नी गयी हुई है।

''सो मैंने होटल में फोन किया। आपको भनक भी नहीं लगने दी और श्रीमती भाटिया से बातचीत की। उन्हें बताया कि जो हुआ सो हुआ, अब उस तथाकथित पति को बिना बताए, उसे उसके हाल पर छोड़कर जितनी जल्दी हो सके, दिल्ली लौटो। होटल स्टाफ तुम्हारी वापसी में मदद कर देगा।

''उन मोहतरमा के भेजे में बहुत जल्दी अपना हित-अहित समा गया, सो वे आपको धता बताती वहाँ से चली आईं। यहाँ आकर अपने पति को उन्होंने क्या पट्टी पढ़ाई, हमें खबर नहीं, मगर अपनी होशियारी से मैं एक नहीं, दो नहीं, तीन-तीन अपराधों का अपराधी होने से बच गया।

''पहला - एक सुशील, सुंदर, खानदानी, रईस, भद्र, भोली महिला को बरगलाने। दूसरा - उसका अपहरण करने। तीसरा - अपने लोगों से उसकी इज्जत लुटवाने या उसे जिस्मफरोशी के पेशे में धकेलने के आरोपों से।

''हालांकि मुझे आप पर बेइंतहा गुस्सा आया था। आपकी पत्नी को यह पूरा वाकिया बताकर मैं वही भूल कर सकता था जो आप कर चुके थे, यानी किसी के दांपत्य जीवन में आग लगाने की, घर उजाड़ने की भूल। लेकिन मैंने खुद पर काबू रखा।

''हम व्यापारी लोग हैं। हम उन कामों में तो हाथ डालते हैं जिनमें हमारा लाभ हो। हमारे लाभ की गुंजाइश कम न होती हो तो औरों का भी लाभ हो इससे भी हमें परहेज नहीं।

''अलबत्ता केवल दूसरे को घाटा हो और हमारा कोई लाभ न हो, ऐसे धंधे या झंझट में हम आसानी से हाथ नहीं डालते।

''हमारी भी कई ऐसी इच्छाएं हैं जो अधूरी हैं। हम चाहते हैं कि वे पूरी हों, लेकिन उनकी पूर्ति के लिए अनैतिक तरीके अपनाना हमें तो गवारा नहीं। मेरा खयाल है किसी भी शरीफ और इज्जतदार आदमी को गवारा नहीं होगा।

''आपकी पत्नी को मैंने भले ही जरा भी भनक न लगने दी हो, हालांकि आप जिस सीमा तक गिर चुके हैं, उसे देखकर लगता नहीं कि उन्हें आपके बदनेक इरादों या कारनामों की भनक नहीं लगी होगी।

''जो भी हो, हम उस भनक के लिए जिम्मेदार नहीं हैं, हमारे लिए इतना ही काफी है। आपकी पत्नी को कुछ न बताकर मैंने जिस भलमनसाहत का परिचय दिया है, वह मैं आपके मामले में भी देने नहीं जा रहा हूँ।

''आपने जिन रकमों का अभी जिक्र किया, उन्हें अब आप भूल ही जाएं तो बेहतर है। आज की तारीख में हमारी तरफ आपकी न तो कोई लेनदारी है, न

देनदारी।

''आप चाहें तो यह मानकर चल सकते हैं कि सवा लाख में एक इज्जतदार, जवान, सुंदर औरत के साथ तीन दिन और दो रातें बिताने का सुख भोग लिया। आपकी तो सूरत तक चीख-चीखकर कह रही है कि इस जिंदगी में हकीकत तो दूर, सपने में, कल्पना में भी ऐसी उड़ान बेमानी थी।

''इससे तसल्ली न हो तो अपनी रकम का हिसाब भी सुन लीजिए।

''आपने जो एक लाख रुपए हमें देना बताया है वह रकम आपने हमें नहीं दी है बल्कि इस फाइल में मौजूद कागजों के मुताबिक यह वह रकम है जो आपने अपनी कार, एसी और कलर टीवी रेहन रखकर हमसे ली थी।

''अब आप कहेंगे कि ये तमाम चीजें कब रेहन रखीं। एसी आज भी आपके घर में ही लगा हुआ है। कलर टीवी पर इस वक्त आपकी गऊ समान भोली-भाली बीवी सास-बहू वाला कोई धारावाहिक देख रही होगी। और मेरा खयाल है आप यहाँ तक अपनी ही कार में सवार होकर आए होंगे।

''यानी सब कुछ आपके पास है। सो ऐसा तो होना ही था। उनका ऐसा होना हमारे पक्ष में ही जाता है। इसका मतलब हुआ कि आपने एक लाख का चेक देकर हमसे वे सारी चीजें वापस ले ली हैं।

''बीस हजार रुपए जो आपके क्रेडिट कार्ड के जरिए निकाले गए थे, वे हमने नहीं आपने निकाले थे। प्रगति मैदान के उस रेस्टोरेंट का भुगतान देने के लिए जो आपने उस दिन अपनी मित्र मंडली सहित बला की सुंदर अपनी महिला मित्र को लंच कराने के लिए रिजर्व कराया था।

''एक और चेक जो आपने दार्जिलिंग के होटल के पास गारंटी मनी जमा कराने के नाम पर दिया था, उसे भुनाकर हमने आप दोनों की हवाई यात्राओं के खर्च की भरपाई कर ली है।

''लगे हाथ एक और सचाई बयान कर दूं। आप भी उसी सुबह दार्जिलिंग से चले आए थे, जिसकी पिछली रात आपकी महबूबा वहाँ से चली थी। अलबत्ता आप सीधे दिल्ली न आकर कहीं और चले गए। कहाँ गए थे, यह मुझे खबर नहीं है, कहिए तो यह भी पता लगवा लूं।

''चलने से पहले एक होटलकर्मी को वही कहानी रटाकर आए थे जो मुझे अभी कुछ देर पहले एक बार और आपके श्रीमुख से भी सुनने का सौभाग्य मिल चुका है।

''यह हिदायत देकर आए थे कि यदि दिल्ली से कोई फोन आए और आपके बारे में पूछा जाए तो यही कहानी दोहरा देना। इसके लिए इनाम या मेहनताने के तौर

पर अपना वापसी एअर टिकट भी देकर आए थे।

''हम घसियारे नहीं, कारोबारी लोग हैं अविनाश जी। यहीं बैठे-बैठे अपने मतलब की दुनिया भर की खबर जुटा ही लेते हैं।

''यह सही है कि होटल में आपको हमारी तरफ से ठहराया गया था, लेकिन जब यह पता लगा कि आपके साथ गयी औरत न तो आपकी बीवी है, न दोस्त, बल्कि अपने घरवाले को बिना बताए गयी एक रईस की बीवी है। उसके साथ कोई अनहोनी हो गयी तो होटल भी लपेटे में आ सकता है।

''इसीलिए होटल वालों ने हमसे उसकी बात करवाने से पहले यह शर्त रख दी थी कि अब वे किसी भी सूरत में यह कुबूल नहीं करेंगे कि यहाँ जो जोड़ा ठहरा हुआ है, उसके बारे में वे कुछ भी पहले से जानते थे या इसे किसी और ने भेजा था।

''अब न हमें आपसे कुछ लेना है, न देना है। आज तो मैंने आपको पूरे धैर्य से सुना, आपको सब कुछ घटना दर घटना बताने के लिए भी समय दिया। लेकिन आज के बाद यदि आप एक भी बार हमारे दफ्तर तक आए या हमें यह सुनने को मिला कि आप हमारे बारे में गलत बयानबाजी कर रहे हैं तो यकीन जानिए मैं आपकी पत्नी के सामने खुद हाजिर होकर सारा सच उगलने में जरा भी संकोच नहीं करूंगा।

''तब गवाह के तौर पर साथ होंगी आपकी दो रातों की वही सुंदरी। दार्जिलिंग के होटल के बिल और श्रीमती काम्या की बांहों में बांहें डाले हरी घास पर मौजमस्ती लेते, आपके फोटोग्राफ, जो होटल वालों ने आपकी सूरत पर खीझकर और आपकी उस तथाकथित बीबी की सुंदरता पर रीझकर चुपके से उतार लिए थे। ताकि जब भी उसकी याद आए तब उन्हें देखकर अपना दिल बहला सकें और आपकी तस्वीर को जुतिया सकें।

''मुझे तो लगता है आप शुरू से ही धोखा देने का मन बनाए हुए थे। इसीलिए जो चेक दिया उस पर जानबूझकर गलत तारीख दर्ज की। आपका इरादा यह रहा होगा कि मुफ्त में सैर के बाद चेक का भुगतान रुकवा देंगे।

''वह तो हुआ यह कि जब हमारा आदमी बैंक में चेक जमा कराने पहुंचा तो हमारे बैंक ने बताया कि चेक तो एक हफ्ते बाद का है। हम इसे नहीं ले सकते।

''हमने उसे बहुतेरा समझाया कि यह 11 तारीख ही लिखी है लेकिन उसने कहा कि उसे तो यह 17 पढ़ने में आ रही है। कहीं हम इस चेक को इसके मूल बैंक में भेज दें, आपकी तरह वे भी इसे 11 समझकर पास कर दें और 17 तारीख से पहले इसका खातेदार इसका भुगतान रुकवाने की अर्जी लेकर आ जाए तो उसका बैंक तो इसके लिए हमें दोषी मानेगा।

''वह तो यही कहेगा कि हमने आगे की तारीख का चेक लिया ही क्यों और लिया भी तो उस तक भेजा ही क्यों। उस सूरत में इसमें लिखी रकम हमारे सिर आएगी।

''अब उस औरत की शराफत के एक नहीं दो-दो नमूने देखिए।

''जब अगले दिन वह औरत हमारे पास आपके टिकट लेने आयी, तब उसने कहा कि यह भूल से भी तो लिखा जा सकता है। फिर जब चेक दिया गया तब आपके लोगों ने भी तो उसकी जांच-परख की होगी। जैसे आप लोगों से गलती हुई, वैसे ही मेरे पति से भी हो गयी होगी।

''फिर यह कोई फरवरी की उनतीस तारीख तो है नहीं कि चार साल में एक ही बार आए। इस महीने में सत्रह तारीख भी आएगी ही। चेक तब भुन जाएगा। हो सकता है अभी खाते में उतनी रकम न हो और इस बीच आने वाली हो।

''यह जिम्मेदारी मेरी रही कि यदि चेक नहीं भुना तो चाहे अपने गहने बेचकर ही क्यों न चुकानी पड़े, इस रकम को मैं चुकता कर दूंगी।

''सो बराय मेहरबानी, इस तारीख के चलते यह गजब न ढाइएगा कि जीवन में पहली बार उनके साथ यात्रा पर जाने का मौका ही हवा हो जाए।

''क्यों दास जी, यह तो आप भी कुबूल करेंगे न कि यह उसने वाकई सच कहा था?

''तब हमने उससे कहा था कि हम तो आप लोगों को कहीं भी न भेजने का फैसला ले चुके थे। अब आपकी भावनाओं को देखते हुए इतना भर कर सकते हैं कि इंडिया के किसी हिल स्टेशन पर भेजे देते हैं। यदि चेक कैश हो गया तो अगली बार नेपाल भी भेज देंगे।

''चूंकि वह तो किसी भी सूरत में जाने के लिए उतावली थी, होना ही था, उसका पति जो देश से बाहर था। सो वह तुरंत राजी हो गयी।

''इसमें कोई शक नहीं कि वह सिर्फ अपनी जिस्मानी भूख मिटाने के लिए आपके करीब आयी थी, लेकिन अपने बसे-बसाए घर को उजाड़ने की कीमत पर नहीं।

''उसकी वह भूख भी मिटी या नहीं मिटी, इसकी तो खबर नहीं, अलबत्ता मुझे यह खबर जरूर है कि उसे आपसे आपके जिस्म के अलावा और कुछ नहीं चाहिए था। इसीलिए उसने पच्चीस हजार रुपए का वह हार भी मय उसकी रसीद के मेरे पास भिजवा दिया, जो मैंने अपने इन्हीं हाथों से इनाम के तौर पर उसके सुपुर्द किया था।

''यह देखिए, इस फाइल में यह रही हार की वह रसीद जो मैंने आपके

हवाले की थी।

''आज आप मेरी भी एक बात गांठ बांध लीजिए। अब उससे मिलने की कोशिश मत कीजिएगा। हो सकता है उसकी जगह इस बार आपका घर उजड़ने की नौबत आ जाए।

''मुझे आपसे यही कहना था। आगे आप खुद समझदार हैं। अब आप चाहें तो यहाँ से दफा हो सकते हैं।''

आयीहोइएमो के मुख्यालय से दफा होने से पहले अविनाश ने एमडी अहलूवालिया को यह भरोसा दिलाना जरूरी नहीं समझा कि वह ताजिंदगी काम्या से न मिलने का वचन देता है।

न मिलने की वजह यह न मानी जाए कि उससे मुलाकात करते ही उन खौफनाक नतीजों का सामना करना पड़ सकता है, जिनका जिक्र आपने अभी-अभी तक अपने श्रीमुख से किया था।

न यह बताना जरूरी समझा कि यहाँ आने तक वह भले ही न जानता रहा हो कि काम्या देहसुख की भूखी थी या किसी पुरुष की नजरों में अपने लिए चाहत, ललक, लालच देखने की भूखी।

अलबत्ता यहाँ इतनी देर आपके करीब बैठे रहने के दौरान, अपनी एक अन्य महिला कर्मचारी से हुई आपकी बातचीत सुन लेने के बाद, इस बात में जरा भी संदेह नहीं रह गया है कि काम्या न तो देहसुख की भूखी थी, न पुरुष की नजरों में अपने लिए चाहत देखने की भूखी। न किसी भोगराज भाटिया की पत्नी थी, न शायद वह काम्या ही थी।

वह थी तो केवल आइहोइएमो की कर्मठ और कर्त्तव्यनिष्ठ कर्मचारी। इसीलिए उसने जो भी किया सीमाबद्ध रहकर किया। कंपनी के लिए किया। अपनी सेवा शर्तों का हिस्सा मानकर किया।

जब तक कंपनी के लिए जरूरी था तभी तक एक धनपशु के साथ निकटता दिखाई, लगाव दिखाया। जब कंपनी के लिए जरूरी नहीं रहा, तब अरुचि दिखाई, उपेक्षा दिखाई।

अपने लिए या अपने तईं तो उसने एक पल का भी सुख या खुशी नहीं चाही। नेह या घृणा उजागर नहीं होने दी। जैसे ही कर्तव्य की इतिश्री हुई, एक झटके में कारोबारी कुबेर से अनिर्लिप्त हो विलुप्त हो गयी।

एमडी से विदा लेने से पहले अविनाश ने यह भी नहीं बताया कि मुझे न आपने ठगा, न किसी तथाकथित कल्पना, मोहिनी, कामना या काम्या ने।

मैं जितना भी और जैसे भी ठगा गया, अपनी ही अतृप्त कल्पनाओं, मोहिनियों, कामनाओं और कामकलुषों के हाथों ठगा गया।

संभवत: अविनाश उर्फ विनाशक उर्फ सत्यानाशी दास के जीवन का यह भी पहला ऐसा अवसर रहा होगा, जब वह किसी का अभिवादन किए बिना या किसी का अभिवादन लिए बिना, असभ्य शहरी की तरह मुलाकाती के सामने से रुखसत हुआ हो।

□□□

णाणं
पयासयं

वीर नि.सं. 2470

ई.सन् 1944

भारतीय ज्ञानपीठ

णाणं
पयासयं
वीर नि.सं. 2470
ई.सन 1944
भारतीय ज्ञानपीठ